冰心论集 2016

上册

刘东方 主编

海峡出版发行集团 | 海峡文艺出版社

代序

在冰心文学第五届国际学术研讨会上的讲话

张作兴

尊敬的各位领导、来宾，女士们、先生们：

大家上午好！

很高兴来到美丽的春城昆明，参加第五届冰心文学国际学术研讨盛会。出席本次会议的有来自海内外的专家学者近百人，许多是学术界令人敬重的专家、老师，真是盛况空前、文艺盛举。在此，我谨代表福建省文联，向各位领导和专家学者的到来表示热烈的欢迎，向云南大学、呈贡区人民政府对本次研讨会的大力支持表示衷心的感谢！

冰心先生是福建的女儿，也是福建的骄傲。她曾任中国作协书记处书记、中国文联副主席、全国人大代表、全国政协常委、全国少年儿童福利基金会副会长、中国妇联常委等职，为中国的文学事业、妇女儿童事业的繁荣发展，为坚持和完善中国共产党领导的多党合作和政治协商制度，作出了卓越贡献，深受人民群众的尊重和喜爱。尤其是她"真心、真情、真诚、真实"的美好品质，并以优美温婉的文笔播撒爱的种子，在海内外读者中产生了深远影响，给世界留下宝贵的精神财富。冰心先生逝世后，党和人民给予她高度的赞誉，称她为"二十世纪中国杰出的文学大师，忠诚的爱国主义者，著名的社会活动家，中国共产党的亲密朋友"。

为大力宣扬冰心的文学成就和文学精神，早在1992年，我们就在福建福州成立冰心研究会，请巴金先生担任会长。1997年，经多方努力，冰心文学馆在冰心的故乡——福建长乐落成开馆，隶属福建省文学艺术界联合会。长期以来，省文联和冰心文学馆致力于冰心宣传和研究，取得了显著成效。如将冰心文学馆精心打造为全国爱国主义教育示范基地，在馆内及世界各地定期举办"冰心生平与创作展览"，获得海内外读者观众热烈的反响；开展"走进冰心爱的世界"系列巡回活动，推动冰心文化"走出去"交流步伐；建立冰心网站，拍摄冰心电视传记专题片，出版"冰心研究丛书"，编纂《爱心》杂志，撰写冰心人物传记和文集；设立冰心研究基金，聘请专家学者为客座研究员等，为冰心研究的学科建设奠定了坚实的基础。

自1999年以来，我们在福州、烟台、重庆等地举办了四届冰心文学国际学术研讨会，会议都开得非常成功，取得丰硕的研究成果。今天，我们在冰心先生生活过并热爱的昆明云南大学（1938－1939），召开"冰心文学第五届国际学术研讨会"，具有特别重要的意义！活动旨在通过交流研讨，进一步让海内外读者在冰心的文学艺术熏陶中感受真善美，增进文化交流，扩大冰心"爱的哲学"的价值认同。我们也将以此次研讨会为契机，博采众长、增进交流、开阔视野、收获友谊，以多维的视角、深度的挖掘提升冰心研究的学术水平。

"天若有情天亦老，人间正道是沧桑。"文艺是时代前进的号角，最能代表一个时代的风貌，最能引领一个时代的风气。冰心先生为我们作出了光辉榜样，我们不仅要缅怀她、纪念她，我们更要接过她的衣钵，将文艺的火炬传承下去、发扬光大，这是我们文艺工作者的责任，也是时代赋予我们的使命。文联组织是广大文艺家和文艺工作者的大家庭，我们一定将以弘扬中华优秀传统文化为己任，以开展冰心文学在内的各类学术研究为重点，弘扬冰心先生"大爱"精神和家国情怀，推动创作更多有筋骨有道德有温度的优秀作品，打造更多思想性艺术性观赏性统一的学术力作，努力传递大爱大美的价值观和向上向善的正能量。

最后，衷心祝愿各位领导来宾身体健康、万事胜意！祝本次研讨会取得圆满成功！

谢谢大家！

（张作兴　福建省文联党组书记、副主席）

目　录

第一辑　冰心与云南

第二辑　创作研究

第一辑

冰心与云南

从云南到东京

吴　青

姐妹们，兄弟们，公民们，世界公民们：

早上好！

首先我要感谢从各地赶来参会的每一位姐妹和兄弟，尤其是来自泰国、日本和美国的姐妹和兄弟，再要感谢为我们准备会议、会场，幕前和幕后的每一位姐妹和兄弟。你们都辛苦了！谢谢你们！

朋友们，我刚才称呼大家为公民和世界公民，你们可能觉得奇怪。我的妈妈就是在云南的昆明教给我"爱""责任""公民"这些概念的。我是1937年11月出生在当时的北平，今天的北京。日本军国主义在我出生前的7月7日发动了卢沟桥事变，开始对中国全面进攻。北平被占领以后，在学校不许说中国话，要说日文，见到日本人要鞠躬。日本军国主义在奴化中国人。尽管妈妈爸爸当时在司徒雷登为校务长的燕京大学教书，由于美国没有参战，日本军队不能随便进燕京，但是作为中国人，作为中国的公民，他们无法忍受自己的人民和国家受到侵略和侮辱。所以妈妈在"默庐试笔"是这样写的："北平死去了！我至爱苦恋的北平，在不挣扎不抵抗之后，断续呻吟了几声，便恹然死去了！"

从我出生八个月起爸爸和妈妈就带哥哥，姐姐和我逃难。第一站就是昆明。爸爸接受了当时云南大学校长熊庆来先生的邀请到云南大学任社会人类学讲座教授，并筹建云大社会学系。我们是1938年9月到达云南昆明，先住在昆明的螺峰街，后来因为昆明遭到日机轰炸，妈妈就带着我们三个孩子搬到昆明东南的呈贡县，租住在华氏墓庐。这是姓华的家族看墓

3

人住的地方。墓庐中间有一个二层小楼，楼上有两件屋子，楼下两边各有四间厢房，我们住在楼上。妈妈给住处起名"默庐"。

尽管我当时刚两岁，但是我对呈贡还是有记忆的。记得邻居家养了一条特别可爱的小狗，我喜欢它，它也喜欢我。但是我想自己养一条天天可以跟着我，属于我的小狗。有一天我对我妈说："娘呀，我也想养一只小狗，行吗？"娘说："你想养狗可以呀。狗和人一样每天都要吃饭喝水，你会记得喂它吗？"我赶忙点头，说会。娘还说狗和我们不一样，它是一身毛，不能天天洗澡，你要天天给它刷毛；我们住在一个小山上，有时候有狼，你必须要记住每天天黑了一定要带狗回家。我答应了妈妈所有的条件以后，我养了一条棕色小狗叫 Browny。我还有一张狗的画，提醒我每天要为 Browny 做些什么。我知道了这是一个承诺，一个保证，一定要做到。因为凡是妈妈答应我的事，她都做到了。这就是我和妈妈口头签订的一个契约。这是我有生以来的第一个承诺。我可以养狗，但是我必须承担养护它的责任，也就是公民的权利和责任的关系。我养狗以后慢慢懂得了，要敬畏生命，热爱生命！爱就是责任！由于云南的地理位置，四季如春，植物的种类多，花色艳丽，妈妈也教会了我热爱大自然，尊重大自然。我们家附近到处是花，五颜六色，非常好看，但是不能随便摘采，因为别人也喜欢，如果全摘了，人们就欣赏不了了，要学会分享。妈妈也教会我要保护环境，不能到处丢垃圾，如果没有丢垃圾的地方，就要把垃圾带回家。妈妈教我的爱就是责任，不仅对自己要负责任，对生命，对大自然都要有责任。这种意识够我用一辈子的。我也一直和我的朋友们分享这种意识。

1940 年下半年，由于爸爸在云大的讲座受到干扰，课程无法继续下去，我们就去了四川的重庆。到了重庆不久为了躲避日机的轰炸，我们搬到了重庆的郊区的歌乐山上，但到了那儿也无法摆脱日机轰炸。我们几乎天天要躲进防空洞，因为日机天天来轰炸，每天不知道炸死多少平民。防空洞里又黑，又潮湿，又冷，人挤人。我无法在外面游玩，欣赏大自然。我从小就有极其强烈的民族主义，从心里恨日本人和所有的外国人。记得在 90 年代初妈妈一位美国朋友来看她，见到我说，你就是那个小姑娘，当时在重庆见到他说，你是外国人，我不跟你玩。弄得我很不好意思。

1945 年同盟国赢得了第二次世界大战！同盟国包括中、美、英、法和苏联。因为中国政府抗战八年，部队将士英勇杀敌，中国才成为了联合国五大常任理事国之一。这是一场正义战胜了邪恶，和平战胜了掠夺和屠杀的战争！我再也不用白天躲进黑黑的防空洞了！我可以见到天日了！我当时八岁，我哭了，这是一种彻底的解放！我从心里感到高兴。

　　1945 年 12 月 16－26 日，苏、美、英三国外长在莫斯科会议上协商，决定由中、美、英、苏各派一个代表团去日本东京，参与管制日本。爸爸的好友朱世明中将被中华民国政府任命为中华民国驻日代表团长，他邀请爸爸做代表团政治组的组长。爸爸不知道会在日本待多久，他们决定先送哥哥和姐姐回北平，接受好的正规教育，住在大舅母家。我小，不到九岁，爸爸妈妈带我去日本。我听到这个消息，非常不高兴，我说不去日本，我恨死日本人了，怎么会现在去日本呢？但是，我没有决定权。就在 1946 年11 月 9 日傍晚，我们到了日本东京的机场。我永远记得那天，因为那天是我九岁的生日。到了以后，我对自己说：我绝对不学日文，也绝对不和日本小孩子玩。从机场到我们住处的沿路是一片漆黑，没有灯光，因为美军队对东京进行了地毯式的轰炸，几乎把东京夷为平地。走了近半个小时，忽然看到了火光，一间简易房着火了，有几个男人光着上身在用脸盆救火。我看了心里非常难受，我们快到住处才听到救火车的声音。我急忙问妈妈，火扑灭了吧！那些人今天晚上会有地方住吗？妈妈安慰我说："他们会有住处的，你放心吧，他们的邻居会帮助他们的。"对人的关心和爱护是人的本能的反应。这就是人性！

　　妈妈到了东京，马上请日本朋友帮助她寻找她 1923 年至 1926 年在美国韦尔斯利大学读书时的日本同学。经过了努力找到了四位日本阿姨，经过与她们商量，决定每周中午为韦尔斯利校友会日，并邀请我爸爸参加她们的活动。妈妈吩咐我们的大师傅每周四不仅要让客人都吃得满意，还要准备足够的饭菜让四位阿姨按家里的人口多少带给家人，与家人分享。她们在聚会上说，不是所有的日本人都支持这场侵略的战争，反对的人有的被打死，有的被送进了监狱。日本人民在战争期间受了很多的苦。她们每一个人都讲了她们自己的故事，非常凄惨。她们一边讲，一边流泪。我也跟着流泪。我过去不知道，原来不是每一个日本人都支持这场战争，我不该恨所有的日本人。但是我还是没有跟日本孩子一起玩。

　　第二年我九岁半的时候，爸爸和妈妈得到一本书，叫《日本军国主义侵华史》。里面有许多的相片和文章，有南京大屠杀和各地大屠杀的图片。我看了后非常生气，我把书拿去给我的小朋友们看，大家商量着我们能做点什么替这些死难的人报仇。经过商量，我们决定放了学，做完了功课，我给大家打电话，我们有七个人参加，在我们家附近，只要我们看到日本小孩就骑自行车一边叫，一边追他们。我是头头，骑在最前面，有六个男孩子跟着我。我们干了三四次。我妈妈发现了，她非常生气，脸都气白了。她问我，他们到中国去欺负过中国人吗？我说没有。妈妈又问，他们在这儿欺负过你们吗？我连忙摇头说没有。妈妈说他们的爸爸妈妈可能是因为反战被日本军国主义的政府给打死的。你怎么能这样不懂得道理呢？我听进去了。我很惭愧。我再也没有干那样的事了。我开始和日本孩子交朋友，我的日文也好了一些。我开始知道划分政府和人民的区别。妈妈就是在日本的时候写文章说，世界上的妈妈都应该是朋友，而且是好朋友，劝儿子不要到前线去打仗。

　　最后我要感谢妈妈对我的教育，使我懂得爱应该是博爱，不带任何条件，爱是责任，是尊重。人要讲诚信，时时刻刻记得要说真话，要敢说真话。这也是我想跟在座的每一位姐妹兄弟分享的。谢谢！

　　　　（吴青　北京外国语大学教授、冰心女儿，冰心文学馆名誉馆长）

论冰心文学书写中的西南地理文化呈现

张 放

摘 要：冰心抗战时期在西南滇、渝两地前后居住长达七年，文学书写呈现出鲜明的地理文化景观风貌特色，在其一生主要以东南沿海、海外以及北国故都为背景取材的创作中，这段时期的内陆后方山居生活创作可称比较"另类"，从中特别表现出鲜明的个性与正直坚持的家国情怀，西南地理文化是其"家园感觉"文学建构的重要致因。

关键词：冰心 文学书写 西南 地理文化

冰心的文学为世人所知，题材多在反映东南海滨、海外境域与北国故都生活感受与景观文化风貌，她那种下笔晓畅、亲切、自然、和谐、包容人世间真爱真知的大家风范体例，影响迩远经久，在创作当时即有"冰心体"的广泛社会赞誉，可称开风气之先。近一百年来，冰心文学并未因时光远去褪色、逊色，反而随着时光的择炼益见晶莹、清晰、清新、大气、恒远，这显然有真理之光与美学精义在内，值得探究。海外现代文学研究家从捷克的普实克到美国的王德威，都指出中国文学的特质要在"抒情与史诗"[①]（普实克），"史诗时代的抒情声音"（王德威）[②]。冰心文学，应相

---

① 详见普实克《抒情与史诗》，上海三联书店，2010。关于海外汉学对冰心文学的详细探究，请参见拙作《欧美汉学界的冰心文学研究述略》，载《现代中国文化与文学》第18辑，巴蜀书社，2016年，第248页。

② 见载《现代中国文化与文学》，第17辑，2015年，巴蜀书社，第1页。

吻合，能代表时代潮流。对冰心文学体会比较真切入微的，国内如著名哲学家、美学家李泽厚先生，他在与刘再复先生的对话中，精确地揭示："在冰心的单纯里，恰恰关联着埋藏在人类心灵深处的最重要、最不可缺少的东西，在这个非常限定的意义上，她也是深刻的。……中国人的心灵里，包括整个民族心灵和每个个体的心灵，经过数十年各种斗争的洗礼，现在缺乏的正是冰心的这种单纯。"[1] 这将过去与现在联系在一起，理解幽微而宏通，堪称一语中的。

如前所述，冰心文学为人比较熟知的"地标""地景"表现与氛围，主要在海滨、异国他乡以及我国北方故都，其实她于抗战期间居处祖国内陆大西南地区如云南、重庆两地的文学书写，仍系其一生创作中的重要时光节点，内容精彩纷呈，名篇留存，虽然那时期不是冰心一生创作中的高峰与最频仍时期，但积储酿久、下笔成篇，含英咀华，类此之作，亦如古代《文心雕龙》所形容："精理为文，秀气成采。鉴悬日月，辞富山海。"（《征圣篇》）尤其是此间的创作，颇能体现出前述"抒情与史诗"的气息内涵，这是超越她早期创作的一个特征所在。其次对西南形胜风光、抗战时期后方人文精神，观察尤称细微，刻画毕至，无疑是中国现代文学中对于内地特别是大西南山川人文风光的一次生动书写。在冰心文学创作旅途中，乃至整个现代文学题材境域建设中，意义都不可小视。那些别具一格（甚至有些"另类"）、特色显著、行文十分洗练的名篇佳作，作品不分体裁，都贯注时代精神，表现冰心光明率真的个性，于今诵读，仍觉风光如绘，齿颊留咏芬芳，特别能展现出作家中年时代更加坚韧、成熟而富有活力并且心怀天下的大家风范，以及名家创作特色。以下试分片论述之——

山川形胜风貌

中国大西南主要包括云、贵、川（含今重庆市）三省，这些地区历史上都不曾是全国行政文化中心区域（抗战时期"陪都"重庆例外），大致隶属内陆边远地区（历史上有过割据时代）。从汉代司马相如的使西南夷到今天的西部地区、大西南开发概念，这片广袤雄奇、源远流长的土地山川河

---

[1] 刘再复，《李泽厚美学概论》，生活·读书·新知三联书店，2009年，第170页。

流，都颇有别于中原地区以及近代以来的东南沿海繁华城市地区。从唐朝杜甫乍来川中成都诗作中即可感受："我行山川异，忽在天一方。但逢新人民，未卜见故乡。"（《成都府》）其陌生化、新鲜感、"羁旅"意思，历来都颇为充分鲜明。冰心于抗战中迁徙、逗留西南滇、渝两地前后长达七年时间，其间昆明二年（1938夏—1940.8.4），四川重庆五年（1940.8—1945.9，这之间到访过成都作短暂逗留、演讲）①。这样长时间的"入川""深入生活"，至少于时间上差不多已可与历史上的杜甫、陆游等省外滞留"剑南"的文豪"媲美"了。冰心将自己云南呈贡山居住处题名"默庐"，重庆山居题为"潜庐"，显然都有持久、沉默、坚持的寓意和打算。如她自己解释："四川歌乐山的潜庐和云南三台山的默庐一样，都是主人静伏的意思。"（《力构小窗随笔》）②结合当时全民抗战到底、大后方坚决支援、无私奉献的民族精神意志而言，冰心的心境与情操正相契合。这一点我们留待稍后再谈。

地景文化空间的改变与身处其间，给冰心文学感官焕然一新的触动，这一比较陌生化的际遇，令她的书写表现自来习惯了东南沿海与北方故都景观的笔调风格，豁然有所变化，有如迎面旷野高原骀荡春风，清新的一页令创作心灵空间有所拓展与刷新，加之诸多抗战时代见闻、社会活动参与，写作的营养灵感不期而至。这恰如西方人文地理学者所论："我们必须考虑历史脉络下，文学生产的特殊关系。这让我们能够诠释特定时期里，具有独特历史牵连的有关某地的'感觉结构'（structures of feeling）……家园感觉的创作，是文本中深刻的地理建构。"③冰心关于云南呈贡与重庆歌乐山的书写（多着重"家园感觉"），正有这种"地理建构""感觉结构"的鲜明特征。在她这时期数量不算太多的作品中，却是充盈着蓬勃生机活力与艺术表现，形成大西南书写的精神风貌特色。与以前脍炙人口的海风气息与京师故都做派作品相比，可称别开生面。这有如唐诗中的边塞诗，

---

① 具体时间参见李波主编、康清莲等编著《山路上的繁星——冰心在重庆·年谱》，重庆大学出版社，2010年，第128—130页。

② 卓如编，《冰心全集》3，海峡文艺出版社，1994，第320页。按：以下冰心作品引文皆引自该集，恕不一一赘注。

③ （美）麦克·克让，《文化地理学》，王志弘等译，日流图书有限公司，2008，第61—63页。

于苍凉苦寒、沉劲坚实中透射出清新自然与奔放的展望。这是冰心作品"清新""单纯"共识中比较"另类"一些的作品，她更多地昭示着作家渐入中年经历忧患性格倾向更加耿直、坚韧、爱憎分明，同时于艰难中保持"共克时艰"的信心与乐观主义。

虽然流离生活迁徙艰苦，甚至有时惊心动魄（如敌机轰炸），但云南高原与山城峰峦的"异域"风光，都给了冰心身心方面的安慰与美育方面的接收与享受。她下笔有情、有神，多有远近细描与生动渲染，从而得出结论，如《默庐试笔》："呈贡山居的环境，实在比我北平西郊的住处，还静，还美。……回溯生平郊外的住宅，无论是长居短居，恐怕是默庐最惬心意。……没有一处赶得上默庐。我已经说过，这里整个是一首华兹华斯的诗！"《摆龙门阵——从昆明到重庆》："昆明那一片蔚蓝的天，春秋的太阳，光煦的晒到脸上，使人感觉到故都的温暖。"《致梁实秋》："日常生活，都在跑山望水，柴米油盐中度过。……"除重新发表颇受读者喜爱的"冰心体"散文之外，还有诗作问世。《呈贡简易师范学校校歌歌词》虽是应邀制作，但寄寓深厚，力与美，诵之令人荡气回肠，中如——

西山苍苍洱海长
绿原上面是家乡
师生济济聚一堂
切磋弦育乐未央

开首二句，曲尽云南之美，可称传神之笔，作品且将高原风貌特色气息与人文教育思想糅合一体，有如水乳交融，自然贴切。这里可充分体验大作家的沉雄笔力。

因重庆歌乐山蛰居长达五年，并参与大后方抗战救亡、妇女组织、文化宣传教育等系列社会活动，感受并发，冰心写重庆山城的作品相较云南多些（近年学界又找到颇多失收入集的佚文），也更为世人所知。甚至"歌乐山"也因冰心而更加有名。从《摆龙门阵——从昆明到重庆》到《从重庆到箱根》，晚至1957年追叙歌乐山生活人物见闻而写作成为名篇的《小橘灯》，其间还有如四十年代初《再寄小读者》，写山城歌乐山高处倚松居住，山城长江一望中，心寄天下，每有神来之笔，风光采写如诗如画。"五四"当年作者文中那位大姐姐的循循善诱、温馨近人、知识形象再次推出，这次显然更多了些沉稳、成熟、直观，特别突出了雾都重庆山川地理人文的风貌特征，作者往往直抒胸臆。如："昨夜还看见新月，今晨起来，却又是浓阴的天！……我是如同从最高峰上，缓缓下山，但每一驻足回望，只觉得山势愈巍峨，山容愈静穆，我知道我离山愈远，而这座山峰，愈会无限度的增高的。"《力构小窗随笔》中描写特别详尽，如同画出，如：

潜庐只是歌乐山腰，向东的一座土房，大小只有六间屋子，外面看去四四方方的，毫无风趣可言！倒是屋子四围那几十棵松树，三年来拔高了四五尺，把房子完全遮起，无冬无夏，都是浓阴逼人。房子左右，有云顶兔子二山当窗对峙，无论从哪一处外望，都有峰峦起伏之胜。房子东面松树下便是山坡，有小小的一块空地，站在那里看下去，便如同在飞机里下视一般，嘉陵江蜿蜒如带，沙磁区各学校建筑，都排列在眼前，隔江是重庆，重庆山外是南岸的山，真是"蜀江水碧蜀山青"，重庆又常常阴雨，淡雾之中，碧的更碧，青的更青，比起北方山水，又另是一番景色。①

还有如："重庆是个山城，台阶特别的多，有时高至数百级，在市内走路，走平地的时候就很少，在层阶中腰歇下，往上看是高不可攀，往下看是下临无地，因此自从到了重庆以后，就常常梦见登山或上梯。"（《力构小窗随笔·做梦》）不胜枚举。

像这样的地理人文光景感受与表现，在冰心西南滞居七年笔端，俯拾皆是。毫无疑问，她的"家园感觉"不仅限于小，还有国家意识这一大，所以虽在昆明呈贡、重庆歌乐山描绘居处，实有家山北望、河山一统、金瓯无缺这一经久不衰的宏大主题寄寓，令其地理建构、人文意识，行文坚贞结实，以少总多，以小见大，文本内容无不诗兴洋溢，充满着浓浓的人

---

①　关于冰心歌乐山旧居，冰心曾写到："'潜庐'我决定不卖，交给保管委员会去管。——作周末休息之用。我请他们保管一切依旧，说不定我还会回来。"（《致赵清阁》）。见《冰心全集》3，第371页。笔者1986年春旅经重庆，因胞妹供职重庆职业技术学院，时在歌乐山腰，寝室即冰心旧居一间。笔者上山探视，冰心旧居房屋、周围形胜风光，一仍其旧。现已拆建不存。

间情怀与关爱。而在艺术表现上，则颇有南北地理人文加以互文与映衬之美（如常将南北风景与山居生活比较），读之娱情娱性、增知益智，更有修养励志的功用。

人文、民族精神的贯穿

在冰心文学书写的地理建构特色中，显然，人文与民族精神十分活跃着，成为地理文化有机的组成部分，也是其文章的灵魂。正如早前黑格尔哲学所指出："助成民族精神的产生的那种自然的联系，就是地理基础。……要知道这地方的自然类型和生长在这地方上的人民的类型和性格有着密切的联系。"[①] 黑格尔认为"精神的观念"赋予时间与空间鲜活的生命力。这在冰心西南文学书写（包括演讲稿）中，彰显特别突出。冰心表现抗战精神所涉及的人物类型主要由接触较多的当地人、外来者（多系北方迁徙到西南大后方来的知识分子、文化人）以及自我并自我记忆中的人物印象组成。

当地人涉及当地的劳动者、学校师生、职员等角色，这方面如《张嫂》中的张嫂、《小橘灯》中的小姑娘，《空屋》中的虹等，都是正面描写。而穿插点缀于地理景观中的百姓身影、民风民俗，时见于行文。第二类外来者，多有知识分子、文化工作者，包括冰心结交的文学友人、著名作家，其间如梁实秋、赵清阁、郭沫若、老舍等。在昆明期间所见到并形诸笔墨例如：

昆明还有些朋友，大半是些穷教授，北平各大学来的，见过世面，穷而不酸。几两花生，一杯白酒，抵掌论天下事，对于抗战有信念，对于战后的回到北平，也有相当的把握。他们早晨起来是豆腐浆烧饼，中饭有个肉丝炒什么的，就算是荤菜。一件破蓝布大褂，昂然上课，一点不损教授的尊严。他们也谈穷，谈轰炸谈的却很幽默，而不悲惨，他们会给防空壕门口贴上"见机而作，入土为安"的春联。他们自比为落难的公子，曾给自己刻上一颗"小姐赠金"的图章。他们是抗战建国期中最结实最沉默最

---

① 黑格尔，《历史哲学》，王造时译，上海世纪出版集团，2014 年，第 41 页。

中坚的分子。(《摆龙门阵——比昆明到重庆》)

这些描写不由令人想到当时西南联大的著名教授(如闻一多等),冰心用简洁生动的笔墨,写出了民族知识分子坚守的精神与坦荡乐观、抗战不移的志向情怀。

在当时生活无疑是很苦的,时在敌机轰炸与进攻威胁中,物质生活非常匮乏,冰心自己一家人不例外:"从前是月余吃不着整个的鸡,现在是月余吃不着整斤的肉(一片肉一元六角)我们自慰着说,'肉食者鄙',等抗战完结再作'鄙人'罢。"(《乱离中的音讯(通信)——论抗战、生活及其他》)这第三类人即冰心自己以及她记忆中人物印象的摄取。这时候她的创作如前所述,已如幽燕老将,文笔沉雄练达,驭重若轻,性格相当耿直,不同于初期的朦胧和闺秀气质、温情脉脉,她对敌人一样有着大恨。她甚至在写于当时的《鸽子》一诗中设想自己倘若有枪可以于歌乐山顶击落日寇的飞机:

巨大的眼泪忽然滚落到我的脸上,
乖乖,我的孩子,
我看见了五十四只鸽子,
可惜我没有枪!

比较而言,冰心抗战时期创作较少,这有多重原因,孩子多而小,家务多,相夫教子,北南迁徙折腾,时有轰炸的惊悸危险处境,以及积极参与大后方抗战建设社会活动、文化教育交流等。但她仍忙中偷闲,常常青山一灯如星斗,长夜不熄,冰心的创作仍然"含金量"很高,每有行文发表,仍然广受注目。她在《默庐试笔》中沉痛地描写了日寇占领下北方国人做了亡国奴的屈辱与愤懑,如文中:

……最后我看见了景山最高顶,"明思宗殉国处"的方亭阑干上,有灯彩扎成的六个大字,是"庆祝徐州陷落!"
晴空下的天安门,饱看过千万青年摇旗呐喊,高呼"打倒日本帝国主义"的，如今只镇定的在看着一队一队零落的中小学生的行列，拖着太阳旗，五色旗，红着眼，低着头，来"庆祝"保定陷落，南京陷落……后面有日本的机关枪队紧紧地监视跟随着。

在文中不禁反复书写意志信念，如："我走，我要走到天之涯，地之角，抖拂身上的怨尘恨土，深深的呼吸一下兴奋新鲜的朝气；我再走，我要掮着这方旗帜，来招集一星星的尊严美丽的灵魂，杀入那美丽尊严的躯壳！"（《默庐试笔》）"前途很难预测，聚散也没有一定，所准知道的只是一个信念，就是'中国不亡'其余的一切也就是身外事了。"（《乱离中的音讯（通信）》）公开的宣泄恨，乃至是仇恨，在冰心文学中极为少见，只有在抗战中面临家国沦丧、同胞遭屠戮侮辱，冰心对丧尽天良的日本侵略者才发出了这样不共戴天的代表人类正义的呼声，传达出抗战到底的时代强音。诸如此类书写，详见她此期散文随笔、通讯、演讲稿、诗歌中。李泽厚指出："鲁迅和冰心对人生都有一种真诚的关切，只是关切的形态不同。"[1] 就其大体而言，鲁迅作品着重于表现人间的一种恨的情结，冰心着重表现人间爱的情结，但未必截然相反、背道而行，他们也是转换交融互动的，大爱、大恨，原本是事物不同呈现的两个方面，互为基础与轮动。其核心的意义正是"真诚的关切"，可归结到人道主义精神与民族风骨灵魂意义。

冰心在避居大西南长达七年时间的创作中，显然由于地处环境心境的有所不同，在创作风格与笔调方面，更倾向于明白率真甚至阳刚沉劲，风格较之以前有所嬗变。正如《献词》一首明白道出："三年来，我们的汗血/滴落在战地，在后方，/开出温慰的香花。……站在明丽的胜利之曙光里，/我们更期望未来无限美满光辉的岁年。"

山居生活的心理影响

冰心远离沿海、大都市以及城市中心的西南僻远山居生活，在滇、渝两地先后长达七年，这虽然不能说直接改变到她人生创作路径作风，但其文化致因与创作体系有所发展，影响因素还是显而易见的。冰心是"海的

---

[1] 刘再复，《李泽厚美学概论》，生活·读书·新知三联书店，2009 年，第 170 页。

女儿"，她生长于东南海滨海岸线，少女时代随父母移居北京。青年时代关心社会人生创作的"问题小说"外，《繁星》《春水》等"冰心体"诗歌传布天下，成为书写时尚。浮海到美国先后写作的《寄小读者》系列书信体散文，更使其名声家喻户晓。冰心即为五四新文学创作代表人物之一。如果不是抗战爆发，冰心也许不会和内地西南边疆地区产生零距离的接触，甚至索居七年以上（桂林等地居住并未计入）。这种战时生活坚强的要求，以及高原（地）山野朴实、雄壮面貌风骨，对其创作开拓境界，题材的丰富化、担当的男性化，都起到了改变与促进写作的作用。从她自己当时以及后来的表白中，她对自己滇、渝两地的居住都是不计甘苦，勇于接受，甚至表示相当满意的。而其满意的主要因素，即为抗战胜利的信念，以及所处风光地景的畅朗、神奇与雄壮辽阔等感染。

孔子很早说："智者乐水，仁者乐山。智者动，仁者静。"冰心早年的文学，受到水流（包括大海）关系的影响是显而易见的，所以她当时的作品更多是动态的、求知的、新潮的，如对女性圣洁的关爱（她当时有基督教情怀），对少年儿童成长的思考关注，以及将域外现代世界知识普及等。西南山居生活始于她中年初，这时的冰心为人妻、人母、人师，早已成为一位睿智干练有着极高知名度的著名作家。她选择蛰居山中，自述是好静："我觉得我要写文章，是一定要在很静的环境里才能写。所以我不喜欢在城市里面住，也不愿意在城市里面写，我喜欢在乡间住，过安静日子。……我常常喜欢与自然接触，大城市里缺乏自然的风色。如果你没有在山上，看不到晚霞，甚至于连这些颜色都不容易想象。"（《写作经验》）抗战结束她离开重庆歌乐山"潜庐"，还吩咐受托人照管一切如旧，她还有可能要回来继续居住。这种山居生活的恋"静"与倚"壮"等元素，对其创作有着潜移默化的影响。她甚至在文尾落款标注"写于四川大荒山"（《关于女人·后记》）苍莽雄浑中显然有多重复杂的况味和隐喻。想来一是山川雄奇而地处寂寞，二是国家山河支离破碎的现实，三是生命的重建希望等，都构成"大荒"的意识。

这种"家园感觉"与自然意识，强化了"自然是人类容身的寓所"① 这

---

① 叶舒宪选编，《神话——原型批评》，1987年，陕西师范大学出版社，第187页。

一象征意义。冰心在重庆山上"潜居"期间，写了一册颇为别致奇异堪称另类的集子，即《关于女人》，总计十四篇，署名"男士"，并通篇采用男性身份与口吻讲述故事人物。文体介乎于散文小说之间，如以后创作的反映当时背景的作品《小橘灯》等一样，实际上还是冰心广义的散文，或是散文的一种小说化笔调。她用男士口吻自述"这些女人，一提起来，真是大大的有名！人人知晓，个个熟认……"其实也多是采用她自己真实生活经历的人物（包括她的亲友如弟媳、同学等）原型写成。这些作品有的与西南地理人文相关（如《张嫂》即为直接采写山城乡间妇女），有些无关，是以前异地的回忆。不论如何，都是她山居生活"仁者乐山"、处静坚持期间，对生命中亲情、友情、人情的一次细细检阅、重温与品鉴！笔风虽见幽默，则颇有"仁爱"的意味。

虽然自述是为了写作方便自由发挥，以及生活支出所需（稿费），但这部山居小书，确为作者精心创作的"得意之作"，多年后她仍说："我对这本书有点偏爱，没事就翻来看看……这就好像一个孩子，背着大人做了一件利己而不损人的淘气事儿，自己虽然很高兴，很痛快，但也只能对最知心的好朋友，悄悄地说说！"① 这一比较另类的作品于报章发表后受到读者广泛喜爱（如叶圣陶先生在成都还选用作教材范文），后经巴金介绍出版，加印多次。"许多作家认为对待土地的方式呼应了对待妇女的办法。"② 冰心这种身份假借与自我异性化的换位思考、大胆尝试，我们认为其与西南山居生活的地理人文（"土地"）密切相关，雄山大川，抗战中后方辛劳奉献的妇女，以及生命中许多熟悉的坚韧勤苦令人感动的女性形象，不禁浮现眼前，挥之不去，作者换位男性身份视角心理，写来更加自由"痛快"，也更能表现衷心爱戴与同情的情怀。这在以前闺秀状态的冰心创作中，是少有看到的。这恰如地理人文学者所指出："这种结构背离了某些重要的文化地理，以及某种性别化地理。平心而论，这种结构'驯化了'家园，家被视为依附与安稳的处所，但也是禁闭之地，为了证明自己，男性英雄得离

---

① 《关于女人·三版自序》，载《关于女人》，宁夏人民出版社，1980年。
② （美）麦克·克让，《文化地理学》，王志弘等译，日流图书有限公司，2008年，第87页。

开（或因愚蠢或出自选择），进入男性冒险的空间。"① 虽然西方经典文学归纳不能一概而论，但冰心静处（从当时流离迁徙被迫滞居"陪都"角度来讲，也有"禁闭"的意味）西南山中前后长达七年，也不能不说会产生尝试与冒险的念头，而设想与化名一名"男性英雄""进入男性冒险的空间"，虽然写作是有幽默意味的小品文，笔风朴实干练，酷似"男士"笔风，谈论的是生命中一些女性，却也是女性作家大胆尝试创新、改变文风，显然受到地域景观等多重影响而致，也是山居生活仁心厚宅的一次发明。

地标与方言的乐于摄取

强化地理文化的再一表现，是作品中多次并反复出现的地标（Landmark）指示与当地方言口语的欢喜择用，这也形成了冰心文学这一时期的地域建构鲜明特色。"'地理学'一词的字面意思，其字源为'书写世界'，即将意义铭刻于大地之上。"② 冰心文学正有这样的气魄、境界。她对云南"昆明""呈贡""西山""黑龙潭""太华寺""华林寺""三台寺"以及"呈贡八影""凤岭松峦""海潮夕照""渔浦新灯""龙山花坞""梁峰兆雨""河洲月渚""彩洞亭雨""碧潭异石"等地域标志赞美有加，不遗余力，兴许有作家自己的喜好、寄托与渲染夸张（包括抗战中鼓舞的乐观主义），但文学书写本来就是"文学与地景的组合。"③ 当时、当地、当事人等元素，都完善地组合在一起。这样的作品一入读者视域，符号意义彰显，呼托出"云南"这样强烈的地景地标关系，令后人阅读亦会产生按图索骥去重新体验的美好冲动。在书写重庆生活时显然这样的地景地标关系就更加繁多而细致，因为作家居此时间历久、更加深入。如"山城""歌乐山""嘉陵江""南岸""北碚""沙磁区"（沙坪坝与磁器口）等，多见于行文，构成牢固而绵延的山城风景关系。冰心行文历来通脱活泼，雅俗共赏，往往恰到好处巧用中外格言警句诗词，有如画龙点睛。如表现四川地景关系的古诗句"蜀江水碧蜀山青""此地有崇山峻岭，茂林修竹""最难风雨故

---

① （美）麦克·克让，《文化地理学》，王志弘等译，日流图书有限公司，2008年，第48页。

② （美）麦克·克让，《文化地理学》，王志弘等译，日流图书有限公司，2008，第59页。同上，第57页。

③ 同上，第57页。

人来"等非常巧妙地穿插引用，四川方言如"摆龙门阵""打水漂儿""不安逸""鸡冠花""小橘灯"等日常口语、地方风物名词等，适当采择运用，形象生动有趣，颇能点染近情。

冰心入西南地区作有《〈小难民自述〉序》《〈蜀道难〉序》等文化人的旅行游记、考察笔记前言，都有特意关注与书写西南地理风貌的共鸣。从其另外行文包括近年发现尚未收入文集的不少当年两地生活的佚文、演讲稿、书信、征文评语等来看，均对云南、四川文化，有较深切关注。而两地的地景关系、民风世象，在其行文中，自然融入，呼之欲出。

总括冰心西南文学书写中的地理文化景观呈现，我们欣喜地看到相对少为外人所知并罕有名人描写的大西南地景人文风光，经这位五四新文学大家点染勾勒、神奇展示，所及无不栩栩如生、跃然纸上，风光人物，摇曳多姿，意味深长，作品经得住时间检验，如同将时光定格在了生动的空间关系上，又如同那盏永不熄灭的、脍炙人口的"小橘灯"，在雄奇逶迤夜晚的山道上，发出引人注目而温馨不灭的光芒。

（张放　四川大学中文系教授）

《默庐试笔》中的"冰心体"续写

祝敏青

摘　要：作为文言与白话交接时期的产物，"冰心体"无疑在白话文学话语中占有重要的地位。"冰心体"标志着冰心的白话文学语言尝试已形成独有的语言风格。《默庐试笔》虽然"试"于冰心三年的写作断层之后，但仍承接了《寄小读者》等作品的"冰心体"语言风格。以形象生动的细腻描摹、一唱三叹的情思流淌、富于吟咏的音乐美感等审美特征，与作者其他文学作品的语言风格融为一体。所延续的"冰心体"风格的呈现，带给人们以富于语言文化底蕴的审美体验。

关键词：《默庐试笔》　《寄小读者》　冰心体　延续

冰心文学作品的语言以其清新俊丽的风格形成了独具一格的"冰心体"，这种语言风格在她的散文和诗歌中表现尤为突出。风格的呈现以语言符号的特有排列组合为载体，以内容与形式的水乳交融作用于读者的视觉感官。作为文言与白话交接时期的产物，"冰心体"无疑在白话文学话语中占有重要的地位。"冰心体"标志着冰心的白话文学语言尝试已形成独有的语言风格，这意味着冰心语言风格的形成和成熟，也意味着其在特定历史时期的独树一帜。

《默庐试笔》是冰心于1939年底至1940年在云南昆明居所默庐所写的散文。正如作者所言，之所以题为"试笔"，是因为"在静夜里试着运用我的笔"。而之所以"试笔"，是因为战时的"心乱"导致"梦乱"，又导致了从 1936 年以来因流离失所的几乎停笔。虽然如作者所说，默庐的四个月，自己"只觉得心乱，腕也酸，眼也倦，笔也涩，写了几次，总写不出条理来"，然而，一旦"试笔"，便"凭着笔儿的奔放"，"试出了一种情绪"。就语言风格而言，承载这种情绪的语言，也便与其已然形成的"冰心体"链接。我们以突出体现"冰心体"的《寄小读者》为参照，考察《默庐试笔》中所延续的"冰心体"语言艺术的呈现。

一、形象生动的细腻描摹

"冰心体"语言特征之一是形象生动的细腻描摹。冰心以女性目光的敏锐捕捉事物之间的联系，凭借丰富的想象力将其关联，从而使所描绘的事物形象生动。比喻、比拟等修辞手法以其形象生动的表达效果成为冰心语言艺术的载体。

比喻作为"超级大格"成为文学作品中最具有表现力的辞格之一，也成为冰心常用的修辞格。冰心笔下的喻体是多姿多彩的，可以是形象的事物，也可以是抽象的文字。如：

（1）黄昏时候，红日半落，新月初上，满城暖暖的炊烟，湖水如同一片冻凝的葡萄浆酪，三三两两的白鹭，在湖光中横过稻田南飞。古城村降龙寺大道两旁的柏树，顷刻栖满，如同忽然开了满树的灿白的花。（《默庐试笔》）

（2）这些字都未曾描写到早晚风光的千分之一，万分之一。我只能说呈贡三台山上的一切，是朴素，静穆，庄严，好似华茨华斯的诗。（《默庐试笔》）

例（1）以"一片冻凝的葡萄浆酪"状黄昏日暮下的湖水，以"忽然开了满树的灿白的花"形容栖满白鹭的柏树，均是取具体事物作喻，形象富有诗意地描绘出郊野暮景。例（2）则是取"华茨华斯的诗"作喻，似乎与比喻用具体来比喻抽象的原则不相吻合，但同样具有形象性，让人在联想想象中感受呈贡三台山上诗意的美好与含蓄。承接此比喻，散文第二部分开头则直接以"华茨华斯的诗境"为借喻，将景与诗密切关联，表达了对呈贡的喜爱：

刚到呈贡时候，从万丈尘嚣的城市里，投身到华茨华斯的诗境中来，

一天到晚，好像是在做梦。(《默庐试笔》)

没有战火的呈贡是冰心的暂时栖身之地，也是她心灵得以安宁的栖息之地，呈贡以它的"朴素，静穆，庄严"，使饱受颠沛的心灵得到了暂时的休养生息。"华茨华斯的诗境"将环境赋予心境的恬静描绘出来。

《默庐试笔》中的比喻特色延续了《寄小读者》的比喻手法，《寄小读者》中的比喻也呈现出多姿多彩的取喻方式，如：

(1) 我突起的乡思，如同一个波澜怒翻的海！(《寄小读者》通讯二十九)

(2) 母亲，你是大海，我只是刹那间溅越的浪花。虽暂时在最低的空间上幻出种种的闪光，而在最短的时间中，即又飞进母亲的怀里。(《寄小读者》通讯二十八)

(3) 看，小舟在怒涛中颠簸，失措的舟子，抱着樯竿。哀唤着"天妃"的慈号。我的心舟在起落万丈的思潮中震荡时，母亲！纵使你在万里外，写到"母亲"两个字在纸上时，我无主的心，已有了着落。(《寄小读者》通讯十三)

例 (1) 以"波澜怒翻的海"喻"突起的乡思"，将抽象的心理感觉描绘得具体形象。例 (2) 对"母亲"和"我"的取喻是关联的，"浪花"与"大海"的关系，将"我"对母亲的依托依恋形象展现出来，比喻后的描写，使这种关系进一步得到深刻说明。例 (3) 由"小舟"引出"心舟"的借喻，描绘了身在异乡养病时的心态，也描绘出对母亲的依恋。

比拟赋予无生物以生命，以形体动作，也就使本不具有神态动作行为的事物因形态具有了形象感和生动性。如：

(1) 这一切都充满着惺忪，柔媚，清澈，使人喜欢，使人长吁，使人兴奋。(《默庐试笔》)

(2) 西山在几条黑影中睡去了，他不管人间凄清的事。满城满村的人，也都睡去了罢？只有一点两点淡黄的灯影，在半山中，田野上飘着，是在读书？是在织布？……低声说，低声笑罢，宇宙在做着光明的梦呢，小心惊醒了她！(《默庐试笔》)

呈贡西山是默庐居所周边的空间环境，战争时期的安宁之隅给予冰心以暂时的心灵恬静，心境使她笔下的西山充满了生命力。例 (1) 写早起西窗之景，赋予景色以"惺忪""柔媚"人才具有的状态，使景色充溢着人的情感。例（2）则是西山月夜下的夜景，以"他"称"西山"，以"她"称"宇宙"，应该都是作者心目中景物人物化的自然表现。"读书""织布"看似写人，却在语言表述上与"灯影"构成陈述被陈述关系，不妨将其看作"灯影"的拟人化。这些描写赋予景物以动感，以生命，传递了对景物的热爱之情。北平在冰心心目中具有特别的分量，北平的沦陷使她倍感痛心，这种情感使北平在她笔下也赋予了生命力和形象性，她痛心疾首地感慨北平的失守："北平死去了！我至爱苦恋的北平，在不挣扎不抵抗之后，断续呻吟了几声，便恬然死去了。""……北平也跟着大连沈阳死去了，一个女神王后般美丽尊严的城市，在蹂躏侮辱之下，恬然地死去了。"地域在作者心目中呈现出生命特征，具有了鲜明的形象色彩，蕴寓其中的对特定地域的情感不言而喻。

比拟以赋予事物生命体征的形式展示出形象性，体现出作者的情感色彩。《默庐试笔》中比拟的运用与《寄小读者》也是一脉相承的。比拟在《寄小读者》中也是重要的修辞手法。如：

（1）许多话不知从哪里说起，而一声声打击湖岸的微波，一层层的没上杂立的潮石，直到我蔽膝的毡边来，似乎要求我将她介绍给我的小朋友。小朋友，我真不知如何的形容介绍她！她现在横在我的眼前。湖上的月明和落日，湖上的浓阴和微雨，我都见过了，真是仪态万千。小朋友，我的亲爱的人都不在这里，便只有她——海的女儿，能慰安我了。Lake Waban，谐音会意，我便唤她做"慰冰"。（《寄小读者》通讯七）

（2）春天已在云中微笑，将临到了。（《寄小读者》通讯十四）

例（1）湖水的动态诉求，以"她"的称谓相称，赋予异国湖水以生命。"慰冰湖"承载了身在异乡的"我"的思乡之情，也就具有了与"我"沟通的功能，在形象生动的描绘中抒发了作者的情感。例（2）赋予无形的"春天"以人的神态体貌，使季节名称具有了形象感。

色彩词以对色彩的传递体现形象，也就成了冰心笔下常见的景物描绘手法。她的色彩描绘可能呈现的是静态景物，也可能是景物的动态化。如：

（1）下楼出门转向东北，松林下参差的长着荇菜，菜穗正红，而红穗颜色又分深浅，在灰墙，黄土，绿树之间，带映得十分悦目。（《默庐试

笔》）

（2）坐在书案前外望，眼前便是一幅绝妙的画图，近处是一方菜畦，畦外一道的仙人掌短墙，墙外是一片青绒绒的草地。斜坡下去，是一簇松峦，掩映着几层零零落落的灰色黄色的屋瓦。再下去，城墙以外，是万顷的整齐的稻田，直伸到湖边。湖边还有一层丛树。湖水是有时明蓝，有时深紫，匹练似的，拖过全窗。（《默庐试笔》）

例（1）红穗、灰墙、黄土、绿树交相辉映，是景物的客观色彩，也是作者笔下的色彩组合，给人以强烈的视觉感官。例（2）先是不同景物"青绒绒""灰色黄色"的静态色彩描绘，接着是同一景物湖水"明蓝""深紫"变幻色彩的动态描绘，动静相生，色彩交错，构成了一幅"绝妙的画图"。色彩词可以说是这一画图中带给人们突出形象感的"诗眼"。

对色彩词的喜好，表现在《默庐试笔》中，也表现在《寄小读者》中，体现了《默庐试笔》对"冰心体"表现手法的传承。如：

过了高丽界，海水竟似湖光，蓝极绿极，凝成一片。斜阳的金光，长蛇般自天边直接到阑旁人立处。上自穹苍，下至船前的水，自浅红至于深翠，幻成几十色，一层层，一片片的漾开了来。（《寄小读者》通讯七）

以"蓝极绿极""浅红""深翠"等色彩词的点缀，构成了一幅神奇的"深海夕照图"。再如写冰珠串结在野樱桃枝上的美景，写在新汉寿白岭之巅看落日，写回国后见到的故乡景物，也都以绚丽色彩的相互组合，相互映衬，在人们的眼前展现了一幅幅隽丽清新、自然生动的水墨画。给人们以突出形象感官的色彩词，将人们带到了仪态万千的异国湖山，波光云霞的海上行程。

浓郁的形象描摹使冰心笔下常常出现多种修辞手法交织并存的现象，如：

黄昏时候，红日半落，新月初上，满城暖暖的炊烟，湖水如同一片冻凝的葡萄浆酪，三三两两的白鹭，在湖光中横过稻田南飞。古城村降龙寺大道两旁的柏树，顷刻栖满，如同忽然开了满树的灿白的花。这时若有晚霞，这光艳落在天南的梁峰上，染成了浓紫，落在北峰外的文笔山塔上，染成了灿黄，落在人的衣上颊上，染成淡红，落在文庙的丛柏上，染成了深黑，这一切，极复杂又极调和的合奏着夕阳的交响乐，四山回应着这交

响的乐音！（《默庐试笔》）

"暖暖的炊烟"是通感，"横过"是词性活用，加之色彩词搭配组合，比喻、比拟等修辞手法的交织使用，构成了一幅如诗如画的日暮乡村风景图。这种修辞手法的综合运用，在《寄小读者》中也可以窥见踪迹，如：

每日黄昏的游泛，舟轻如羽，水柔如不胜桨。岸上四围的树叶，绿的，红的，黄的，白的，一丛一丛的倒影到水中来，覆盖了半湖秋水。夕阳下极其艳冶，极其柔媚。将落的金光，到了树梢，散在湖面。我在湖上光雾中，低低的嘱咐它，带我的爱和慰安，一同和它到远东去。（《寄小读者》通讯七）

比喻、夸张、比拟、色彩词搭配组合等修辞手法的交织使用，将慰冰湖的黄昏景致描绘得如诗如画，景物因融入人的情感而充满了活力。

二、一唱三叹的情思流淌

"冰心体"的又一语言特征是似水柔情的浓郁情思。冰心的文字中流淌着浓浓的情思，她的笔浸染着情感之墨水，抒发着对描写对象的爱恨情仇。语言符号的编排组合是其浓郁情感的载体，排比、对比、衬托等修辞手法的运用，使其语言形成了缠绵悱恻的抒情格调。

排比以相同或相似的语言结构构成复沓的吟咏模式，表现对同一对象的浓墨抒写与歌咏，因此成为冰心喜用的修辞手法。它承载着作者情感的诗化祖露。如：

……此时情绪，不是凄婉，不是喜悦，不是企望，不是等待，不是忏悔，不是恋爱，唇边没有笑，眼角没有泪，抚着雪白的枕头，久久不能捉摸自己的感觉……是的，这两年来，笑既不真，哭亦无泪，心灵上划上了缕缕腥红重叠的伤痕，这创痕，一条是羞辱，一条是悲愤，一条是抑郁，一条是惊讶，一条是灰心，一条是失望，一条是兴奋，一条是狂欢……创痕划多了，任何感觉都变成肤浅，模糊，凝涩。这美妙的诗境，太静了，太妙了，竟不能鼓舞起这麻木的心灵。

抚着雪白的枕头，静静的想到天明，忽然觉悟到这时情绪，也是凄婉，也是喜悦，也是企望，也是等待，也是忏悔，也是恋爱。不是少年人的飞跃，而是中年人的深沉，我不但是在恋爱，而且是在失恋，我是潜意识的

在恋着那恝然舍去，凄然生恨，别后不曾一梦见的北平！(《默庐试笔》)

上述文字以到呈贡产生的思绪，体现对"别后不曾一梦见"的北平的思恋。情感的抒发由对比与排比构成两个层面，一是以"不是"与"是"对"此时情绪"的否定肯定并举，在否定多种情绪之后引出所要抒写的情绪。"不是"与"是"看似矛盾，实为铺垫。先否定后肯定突出了情感的复杂，情感的强烈。另一层面则是"不是"与"是"关联，所陈列的种种情绪。排比形式将情绪的复杂化多样化抒写得淋漓尽致。在《寄小读者》中我们也可追溯到这些手法的运用，如：

(1) 如今呢？过的是花的生活，生长于光天化日之下，微风细雨之中；过的是鸟的生活，游息于山巅水涯，寄身于上下左右空气环围的巢床里；过的是水的生活，自在的潺潺流走；过的是云的生活，随意的袅袅卷舒。几十页几百页绝妙的诗和诗话，拿起来流水般当功课读的时候，是没有的了。如今不再干那愚拙煞风景的事，如今便四行六行的小诗，也慢慢的拿起，反复吟诵，默然深思。(《寄小读者》通讯十四)

(2) 小朋友！海上半月，湖上也过半月了，若问我爱哪一个更甚，这却难说。——海好像我的母亲，湖是我的朋友。我和海亲近在童年，和湖亲近是现在。海是深阔无际，不着一字，她的爱是神秘而伟大的，我对她的爱是归心低首的。湖是红叶绿枝，有许多衬托，她的爱是温和妩媚的，我对她的爱是清淡相照的。(《寄小读者》通讯七)

例(1)以"过的是"关联起对沙穰疗养院养病生活的描述，四个对生活悠闲自在状态的比喻句构成了排比，抒发了对造物者赐予的这场病使自己能够"抛撒一切，游泛于自然海中"的偷闲自乐。例(2)将"海"与"湖"形成对比，对比双方以比喻构成了不同的形象，抒发了对海与湖的情感。"爱"是相同的，"爱"的感受却又是不同的。对比中的比喻使情感的共性与差异体现得形象具体。

衬托也是冰心情思流淌的表现形式，表达对景物的情感，常常通过他物他景的描述作为铺垫，以使情感更为浓烈真挚。如：

回溯生平郊外的住宅，无论是长居短居，恐怕是默庐最惬心意。国外的如伍岛(Five Islands)白岭(White Mountains)山水不能两全，而且都是异国风光，没有亲切的意味。国内如山东之芝罘，如北平之海甸，芝罘山太高，海太深，自己那时也太小，时常迷茫消失于旷大寥阔之中，觉得一身是客，是奴，凄然怔忡，不能自主。海甸楼窗，只能看见西山，玉泉山塔，和西苑兵营整齐的灰瓦，以及颐和园内之排云殿和佛香阁。湖水是被围墙全遮，不能望见。论山之青翠，湖之涟漪，风物之醇永亲切，没有一处赶得上默庐。我已经说过，这里整个是一首华茨华斯的诗。（《默庐试笔》）

抒写默庐的"最惬心意"，以对国内国外郊外的描述为铺垫。这些客观景物不可谓不美，但在作者的情感支使中却突出了其不足，以此反衬对默庐这首"华茨华斯的诗"的极度赞美。而衬托与被衬托的景物客观事实上是形成极大反差的，这一反差既表现在地域景致的名气，也表现在人们的常规审美观念。客观上说，默庐只是呈贡斗南华氏家族于民国初年修建用于守坟和追祭先辈时的歇息地，而伍岛（Five Islands）、白岭（White Mountains）山东之芝罘、北平之海甸从地域名气和风景应都胜于默庐。但在冰心笔下，地域形象倒置，显而易见，景物中渗透着作者浓郁的情感倾向，对客观美景的贬谪是为了衬托对心中美景默庐的赞誉。客观景致与作者心灵空间景致产生的反差，凸显了对默庐的情感。文中还以北平作为反衬，以讴歌默庐的"最惬心意"：

我为什么潜意识地苦恋着北平？我现在真不必苦恋着北平，呈贡山居的环境，实在比我北平西郊的住处，还静，还美。我的寓楼，前廊朝东，正对着城墙，雉堞蜿蜒，松影深青，霁天空阔。最好是在廊上看风雨，从天边几阵白烟，白雾，雨脚如绳，斜飞着直洒到楼前，越过远山，越过近塔，在瓦檐上散落出错落清脆的繁音。还有清晨黄昏看月出。日上、晚霞、朝霭，变幻万端，莫可名状，使人每一早晚，都有新的企望，新的喜悦。（《默庐试笔》）

以北平西郊住处引出对默庐居所的描绘，从这段文字中，可以深切感受景物与人物心态的关联。北平是冰心居住了二十年时光的"印象最深，情感最浓，关系最切"的地方，而默庐是冰心与吴文藻躲避战乱的暂时栖息之地。从生活时间来看，北平显然与冰心关系更为密切。但在特殊的历史背景下，两地对冰心而言，却具有特殊的意义。在敌机轰炸中，"至爱苦恋的""北平死去了"，而默庐的和平景致使作者遭受战乱磨难的心灵得以暂时栖息。对战争的怨恨，对和平的渴望就蕴含在对景物的描述中。衬托将作者的喜怒哀乐表现得淋漓尽致，成为冰心喜用的手法，在《寄小读者》中，也常出现此类景物中的情感抒发，如以"玫瑰的浓郁""桂花的清远""高贵清华的菊花"反衬"被人轻忽"的蒲公英在"我"心中的地位（通讯十七），以"上海登舟""神户横滨停泊""西雅图终止"的"不见沙岸"，反衬"大西洋岸旁之一瞬"（通讯十八），更有衬托、排比等手法的综合运用，如：

故乡没有这明媚的湖光，故乡没有汪洋的大海，故乡没有葱绿的树林，故乡没有连阡的芳草。北京只是尘土飞扬的街道，泥泞的小胡同，灰色的城墙，流汗的人力车夫的奔走，我的故乡，我的北京，是一无所有！

小朋友，我不是一个乐而忘返的人，此间纵是地上的乐园，我却仍是"在客"。我寄母亲信中曾说：……北京似乎是一无所有！——北京纵是一无所有，然已有了我的爱。有了我的爱，便是有了一切！灰色的城围里，住着我最宝爱的一切的人。飞扬的尘土呵，何时容我再嗅着我故乡的香气……（《寄小读者》通讯二十）

先以四个"没有"与"只是"关联的四种景物形成对照，两个对比中各以四个排比构成，表达对故乡北京"一无所有"的遗憾。然而，这不是重点，而只是铺垫。先抑是为了后扬，是作为"北京纵是一无所有，然已有了我的爱。有了我的爱，便是有了一切"的情感抒发的铺垫。

排比、对比、衬托等修辞手法作为冰心情感倾诉的载体，使作者笔下的景物带有了情感的灵性，《默庐试笔》延续了《寄小读者》中的"冰心体"表现手法，使情感得到了淋漓尽致的发挥。

三、富于吟咏的音乐美感

语言文字搭配组合呈现的浓郁音乐色彩是"冰心体"的又一特征。音乐性使冰心语言不仅具有强烈的视觉感，而且具有了浓烈的听觉感。如诗如画的描述以娓娓动听的乐曲般的语言倾诉，使"冰心体"具有了富有美感的音乐性。

音节的复沓常常是伴随着排比句式出现的，作为排比中的提携语，它往往增强了排比的气势。某一音节的反复吟唱，在语流听感上又造成了一种缠绵悱恻、回环往复的音乐美感，使语句间回环萦绕着浓郁的抒情色彩。如：

于是我不顾自己的渺小，我试，试着拿起笔，试着写，凭着笔儿的奔放，我试出了一种情绪，万千人格、万千情绪之一种，是我自己在潜意识中苦恋着北平。（《默庐试笔》）

"试"的反复吟唱，既突出了《默庐试笔》的题旨，又于回环往复中让人品味一种柔情似水中的写作情绪。这种音节复沓常常是冰心寄情与抒情的最佳载体之一，因此，它也是《寄小读者》中反复这一抒情模式的延续：

今日黄昏时，窗外的慰冰湖，银海一般的闪烁，意态何等清寒。秋风中的枯枝丛立在湖岸上，何等疏远，秋云又是如何的幻丽，这广场上忽阴忽晴，我病中的心情，又是何等的飘忽无着！（《寄小读者》通讯九）

"何等"的反复吟咏，使语句间回环萦绕着浓郁的抒情色彩、动听的音乐美感，把慰冰湖的景致与"我"病中心情的"飘忽无着"链接在一起，构成一个景与情相融合的意境。

在自由灵活、参差变化的句式中穿插整齐匀称的音节结构，参差与整齐自然地结合在一起，形成错综的美感，也是"冰心体"语言音乐性的突出表现。冰心具有深厚的古文底蕴，使她能够娴熟地将文言整齐的骈式穿插入白话的散式中。如：

（1）四山濛然而又廓然，此时忽有一两声鹰鸣，猛抬头的人，便陡然的感到看到了光雾中分明而又隐约的一切，松峦，山岭，田陇，城墙，高高下下的，还有在草地上几条修长的人影。（《默庐试笔》）

（2）我最爱早起在林中携书独坐，淡云来往，秋阳暖背，爽风拂面，这里清极静极，绝无人迹，只有两个小女儿，穿着橘黄水红的绒衣，在广场上游戏奔走，使眼前宇宙，显得十分流动，鲜明。（《默庐试笔》）

例（1）"松峦，山岭，田陇，城墙"音节两两相对，镶嵌在白话散句中，于散句的自由不羁中带有了整句的工整性。整散结合，构成视觉听觉上的错综美感。例（2）"淡云来往"等四字格音节镶嵌在散句中，于变化中有工整，显得错落有致。再如前例中的"雉蝶蜿蜒，松影深青，霁天空阔"，"日上、晚霞、朝霭，变幻万端，莫可名状"等，均是将整齐的骈式插入散句中。有时，音节虽然并非两两相对，但相同相似的结构组合也能造成工整的格式，这种格式穿插在散句中，也形成了整散交错的错综美。如：

（1）这里完全是江南风味，柔媚的湖水，无际的稻田，青翠的山，斗笠，水牛，以及一切的一切，都在表现着江南的风光。（《默庐试笔》）

（2）南京，西湖，我都去过，每处都只玩过七八天，如同看见一本好书，一幅好画，一尊好雕刻，一个投机的新朋友，观者赞叹，不能忘情，但印象虽深，日子则浅，究竟不是青梅竹马耳鬓厮磨的伴侣，"物不如新，人不如故"，这里有什么地方可以仿佛一二我深深恋着的北平呢？（《默庐试笔》）

例（1）"柔媚的湖水，无际的稻田，青翠的山"虽然音节数不尽相同，但结构是一致的，都是偏正结构，穿插于灵活多变的散句中。例（2）"看见"后的宾语由4个结构相同的短语构成，这些短语虽然音节数量不等，但从结构来看，都是偏正结构，这些语言结构的搭配组合给人以整齐的音感效果，交织在散句中，也便形成了错综的音乐美感。

骈散相间所造成的音乐美感也是延续了《寄小读者》中的"冰心体"风格，这一语言调配模式在《寄小读者》中也每每可见，如：

……这总是第一次抛弃一切，完全来与"自然"相对。以读书，凝想，赏明月，看朝霞为日课。有时夜半醒来，万籁俱寂，皓月中天，悠然四顾，觉得心中一片空灵。（《寄小读者》通讯十一）

"以……为日课"中插入的音节或两两相对，或三个音节相对，"万籁俱寂，皓月中天，悠然四顾"则是四个音节相对。这些整齐的骈式穿插在散句之中，自然的旋律中夹杂着匀称的美感，显得变幻多姿。冰心将古诗词和散文笔法巧妙地融为一体，使作品语言既具有古典诗词的韵律美，又具有白话文的流畅自然，形成了匀称而又变化、和谐而又自然的音乐美。

如果说，《寄小读者》是一首充满了对母爱、童心、大自然赞颂之情的咏叹调，那么，《默庐试笔》就是一首以呈贡为核心，所展示的对自然地域赞颂的咏叹调。对一切充满了情感，是冰心作品表达内容的特征，也是语言表述的特征。《默庐试笔》虽然"试"于冰心三年的写作断层之后，但仍承接了《寄小读者》等作品的"冰心体"语言风格。以形象生动的细腻描摹、一唱三叹的情思流淌、富于吟咏的音乐美感等审美特征，与作者其他

29

文学作品的语言风格融为一体。所延续的"冰心体"风格的呈现，带给人们以富于语言文化底蕴的审美体验。

参考文献：

1. 卓如编：《冰心全集》，海峡文艺出版社，2012 年版。
2. 祝敏青：《文学言语的修辞审美建构》，人民出版社，2014 年版。

（祝敏青　福建师范大学文学院教授）

"哀中年"：忆旧 言志 风景

——抗战时期冰心的抒情形象

吕若涵

摘 要：本论文以冰心西南时期的散文写作来探讨冰心的"抗战"、冰心的"西南"、冰心的"中年"等包含现实、时间、地域、情感、心理等诸多要素的文本意涵，认为，忆旧悲悼、"潜""默"言志、风景静观构成三个支点，奠定了她抗战时期的中年抒情形象。

关键词：冰心 战时散文 "哀中年"

战时迁移至西南的知识分子与作家研究已是连篇累牍，多着眼于"大题目"，如抗战史、知识分子研究、战时学术、文学创作、文化流派等等，一批相当重要的学者、作家，也得到学界的发掘与注意。有关冰心抗战时期的文学创作研究相对沉寂，一则是冰心战时八年的文学作品不算多，以往研究多集中于《关于女人》等小说上。① 近年来对冰心战时"参政"资料的实证研究略有成果。二是冰心研究多属"老熟"论题，创新殊不易。只有将冰心创作置于同时期的文学生态中一起考察，才可能有更多切实的发现。

本论文以冰心西南时期的散文写作来探讨冰心的"抗战"、冰心的"西

---

① 卓如编《冰心全集》（海峡文艺出版社 2012 年）将《关于女人》收入小说卷。《中国现代散文史》仍将之归于散文集，"行文带着小说的笔调，主要运用叙述的语言，人物在对话和具体行动中展现她们的性格，在这本集子里她暂时搁下了她所擅长的抒情艺术"。俞元桂主编《中国现代散文史》，第 592 页，山东文艺出版社 1988 年。

让自己从忙乱的生活中解脱出来，而病中能够读书作文，才是幸福的。从心理学的意义看，"生病"成了越出日常生活之轨道的短暂契机，让作家获得暂时的游离。但冰心很少在作品中具体地渲染病痛，只有在书信中她才会向朋友通报"伤风头痛，鼻腔发炎，头痛得八日夜不能睁眼"（1940 年信《致巴金》）的状况。

"病痛"与战争，以及战时的逃难，都使冰心的战时文字显得短而杂碎，且很少能够立即提笔，写出当时的感受。在战后《〈小难民自述〉序》中，冰心说自己"很愿意写几个字"，原因是这本书写战区苦难以及种种不平情绪，冰心都能感同身受："敌机轰炸的惨状，灾区难童的苦况，都描写得很动人。至于沿途逃难的经历，这一段路，正是我所未经过的"①。而实际上，这一路的情形过于动荡，冰心反而无法即刻写下，她的写作经验往往是后置的，需要时间沉淀。所以"往事"、童年、怀旧才成为她题材的重点。1942 年《我的童年》作于重庆，叙述多于抒情，只因为"中年的人，不愿意再说些情感的话，虽然在回忆中充满了含泪的微笑"。这可能与她节制、冷静、不愿意在情绪未能平复时执笔的特点有关。有些诗歌，在情感上显得模糊，如《生命》，作为 1942 年春，尽管"你冷"，但春天的"清灵的天空""灯彩""新月""春星"等，仍然在"你有海样的深愁"时带来"美妙""温柔""温暖"，提醒着诗人那寻找了许多年的"生命"就在眼前。《再寄小读者》四篇通讯开始了"生命"问题的探讨。从冰心战时的写作来看，公开发表的文章多乐观、沉静，执笔时看重对读者实际影响，很少渲染过多的感伤。抗战时期的诗歌、散文与小说中，对"生命"的形而上关照，对虚空的凝视，对日常生活的流连，都源于战争的背景，也是四十年代散文创作的重要主题和现象。

只有当悼念与忆旧联手时，冰心个人的情感方更为突出。《我的良友》中，中年的冰心借着对母亲的回忆、抒写对友朋凋零的伤感，对青春的追怀，对"生命"的咏叹。青年冰心，一个有为的理想青年形象，如今被中年冰心——带着病痛、怀旧却忍耐的形象所替代。对亡友的回忆与纪念，就是对自己的青春的伤悼；亡友也如镜子，照出冰心对于当下处境与生活

---

① 冰心：《〈小难民自述〉序》，《冰心全集》第 2 卷，第 475 页，海峡文艺出版社 2012 年。

的认识。写到"我的良友"王世瑛，这位与冰心一样从闽都走出来的女性，也有自己的奋斗追求与荣耀美好的青年时代，"身体素来很好，为人又沉静乐观"，是作家"二十年来所看到的理想的快乐的夫妇"。但中年人的死亡居然来得频繁，送老人的同时，更多的是送自己的友朋，何况背景是战争中的死亡已成常态。但这篇散文的意义远不止于此，因为王世瑛几乎是冰心最适合的镜像，她的生活轨迹，重叠了冰心的少女时代、大学时代、五四时期的激情和奋发；她的国外生活经历、为人妻母的经历、以及战争年月的"有情""相当的忍耐和不断的努力"、"以永恒的天真和诚恳，用温柔的坦白来与她的环境周旋"等等，几乎就是一代五四女性走入中年的共同经历。因此，冰心这篇忆悼文最具意义的地方是，两个女性的生命路径，挟带着历史的风云与浪潮，且把包括庐隐在内的四君子的生命与内在精神一并写下，借着对良友的回忆与伤悼，对现代女性的婚姻、生命与人格精神进行了重新的打量与肯定。这篇伤悼文实以"情感"串起细节，尤其以歌乐山上杜鹃的鸣叫、廊前美景无从看、抵足而谈难实现等几重现实遗憾，来观照战时知识女性的生命形态，因此，与《关于女人》中的女性一样，透露出冰心对"二十年来所看到的理想的夫妇"与中年的感伤、生命的美好与顽强的珍惜。

还有一种与中年之感相契合的，是冰心散文中的"梦"。冰心时时惊叹于自己梦多，青年时的梦与中年时的梦，都是各种境遇下心绪的表现。蛰居西南时期的"梦"，在作家的笔下，却颇为奇异，以致作家认真地记录下来：当台阶的上方与台阶的下面都有人在呼唤"我"时，"在梦里，我却欣然的，不犹疑的往下奔走，似乎自己是赤着脚，踏着那在台阶上流走的水火，飘然的直走到台阶尽处"。一个"向下走"的梦！对梦中所选择的行动，冰心很是诧异，因此，在细细揣摩之后，将之归因于一种中年不堪负累的心态："但当我同时听见两个声音在呼唤的时候，为什么不往上走到白云中，而往下走入黑烟里？也许是避难就易，下趋是更顺更容易的缘故！"

即使这里隐藏着某种自责，冰心仍然感谢有"梦"：

单调的生活中，梦是个更换；乱离的生活中，梦是个慰安；困苦的生活中，梦是个娱乐；劳瘁的生活中，梦是个休息——梦把人们从桎梏般的现实中，释放了出来，使他自由，使他在去中翱翔，使他在山峰上奔走，能做梦便是快乐，做的痛快，更是快乐。现实的有余不尽之间，都可以"留与断肠人做梦"。但梦境也尽有挫折，"可怜梦也不分明"，"梦怕悲中断"，"怎不思量，除梦里有时曾去。无据，和梦也新来不做。"等到"和梦也新来不做"的时候，生活中还有一丝诗意么！？（《力构小窗随笔·做梦》）

在这里，"梦"提示了现实的"乱离""困苦""劳瘁""桎梏"以及无诗意、无自由的无奈。作家像感谢"生病"一样，感谢还有"梦"。

这篇写梦之文中引用了数句诗词。古诗词引用是冰心典雅文章风格的一个特征，顺手将古诗词嵌入文章，为冰心所长，把古诗词的意境用白话文表现出来，也是冰心散文常见的手法。这一小段引用，并没有写明作者，仿佛只是随意引来表达心情的"悲苦"与"愁怀"的，但如果知道这是从宋徽宗的《宴山亭》而来，就能瞬间明白冰心写文时情境与情绪上的古今联系了。徽宗在北行途中，曾见杏花，于是悲从中来，赋《宴山亭》：

裁剪冰绡，轻叠数重，淡著燕脂匀注。新样靓妆，艳溢香融，羞杀蕊珠宫女。易得凋零，更多少、无情风雨。愁苦，问院落凄凉，几番春暮？凭寄离恨重重，者双燕何曾，会人言语？天遥地远，万水千山，知他故宫何处？怎不思量？除梦里有时曾去。无据，和梦也新来不做。

徽宗艺术上颇有成就，擅长书法、绘画、诗词，但在政治上是亡国之君，最后结局如李煜被宋太宗毒死于开封很相似，徽宗在囚禁中病死五国城。王国维称这首词为一纸"血书"，哀情哽咽，悲苦令人不忍卒读。冰心将徽宗词引入文章，虽未标示作者，但一旦识得典故，那隐含国破山河在的兴亡之感，与个人的中年之感，便借着亡国之君的悲哀，表达得低徊沉郁，文章由此生出现实与历史的厚重。从文体上看，冰心散文不断地重复，采用的多半不是与其他作家相似的那种在细节、日常，以及絮语中散发中年的无奈感，而是由一个个段落组成的咏叹式长文，使散文带着叹喟与伤怀的抒情节奏，并更趋于诗化和虚化。

借着离乱间的病痛、悼亡与回忆、"梦"的书写，冰心塑造了哀中年的抒情形象。

"默庐""潜庐"的言志形象

为居住处所或书斋起个名号，是文人悠久的传统习性。尽管现代作家在五四以后颇有反传统的一面，但中国传统文人的许多习性仍然在很多作家那保留下来，有着各类古典雅好的大有人在。二三十年代出名的书斋或屋号，有丰子恺的"缘缘堂"、俞平伯的"古槐书屋"郁达夫的"风雨茅庐"，鲁迅的"且介亭"、周作人的"苦雨斋"、刘半农的"双凤凰砖斋"等等，随着搬家或重置新屋，新名也不断出现，多借书斋名来表达某种志向、情怀或兴趣等。这一主题，如今体现在文人和研究者不断呼吁保存名人"故居"，可见，"陋室"与文人的关系，是文人文化的重要一种，颇有研究价值。

20世纪知识分子最大规模的整体迁移发生于抗战期间。[1] 在迁移中，为知识分子的散文写作提供了众多题材，其中，以"住"为题材的相当不少，写作者的独特性体现在为自己的书房或居所命名，并通过散文而得以流播，乃至成为散文中的文化景观。战争时期，"整个中国没有一张安静的书桌"的实际情形，不仅书斋成为奢侈品，且最现实的住房问题就摆在眼前。

因此，一旦可以暂时有一安稳居所，文人们便兴致勃勃地为自己的居所命名，借以表达一种心绪与情怀，各种雅致的房名成为战争期间文化界的一道风景，也是知识分子精神的一种象征。四十年代前后，冰心的好友梁实秋的"雅舍"，苏雪林的"让庐"，以居所命名；而有名如王力的数个住房，尤其是"龙虫并雕斋"、朱自清的"犹贤博弈斋"等，都被他们写入文章中，并与主人一起出名。它们共同的特色仍然是言志。王力的解释很有代表性：

一九四二年，我因躲避敌机空袭，搬到昆明远郊龙头村赁房居住。房子既小且陋，楼上楼下四间屋子，总面积不到20平方米，真是所谓"斗室"。土墙有一大条裂缝，我日夜担心房子倒塌下来，所以我在这个农村斗室里写的小品就叫《瓮牖剩墨》。一九四三年我兼任粤秀中学校长，搬回城里，住在这间中学里，房子虽然仍旧陋小，但是比龙头村那房子好多了，小院子里有一棵棕榈树，所以我在这所中学宿舍里写的小品就叫《棕榈轩

---

[1]　即使是"文革"期间的"五七干校"也不能相比，战时知识分子从沦陷区往西南，与下放五七干校的被动和军事化管理、集体食宿完全不同。

詹言》。《庄子·齐物论》："大言炎炎，小言詹詹。""詹詹"就是小品文的意思。（《〈龙虫并雕斋琐语〉自序》）

文人战时的房子听起来雅致之极，实际上绝大多数是真正的陋室。

朱自清则把抗战后他所经历的艰辛借斋名而道出：

迨抗战之四岁，惟及瓜分而一休，随如锦城，卜居东郭，警讯频传，日懔冰渊之戒；生资不易，时惟冻馁之侵，白发益滋，烦忧徒甚。……尔则萧条穷巷，难招入幕之宾；羞涩阮囊，莫办寻山之具。惠而不费，惟游于文章；应而相求，庶胙蟹其声气。于是飞章叠韵，刻骨攒眉，渐知得失之林，转成酸苦之癖。自后重理弦歌，不废兹事。惟是中年忧患，不无危苦之词；偏意幽玄，遂多戏论之粪，未堪相赠，祇可自娱，画蚓涂鸦，题签入筍，敢云敝帚之珍，犹贤博弈之玩云尔。（《犹贤博弈斋诗·自序》）

朱自清也已经进入中年，他与冰心一样，中年心态流露无遗，而志向犹存，因以此文赋"犹贤博弈斋"。

屋与家，似家似寄，正是中国传统文人的屋舍情结的核心。房子意味着一段安稳的生活。"雅舍"（梁实秋）、"默庐""潜庐"（冰心）、"龙虫并雕斋"（王力）、"让庐""灌园"（苏雪林）——在战争时期的西南生活中，当食与宿成为艰苦生活的代表时，这些书房或住宅的雅号便增添了更多的象征意味。比如五四时期的女作家苏雪林随武汉大学迁至乐山，学校无法为教员提供食宿，让教师各自租房。她费劲力气与金钱将所租房子打扫装饰并命名"让庐"后，又被贪财的二房东加价转租别人。苏雪林当时即将游离与客居之感，写入散文《家》，说："家的好处还是生活的自由和随便"，"没有家的人租别人的房子住，时常会受房东的气"，并发牢骚说："你不是在住家，竟是在住旅馆。住旅馆不过几天，住家却要论年论月，这种喧闹杂乱的痛苦，最忍耐的心灵，也要失去他的伸缩性。虽说人生如逆旅，但在短短数十年生命里，不能有一日的自由，做人也未免太可怜、太不值得了。"[①] 后来她觅得"灌园"而居，又在《灌园生活的回忆》中描写道："我所住陕西街的房子为'让庐'，对面有一丈许高的山丘，丘上有一

---

① 苏雪林：《家》，《掷钵庵消夏记》，第 253 页，陈昌明主编，台北：INK 印刻文学生活杂志出版公司 2010 年。

佛寺，寺前有旷地数亩，武大教职员数人与寺僧相商，借其地建屋，将来胜利复员，屋即无条件地归寺所有，寺僧当然乐从。叔华也在该地建简陋的屋子数间，并建一小楼，楼之小仅堪容膝，但布置精洁，我们几个好友，常常在那楼中茗话，开窗凭眺，远处山光水色，葱茏扑人而来，别有一番风味。”“我们客中岁月倒过得安闲宁谧。”[1]

安闲宁谧本身，即有心安是家的意思。而梁实秋散文更突出了人生如寄的中国文人传统意味，他以生花妙笔，将“雅舍”写成淡泊明志、俯仰自如的君子之屋，结尾，梁实秋借“雅舍”言志：

雅舍非我所有，我仅是房客之一。但思“天地者万物之逆旅”，人生本来如寄，我住“雅舍”一日，“雅舍”即一日为我所有。即使此一日亦不能算是我有，至少此一日“雅舍”所能给予之苦辣酸甜我实躬受亲尝。刘克庄词：“客里似家家似寄。”我此时此刻卜居“雅舍”，“雅舍”即似我家。其实似家似寄，我亦分辨不清。

长日无俚，写作自遣，随想随写，不拘篇章，冠以“雅舍小品”四字，以示写作所在，且志因缘。（《雅舍》）

《雅舍》的“超然物外”“俯仰自得”，使这篇散文成为20世纪现代文人的《陋室铭》。冰心与梁实秋友谊极深，在昆明与重庆时，书信往来频繁。那么，同时下笔写“屋舍”，既是出于现实生活的经验，同时也是互相呼应。除此之外，还与所发表的刊物有点关系。王力发表小品文的《生活导报》，就是冰心发表文章的一个重要园地。如此，关于房子，不仅是西南文人不能不面对的日常困窘，还是借此超拔，借以言志的好题材。因此，如果说“哀中年”尚不足以显示冰心与战时文学的关系，那么借“庐”言志，便与战时昆明和重庆的学者困于房舍、书写房舍有关，说明了战时生活与心境在很大程度上是由“居住”所决定的。

冰心对文人为居所命名有过阐释：“中国人喜欢给亭台楼阁，屋子，起些名字，这些名字，不但象形，而且会意，往往将主人的心胸寄托，完全呈露——当然用滥了之后，也往往不能代表——这种例子俯拾即是，不须

---

① 苏雪林：《悼念凌叔华》，《苏雪林作品集·短篇文章卷·第四册》，第16页，台南：苏雪林文化基金会2010年。

多说。"(《力构小窗》)"潜庐"是冰心搬到重庆歌乐山后为居所起的名字，"潜庐不曾挂牌，也不曾悬匾，只有主人同客人提过这名字，客人写信来的时候，只要把主人的名字写对了，房子的名字，也似乎起了效用。"这里，居所的名字，便等于主人。至于意义，"潜"与昆明的"默"相对应"四川歌乐山的潜庐和云南三台山的默庐一样，都是主人静伏的意思。因此这房子常常很静，孩子们一上学，连笑声都听不见，只主人自己悄悄的忙，有时写信，有时记账，有时淘米，洗菜，缝衣裳，补袜子……却难得写写文章。"

默与潜，听起来相当雅致与清高，却又是现实的一份写照，具体地说，或是生活沉闷与单调的表现。在冰心西南时期的少量书信中可以看出，她期盼着朋友的到来，期盼到有时抱怨、有时恳求。

潜与默的心理与精神，与作家在生活中的日常琐屑，构成可资联想的相悖情形。冰心将她的寓所写得那样美好，却并不是真的就那么美好，而是作家努力用自己的情志来感化读者，传达出对胜利的乐观的精神与沉稳的等待。在《力构小窗随笔》中她道出苦衷："我向来所坚持的'须其自来，不以力构'的习作条件，已不能存在了。"她承认自己要"靠逼迫来乱写"，"也是老牛破车，在鞭策下勉强前进的意思！"比如，在她笔下，歌乐山、嘉陵江、江的对岸等目力所及或栖身之居，都是"力构小窗"外的美妙风景，而按梁实秋《忆冰心》的回忆，这间寓所本身实在也不完美：

歌乐山在重庆附近算是风景很优美的一个地方。冰心的居处在一个小小的山头上，房子也可以说是洋房，不过墙是土砌的，窗户很小很少。里面黑黝黝的，而且很潮湿，倒是阁外有几十棵不大不小的松树，秋声萧瑟，瘦影参差，还值得令人留恋。

居住，与安稳有关。战时空间的不断变化，恰是安稳被打破、不安定的状态。同样，冰心取默，取潜，其意义，等同于那种"等待药效"的静默与沉潜。"默庐"与"潜斋"是冰心将自己的内心与外物相联系的重要场所。

在这一时候，"静伏"代表了一种态度，静默等待的意思，如果将静默，联系钱穆先生西南时期所写的一篇文章，或有互相生发的意义。这篇小文，以孟子的"七年之病而求三年之艾"起意（这在《东西文化学社缘起》一文中就曾引用过），实际上要说明的是，即使是病到危急之关头，也不可乱投医，而应有沉潜之心等待真正能够治病的那一剂草药的长成。如果说象征，那是把战时中国比作那个十分危笃之病人，她能不能拖着病身、耐心等那"三年艾草"药效的养成？此寓意与冰心的"潜庐""默庐"异曲同工。

静止的风景

由稳定至不安，由中心到边缘，最终文本中出现了"双城"的比较。"双城记"是战时散文中的也比较常见的模式。沦陷区里的"双城记"，多是战前南京与北平的比较。而西南作家的"双城记"，则是因昆明而思北京，显示出作家由中心到边缘，由此城而到彼城的心态变化。

从古都北平移至云南之南的昆明，恋北平，成为冰心执笔之初的重点："我是潜意识的在恋着那恝然舍去，凄然生恨，别后不曾一梦见的北平！"《默庐试笔》里，默庐风景好，而北平文化令人追怀。整篇"试笔"，作者都在这二者间来往纠结。

对于旅居昆明的文人作家来说，把昆明比作北平，把对故都的怀恋转移到新城昆明的情感印记十分明显。战时初期，由北平南渡迁移，后寓居昆明的冰心，忍不住将两个城市进行对比："喜欢北平的人，总说昆明像北平，的确地，昆明是像北平。第一件，昆明那一片蔚蓝的天，春秋的太阳，光煦的晒到脸上，使人感觉到古都的温暖。近日楼一带就很像前门，闹烘烘的人来人往。"因昆明日照时间长而联想到北平的"温暖"；这是对过去美好记忆的复制，意在说服自己昆明也与北平一样好。再接着，作家又观察着"蔚蓝的天""春秋的太阳"等景观，在记忆中再现北平风光；至于北平的"前门"，也投射到昆明城里的"近日楼一带"，对记忆的复制或再现，都是为了传达一想北平便"心太乱了""站立不住"的感伤与恍惚。

从各所大学所在的古都流离西南，作家学者们多半对西南的山水风物投入了好奇，并不吝于感叹。文学地理学学者认为，风景是一个动态的媒介，我们在其中"生活、活动、实现自身之存在"，同时它本身也从一个地方或者时间移动到另外一个地方或时间。① 这种关于地理空间的理论，为我们探讨作家的西南空间与风景描写，提供了一定的视角。应该放在具体的文本中加以考查。抗战时期的西南三省，文人云集，文人不仅不得不离开文化古都，而且还离开原有的城市居所与书房这一隅天地，从生活环境与人文风土的描写来看，无论愿意或不愿意，这另一番风景都已经展开。现代作家文人笔下，瞬间出现大量移动的空间，对新奇的风物以及对最具体的安身立命的"居所"的描写，盖为此时最盛。

冰心写风景，长于写阔大与整体感，如写大海、写慰冰湖。在西南，她写呈贡外的山与湖，写歌乐山、嘉陵江以及隔江的山城，几乎都是一掠而过的全景描写。写景的目的当然是抒情。或者说，她笔下的风景，只是"自然"，"我自己生平的癖爱，是山水。"② 至于在战时，由于她几乎在"潜"与"默"中生活，而少有外出旅行或探奇访古，因此，她投向风景的眼光，几乎都是静观所得，且视野多拘于自己的日常生活空间。也可以说，冰心多理性、少动荡，使她的风景缺少名胜的"历史"，她少有探险的趣味，又使她的风景少了"移步换景"的空间变换，也缺乏"野趣"的生动与特殊。再加上呈贡"美自然不必说，静也是真静"，她笔下的风景就成了静物画。或是倚"窗"眺望，或是凭栏静观，"窗"就是人与景之间的中介和联结。那些静止的风景，在某种程度上表明冰心意疏散，创作活动处于非活跃状态。细读《默庐试笔（一）》，会发现，全篇确为"风景"文字所覆盖，但风景是风景，人是人，景与情未达到交融状态，人对美景缺少真正的感悟，景便空洞；同样，人的情绪描写，也浮在表面，总体上并不动人。冰心对此解释说，1939 年在呈贡，深感"环境又静美，正是应当振作时候"，然而"城太小，山下也住有许多外来的工作人员谈起来有时很好，有时就很索然。"（1940 年《致梁实秋》）索然的情绪阻碍了冰心的情由境生或情景交融或触景生情。

有一种风景，为冰心所擅长，即内心外化的风景，想象的风景。想象的风景多象征意味。"试笔（一）"主要是作者"在看"，"试笔（二）"中，

---

① （美）W. J. T. 米切尔：《风景与权力》，译林出版社 2014 年。
② 《平绥沿线旅行记》，《冰心全集》第 2 卷，第 392 页，海峡文艺出版社 2012 年。

窗外的声音却止不住地进来，引起了作家莫名的感情。这里已经没有"看"，完全是内心的想象与回味，突出的是情感而非情景或情境：

此时情绪，不是凄婉，不是喜悦，不是企望，不是等待，不是忏悔，不是恋爱，眼角没有泪，抚着雪白的枕头，久久不能捉摸自己的感觉……是的，这两年来，笑既不真，哭京无泪，心灵上划上了缕缕腥红重叠的伤痕，这创痕，一条是屈辱，一条是悲愤，一条是抑郁，一条是惊讶，一条是灰心，一条是失望，一条是兴奋，一条是狂欢……创痕划得多了，任何感觉都变成肤浅，模糊，凝涩，这静妙的诗境，太静了，太妙了，竟不能鼓舞这麻木的心灵。

善感的冰心由此发出这"不是少年人的飞跃，而是中年人的深沉"的感叹。在这些静止的风景画中，冰心实际上虽然由北平来到昆明，但某种程度上说，她仍然"拘束于自己的狭小的天地里"，"从窗子里窥望蓝天和白云"，[①] 她此间所写散文，缺少像冯至《山水》那样从自然中获得精神启示，也缺少沈从文向虚空凝眸的哲学感悟。

冰心说，她一爱写自然，二爱人物。但在战时西南的写作中，这二者分离为自然归于自然，人物归于人物（如《关于女人》），前者依旧充满诗意，按风景美学的说法，诗意本身也是依靠更具体的的事物："我们置身于事物中——它们不是我们的创造，有着不同于我们的生命和结构：树木、花朵、青草、河流、山丘和云朵。几个世纪以来，它们一直激发着我们的好奇和敬畏。它们是愉悦的对象。我们在想象中再造它们来反映我们的情绪。"[②] 她的自然中的诗意，起到在想象中"反映情绪"的功能。

后来冰心再次写过昆明，她在《忆昆明》中写道："对这座四季如春的城市，我的回忆永远是绚烂芬芳的！"经过时间的过滤，以及走过了中年的困顿，冰心对西南的记忆变得通透，并显示出欢乐的调子。在《梦的启发》中，她回忆自己曾做过一个梦，梦见自己有了一个面朝无际的湖水的书房。她为这"湖"而做的解释是："我在云南呈贡三台山上的默庐，书桌对面是几里以外的昆明湖。我在重庆歌乐山的潜庐，可以看到的是山下十几里外

---

① 罗荪：《抗战文艺运动鸟瞰》，1940年1月《文学月报》1卷1期。
② 转引自（美）W. J. T. 米切尔：《风景与权力》，第006页，译林出版社2014年。

夜》、很少有人直抒胸臆。这一时期冰心的文学创作数量与二十世纪二十年代早期相比大大减少，其文学作品创作以纪实性、随笔性的散文为主。对于冰心此阶段的文学创作，研究者关注得较少，然而细读《默庐试笔》，笔者感受到冰心创作此文时坚定的抗战情怀，这种情怀在当时时局下能以直抒胸臆的方式诠释，实在难能可贵。

一、《默庐试笔》文本分析

（一）文本字词间的情感升温

"默庐"与"试笔"作为此散文的标题，按常理看经常是文本的关键词。然而这只是表象。细读此文，笔者发现这两个词并非文本的关键词，真正贯穿于文本始终的是几个与情绪相关的动词，这几个动词在特定章节中通过高频的重复得以突出，它们分别是"恋""乱""等""想""走"，为了便于比对，特设计以下表格以体现各关键词在文本中的分布情况，做进一步分析。

词语、节序号、词频	北平	恋	乱	等	想	走
1						
2	1	1			1	
3	4	3				
4			1			
5	2		1		1	
6	1	1	5	6	14	
7	2	2				
8	13	1				4

从上述各词的词频分布看，除了"北平"作为地名高频出现以外，其余高频词语都是动词，这些动词与"北平"有潜在联系，是特定历史背景下作者对于"北平"的心绪描画。深居呈贡的作者内心"恋"着北平，以至于心"乱"，很长时间无法下笔创作。但作者内心坚持一种信念，就是"等"……虽然冰心所期待的目标或许遥遥无期，但她毅然要"等"到自己

更加深刻地认识自己内心的信念，等时代有新的划分……在等待新时期到来的过程中，作者对于北平的"想"和"思念"在不断升温，而后有了最后"走"的决定。"走"集中出现于文章的最后一个自然段。在100多字的语段中，"走"字语频高达四次，将作者毅然选择解救"北平"的信念烘托到极致。"北平"在全文出现的频率则高达23处，均匀分布于第二节之后的各节中。从以上词频上看，各动词围绕着"北平"，形成星状的环形结构。从第二节的"恋"到第八节的"走"，作者用短小的语篇记录了自己心绪的变化以及革命斗志从犹豫到坚决、不断升温升华的过程。因而，上表中各词才是此散文的核心关键词，它们被布局在"默庐试笔"的表象下，通过冰心细微、精致的修辞安排得以浮现，凸显了散文语言的张力和蕴含力。

（二）文本句式间的情感维系

散文是一种介于诗歌和小说之间的特殊文体，"形散而神不散"是散文众所周知的特点。散文的"神"之所以"不散"往往不在于语篇结构的布局，而在于行文情感上的呼应。情感呼应源自文本内语言的设计和布局，在特定的修辞布局下，文本的统一的"情感"与"神韵"得以贯穿和保留。冰心对散文写作情有独钟的原因也在于散文可以承载她想表述的浓厚真挚的感情。在《话说散文》一文中，她提到，"我说文章写到有了风格，必须是作者自己对于他所描述的人、物、情、景，有着浓厚真挚的感情，他的抑制不住冲口而出的……乃是代表他自己情感的独特的语言……等等"[1] 在此散文中，冰心不仅通过关键词呼应文本的情绪，还通过特殊句式的编排以及回环式设计取得情感的一致和升华，句式编排上以排比句的使用最为突出。除了排比句式以外，她还启用反问等句式。

1. 排比式句式应用及其修辞效果

此散文第二节与第五节是排比修辞高频运用的两个章节。第二节短短400－500字的话语空间里，作者启用三次排比句式。分别以"不是……""……没有……""既不……亦无……""一条是……""也是……"出现多次重复排比短句。

例1. 此时情绪，不是凄婉，不是喜悦，不是企望，不是等待，不是忏

悔，不是恋爱，唇边没有笑，眼角没有泪，抚着雪白的枕头，久久不能捉摸自己的感觉……[2]

例2. 这两年来，笑既不真，哭亦无泪，心灵上划上了缕缕猩红重叠的伤痕，这创痕，一条是羞辱，一条是悲愤，一条是抑郁，一条是惊讶，一条是灰心，一条是失望，一条是兴奋，一条是狂欢……[3]

例3. 忽然觉悟到这时情绪，也是凄婉，也是喜悦，也是企望，也是等待，也是忏悔，也是恋爱。[4]

这些短句密集地出现在一个较为紧凑的上下文中，有些句子甚至包含两个以上的排比结构。（如例1、2）这些排比句式围绕作者的情绪以及战争给中国民众造成的伤痛而展开。不同句式的排比修辞在文本中的更迭出现一方面将作者以及日本侵略者给国人内心带来的创伤描绘得淋漓尽致，形象地展现了作者当时五味杂陈的复杂心情，另一方面无形中告知读者，冰心当时的彷徨、愤怒之情。

散文第五节也是排比结构高频出现的地方。所不同的是，这一节中排比的话语单位更为短小，几乎以词语的形式出现，见下例：

例4：涛声里夹杂着万种的声音：有枪声，炸弹声，水雷爆发声，宫殿倒塌声，夜禽惊起声，战马嘶鸣声，进行曲合唱声，铁蹄下的呻吟声，战壕中的泥水声，婴儿寻母声，飞机振翼声、火炬燃烧声，宣誓声，筑路声，切齿声，赞叹声……[5]

例5 大时代又捏成形成万般的情境和局势：拆散，撮合，沉迷，醒悟，坠落，奋兴，决绝，牵缠，误会，了解，怨毒，宽恕，挣扎，屈服……[6]

例4 中作者甚至不厌其烦地罗列了近二十种声音，这些并非无聊的罗列，它们生动再现了抗日战争白热化状态下日军对中国领土的无情轰炸、给中国民众带来的灾难，以及不同社会群体对战争截然不同的立场。"……声"短语语词间内在、急促的韵律营造了当时紧张的时局及时局下作者复杂的心情。例5 则启用十四个动词性意味很强的的词语来描绘大时代一片混乱中的社会万象，这些词语形象地刻画了大时代影响下的人生百态。虽然其中也有表示积极意义的词语，如"醒悟""奋兴""决绝""宽恕"，但更多的是描述大时代给中国社会带来的负面影响，如，"拆散""沉迷""坠落""牵缠""误会""怨毒"等，展现大时代下纷繁复杂的社会情绪。冰心在文中尽力做到十几个词语语义不重复，情感不交叉，形象地描画大时代下的众生相。冰心曾说过，"散文可以写得铿锵得像诗，雄壮得像军歌，生动曲折得像小说，活泼尖利得像戏剧的对话，"[7]这两个例子生动体现了冰心在散文写作中欲将散文写成诗的努力。排比句式使这种想法成为可能，让散文拥有诗一般的铿锵韵律，并通过多样化的排比结构文本的情感力量得以积蓄，文本情绪得到不断升温。

2. 反问句式及其修辞效果

反问句式是常用的修辞手法，分两种情况，一种是需要回答的反问句式，另一种则无须回答。冰心在此文中启用的是后者。这类例子虽不如排比修辞的运用频率高，却起到独特的引领性作用。第三节中"请说罢，这里可有一两处像北平的呢！"[8]句意上是反问句，标点符号上则体现为感叹句。表明作者仅将问句作为一种修辞手段，作为特殊的问句，它无须回答，它的启用传递了作者创作时的彷徨和欲言又止。文中还有几处反问修辞句式出现，分别是第三节的"这里有什么地方可以仿佛一二我深深恋着的北平呢？"[9]；第五节的起始部分的"我的不写，难道是没有材料？"[10]；第七节中的"我为什么潜意识的苦恋着北平？"[11]

这些反问句有着类似的功能，它们自然地引出下文的长篇抒情性叙事语段，使散文的思想情感和脉络得以延续。

除了排比和反问句式外，此文还有几处类似英语中虚拟语气的句式，如第四节中的"在这样静美的环境里，你真应该写点东西了。"[12]和"真的，我早应该写点东西了！"[13]

以及第七节中的"我现在真不必苦恋着北平，"[14]在"早应该"、"真不必"的句式中，作者将内心的后悔、歉疚、矛盾表达得淋漓尽致。

以上三类句式的交叉重复出现构建了属于冰心散文的独特诗学特征，这种诗学特征一以贯之，成功保持了文本的情感维系。

二、以"试笔"言斗志：语篇布局中的情感升华

《默庐试笔》是一篇五千多字的短文。共有八小节构成，分别涵盖了以下内容：

散文第一节属于纯粹的景色描写，作者从几个角度描绘了默庐书房窗

外好似"华兹华斯诗"一般的美景，从菜畦、仙人掌矮墙、草地、松峦、屋瓦、稻田构成的美景，到呈贡清晨、黄昏以及月夜，如电影蒙太奇画面的风景变幻，让读者如临即景，感受到云南如诗如画的美景。

散文第二节从篇幅上比第一节精简许多，在短小的章节里，作者援引明末清初诗人宋徵舆《浣溪沙》中的诗句"满地西风天欲晓，半帘残月梦初回。十年消息上心来。"实现笔锋的突转，描述作者从北平到云南的各种不习惯中最难受的事，即作者内心的矛盾、阴郁情绪。这一章节花了很多笔墨描述这些与周遭美景格格不入的不良情绪，初次提及这种情绪的根源在于"北平"。

第三节中，作者借朋友聊天之说，从呈贡美景联想到南京、杭州以及北平与呈贡的相似之处，最后引出她深深恋着的北平。也道明在这如画美景中作者心情却阴郁晦暗，其真正根源在于作者潜意识中对北平的"恋"。这种依恋带着怅惘，因为北平已沦陷，不论多么思恋，都回不去。

第四节中，作者记录自己在朋友们的几次敦促下决定提笔作文，回想到云南四个月的时光，独处的时间也不少，却提不起笔来，作者反思后认同朋友们的意见，从这里开始，此文才正式进入正文。

第五节起于一个反诘，"我的不写，难道是没有材料？"引出两年来旅行中见到的种种遭遇与自己的境遇所汇成的全面抗战洪涛的雷声。当然，抗战时期，有坚强的勇士，也有巨大的阻力，冰心将其描绘成这雷声中夹杂着枪声、炸弹声、宫殿倒塌声……冰心透彻地感悟到这一洪涛还冲洗出大时代的众生相。也更明确地反省自己的"心乱"源自的不坚定，对自己进行了自我批评。

第六节中，作者追究自己心乱的缘由是"心思飘忽和迷茫，乱梦"。之所以"心乱"，是因为面对这"伟大"的抗战，自己无言以对，只能静等时机来临，在潜意识中苦恋已陷落的北平。

第七节再次描写默庐周边的美景，质疑自己为什么要苦恋着北平，因为有周遭美景在身边，真不必苦恋。

第八节冰心直接抒发自己对北平点点滴滴的思念，对照北平陷落之后荒唐的社会乱象，包括"庆祝保定陷落，南京陷落"的可笑标语，街上广播着的友邦的音乐，空无中国人的北平街道，冰心直陈北平已经成了"徒有美丽尊严皮囊的躯壳"。在文章的最后直截了当地表明"走"的决心以及召集爱国人士共同奋斗，杀入北平，赶走日本帝国主义的决心。

据以上各节的梗概，我们不难看出，冰心有意识地将默庐的景致描述与对北平沦陷的心绪描写安置在不同章节中。两者相互穿插。在八小节文本中，第一、七两节专注着墨于描写云南省呈贡默庐及其周边景致，表面上看仅是唯美的抒情文字，与主题相关度不高，实际上，这些语段穿插于作者怀念北平的情感描述语段中，强烈烘托了作者对北平的思念，对北平陷落的忧郁之情。

从全篇布局上看，冰心没有直接进入对北平沦陷的描述，应着标题中"随笔"一词的思路，冰心采用回环的修辞手法将抗战情怀的主题潜隐于对默庐周边美景的描绘中，藏匿于冰心与朋友间的家常聊叙中。从第一节到第四节，文本始终回环于景物、心绪的描写，作者的态度并不明朗。直到第四节，作者才点明自己阴郁的情绪来自"北平"，更确切地说，来自"北平的陷落"，此时文章才切入正题。从第五节开始，虽然上下文中仍有对默庐美景的描绘，但冰心更有意识地加大了对自己心绪的描写文字，正如上文提及的，她在字、词、句式的修辞上都下了一定功夫，加上语篇设计上，一开始不点明主题，像是聊家常一样地进入主题描绘，在文本后半部分逐渐加大对北平沦陷的描述以及作者对沦陷的悲愤之情的描述，前四节内容为第五节之后抗战情绪的积淀和升华做充分的准备。在精致的语篇布局下，作者从一开始的欲言还休到最后坚定的号召，完成了抗战立场的积极转型与诠释。作者的抗战情绪在语篇的推进中逐渐得到升华。

三、文本透视：《默庐试笔》的文本修辞背后的抗战情怀

文学作品常常作为作家传递其精神建构的媒介而存在。文学作品的话语是此媒介的最重要组成。作为新时期修辞学领域的新兴理论，广义修辞学将话语视为修辞的等同物，并指出话语修辞具备三个层面的功能。作为话语建构的方式、文本建构的方式以及参与人的精神建构。[15]上文通过词语、句式、语篇角度的分析展现了冰心《默庐试笔》中的话语修辞特色。显然，冰心于不同语言层面的话语修辞涉及成功地参与了文本的话语建构、文本建构，使文本在局部和整体两方面都朝着一体化的方向发展。与此同

时，也推动了散文思想情绪的升华。然而，在广义修辞学核心观点指导下，我们还能通过文本捕捉作者创作时的思想脉络、了解作者创作的思想动因。因为"修辞话语的意义向主体经验世界折射，并在主体的经验世界中得到印证，参与主体的自我建构。人们在进行修辞表达的同时，说出了一种价值判断。"[16]因而，尝试从文本设计追寻作者创作时的精神建构有助于让读者对文本有更为深刻、全面的理解。冰心曾赞誉散文是"短小自由，拈得起放得下的最方便最锋利的文学形式，"[17]这应该是冰心在抗日战争这一特殊的时代选择用散文的形式进行文学创作的一大缘由。作为一位文学战士，冰心借助散文的形式淋漓尽致地表达自己创作情感，展现自己的价值观。当然，与散文体裁的作品相比，小说更能以间接、隐晦的形式完成情感的诠释，而在当初白热化的敏感局势下，小说创作对于作者来说更为安全稳妥。从这一角度看，冰心虽然没有亲临战场参加抗日战争，但她完全称得上是一位勇敢的爱国战士，她以难能可贵的爱国情怀，通过散文创作毫不掩饰地诠释自己的抗战热情。她的文章却像一把最尖锐的刺刀，刺向日本侵略者，同时也鼓舞着无数的抗战斗士勇往直前。

王炳根先生曾这样总结，"冰心以小说走上文坛，但她写得最多、成就最高、影响最大的却是散文。"[18]通过对《默庐试笔》的文本分析及其作者的精神建构分析，我们不仅能够清晰地了解冰心驾驭散文文字的能力，而且还能解读她积极采用文字作为战斗工具的爱国情怀。

参考文献：

[1] [7] [17] 冰心.《话说散文》. 卓如编.《冰心全集》第七册. 海峡文艺出版社，2012：186，186－187，186.

[2] [3] [4] [5] [6] [8] [9] [10] [11] [12] [13] [14] 冰心.《默庐试笔》. 卓如编.《冰心全集》第二册. 海峡文艺出版社，2012：481，481，481，481，483，481，482，483，485，482，482，485.

[15] [16] 谭学纯、朱玲.《广义修辞学》. 安徽教育出版社，2001：25－93，86.

[18] 王炳根选编.《冰心文选》（散文卷）. 福建教育出版社，2007：1.

（林佩璇　福建师范大学外国语学院副教授）

空间反思中的冰心：《默庐试笔》的意义指向

郑斯扬

解志熙在《人与文的成熟——冰心四十年代佚文校读札记》中指出，冰心写于1940年的《默庐试笔》是其创作生涯中重要的转向之作。"正是从这篇作品开始，冰心的创作终于告别了为少男少女写作的天真与单纯，而具有了中年人的深沉和复杂。"[1]说《默庐试笔》标志是冰心的艺术转向，进入中年时期的一个创作高度，这样的判断似乎并没有引起争议。但是，这样的判断，倒是让我们不自觉地关注起这篇散文：《默庐试笔》何以会代表这样的高度？这个高度源自何处，又指向何方？换句话说，《默庐试笔》的文学意义是什么？它如何为冰心开拓出新的创作路径？

抗日战争时期，冰心一家避乱南下，后随西南联大迁移到昆明呈贡居住。在艰难的条件下，她陷入了生存需要和爱国理想的两难道德困境中，于是在归于沉默和奋起反抗之间矛盾徘徊，不断克服恐惧、愤怒与羞辱，最终打破沉默，重新拿起写作之笔，以著文的方式进行个人意义上的抵抗，参与到维护民族道义的行动之中。实际上，《默庐试笔》就是对她这一时期思想搏斗的有效诠释，传达出她的道德观念和政治信仰。那么，如果把《默庐试笔》作为标志冰心介入中年的创作，这个标识究竟意味着什么？对《默庐试笔》的再分析，也许成为认识冰心创作思想、道德追求、政治信仰的一个新的起点。本文试着从这个起点出发发表议论，思考解志熙先生的论断，同时也就教于广大的读者和专家学者。

一、信仰与战争

冰心散文《默庐试笔》分两次发表在 1940 年 1 月 1 日和 1940 年 2 月 28 日的香港《大公报》上。散文中，远离战乱的默庐并没有带给冰心踏实与妥帖，血雨腥风的北平，成为她苦苦相恋的对象。虽然冰心把呈贡居所的名字改为"默庐"，就此自觉地保持沉默，但是，最终她突围安全的保护，也突围无言的沉默，选择以正面的写作来践行自我的政治理想。冰心把处在同一历史时刻的默庐和北平置放在一起，叙述了她对两个空间的不同感知，再现了她面对个人生存和公共道德之间的矛盾心理。然而，如果只是从《默庐试笔》的叙述上进行分析，大体只能讨论到这里。正像理查德·罕利在研究中所说的那样：只对直接的文学影响进行讨论，这种讨论会带有局限性：文学作品太复杂，根本无法"推究"到它们的任何一种单一源头。[2]

我们在这样的提示下，注意观察并发现到，默庐和北平在冰心的叙述中不断地被比对，并构成情感的回旋，成为冰心叙述上的一种结构。

刚到呈贡的时候，从万丈尘嚣的城市里，投身到华茨华斯的诗境中来，……此时情绪，不是凄婉，不是喜悦，不是企望，不是等待，不是忏悔，不是爱恋，唇边没有笑，眼角没有泪，抚着雪白的枕头，久久不能琢磨自己的感觉……

……我不但是在爱恋，而且是在失恋，我是潜意识的在恋着那怒然舍去，凄然生恨，别后不曾梦见的北平！

……说不出是那里，而醒来确有无限的低回和惆怅，我战栗的知道，我的心里无时不在留恋着北平！

我为什么苦恋着北平？我现在真不必苦恋着北平，呈贡山居的环境，实在比我北平西郊的住处，还静，还美。

在这里住得妥帖，快乐，安稳，而旧友来到，欣赏默庐之外，谈锋又往往引到北平。[3]

冰心回旋地表达着她对北平的魂牵梦绕，使默庐的安稳成为一个空洞的存在。冰心无法将自己隐退在默庐,但却又无法即刻奔向北平。环绕她的是默庐的岁月静好和牵挂北平的愁肠百结。"默庐－北平"构成外部环境与内在心理的一种对置,形成了两个被分解、分割,却又无法断离的闭合空间,而冰心处于两个空间的交汇点。她不断地思考着、矛盾着,企图让这两个空间能够相连接,尽早消除心神不安。这种对空间强烈地比对呈现了两个空间的矛盾,也构成了两个空间决然地对峙。亨利·列斐伏尔曾经提出了一个引起轰动的论点:"空间是政治性的"。[4]他通过关于空间的四个假设以及反驳来说明空间与历史、时间、社会、政治、意识形态之间的复杂关系。列斐伏尔强调空间从来都不是中性的,也非受制于政治的对象,空间就是政治性的。这种空间的政治性解读对于分析抗战时期的默庐和北平似乎异常醒目。地处西南大后方的默庐和日军占领的北平,显然构成了国统区和沦陷区的区隔,也构成了一种前提,表现为道德和政治的抉择。那么冰心究竟想表达什么?如果仅仅将冰心内心的矛盾视为身体和心灵之间的交战,对选择避难的无奈与惭愧,那么我们可能首先遇到难以解释的内容就是解志熙对《默庐试笔》之于冰心写作转向的判断,以及该篇散文之于冰心中年人深沉和复杂的所指。

我们可以想到,在民族罹难的时刻,所有中国人都在经历着生存选择和政治理想的正面冲突,这是历史的产物,也是冰心对历史时刻的一次不同寻常的思考。过去的各种对真善美的吟咏和探索与大历史之间的对抗都已经变得面目全非:如果说曾经《繁星》中的冰心在风雨面前还任性地蜷缩在母亲的怀里,那么此刻她呼喊着,"我要走到天之涯,海之角"去向风雨展开激战。如果说冰心在《圣诗·生命》中对"生命,是什么?"的追问还停留在对上帝的信仰,对上帝的臣服,此时的冰心则要杀入"女神美丽尊严的躯壳"中,拯救女神的灵魂,构成对上帝的质疑和挑战。如果说冰心的《悟》是爱与憎的一场激烈搏击,爱的哲学成为她肩起的旗帜,那么此刻的冰心正经历着血与火的涅槃,卫国的战斗将成为她要捎着的新的一方旗帜。虽然这些比对,不能澄明冰心对"爱的哲学"的悬置和反思,但这一表达仍然能体现冰心在抗战面前的精神启示与"五四"时期宗教信仰之间的巨大差异。

在冰心的成长中,基督教文化对上帝的歌颂早已播撒到她的心田,并

要的位置的。"《文学家的造就》。[10] 她强调"不但是宽广的环境，就是最近的环境——就是在他写这作品的时候，所在的地方，所接触的境物——也更有极大的关系的，作品常被四围的空气所支配，所左右，有时更能变换一篇文字中的布局……"（《提笔以前怎样安放你自己?》）。[11] 在冰心那里，环境很大程度地围绕着思考与实践展开，良好的环境可以形成清晰的思路、酝酿卓越的思想，也可以成就精妙的谋篇布局。在这个意义上，对环境的追求包涵着冰心对于思考状态的保护。因此，冰心对默庐的清净与安逸心怀感恩，对朋友关于写作的提议深深地表示无奈与愧疚，并对自己混乱不安的内心总是反复给予劝慰。那么习惯于在怡人山色中完成写作的冰心为什么会对默庐产生如此巨大的排斥感？默庐与写作发生矛盾的原因是什么呢？为什么默庐与思想、艺术都失去了任何联系，更为突出的是，它还构成了对写作的阻碍、封锁和围剿，并构成为一种艰难摆脱的困境？

20 世纪五四时期，作为参与社会思潮的引导者冰心的意义十分瞩目。她对社会重大问题的参与，鲜明地表现在她的写作之中。这从她的第一篇文章《二十一日听审的感想》对北京爆发爱国运动的参与就可见出端倪。接下来她的第一篇论说文《"破坏与建设时代"的女学生》和第一篇小说《两个家庭》，分别从理论思辨和形象演绎两个方面，阐述"女学生"问题与建设新女性的观点，并极有针对性地开出十项建议，力图挽救社会所厌恶的女学生的形象。作为问题小说的代表，冰心更加深入地关注外国列强的侵略、军阀混战、封建制度、妇女问题、家庭问题、知识分子的出路问题，等等。正如冰心所说"我做小说的目的，是要想感化社会，所以极力描写那些旧社会旧家庭的不良现状，好叫人看了有所警觉，方能想去改良，若不说得沉痛悲惨，就难引起阅者的注意，若不能引起阅者的注意，就难激动他们去改良"《我做小说何曾悲观》。[12] 对社会问题的关注，为大众带来思想上的启蒙和引导，是冰心思想上的一个良好趋势，也是冰心文学诉求的一个突出特点。这显露出她对于"五四"知识分子立场的坚守：作为道德的精英通过理想、理性和写作深入底层、改良社会。

另外，冰心的文学诉求还表现为对文学力量的信仰。在冰心的设想中，文学能够荡涤心灵，消除阶级、罪恶、冷漠，真正抵达底层人民的心田。在五四时期的《假如我是个作家》中，冰心并没有居高临下地去强调救国救民、启蒙大众，而是谦逊地渴望自己的作品能走入底层大众的内心：假如我是个作家，/我只愿我的作品/被一切友伴和同时有学问的人/轻蔑——讥笑；/然而在孩子，农夫，和愚蠢的妇人，/他们听过之后，/慢慢的低头，/深深的思索，/我听得见"同情"在他们心中鼓荡；/这时我便要流下快乐之泪了！[13]一直以来，冰心的文学都表现出对底层的关怀，对大众的关怀。愿意聆听底层的声音是冰心在写作上跨出的重要一步，是她在知识分子立场上的道德追求和智慧之举，也构成与其他作家的一个分别。南帆曾经就知识分子与底层表述之间关系的分析时指出，五四时期，"许多知识分子未曾意识到启蒙与革命的一个重要分野：底层能否担任主体？"[14]正视底层成为五四时期知识分子一种难能可贵的表现。对于冰心而言，这是确证自我身份和写作立场的一种表现。这不仅意味着一种对社会问题精准分析的智慧，还指向了深入底层大众的美德。

正是基于对文学的两大诉求，使冰心站在了现代中国社会变迁的重要时刻，并展现了她作为作家的能量。因此，很大程度上，默庐不但是疏离社会，还是政治真空，它显然对冰心一以贯之的行为方式构成阻隔和破坏。为此，冰心表现得心烦意乱、理性不足。冰心的焦虑隐藏的是表达的无力和抵抗的软弱，导致她文学诉求的折损，同时也构成冰心不断突围环境的冲动。她知道，默庐的花好月圆只是中国社会的一处幻象，对默庐岁月的无忧分享，意味着接受一整套自欺欺人的游戏。如果冰心真的接受了默庐的安抚，无疑表明一种退化：从爱人者变成了爱己者。那么，这样的写作所体现的文学价值和社会价值，直接地表现为，既天真又狡诈地对于个人利益的维护。这与冰心对文学的诉求形成了根本性的分歧，尤其这一分歧还指向对个人道德信仰的背离。

"默庐—北平"的空间对峙，既是冰心文学诉求中的矛盾性暗示，又体现了冰心对于文学和社会关系的理解，而这一相关性很大程度源于冰心对知识分子道德的强调。在《蓄道德能文章》一文中，冰心指出："所以作家最要的是人格修养；等人格修养得高尚了，再去做文章，或者就不至于妨害他人，贬损自己！"[15]这种对人格的看重在1933年发表的《我们太太的客厅》中，依然清晰可见。在冰心看来，知识分子对于社会的关注、国家的热爱不仅是一种道德责任，而且还是一种道德义务。这种道德在构成一种良知的同时，更成为知识分子对个人完整性的追求。正因此，"默庐－北平"的空间对峙被赋予了一种写作伦理的意义。默庐变得以自身为目的，成为写作之于社会的局限，所有的内心烦乱都体现于失去参与社会的机会，这一强烈的感受让冰心不得不警惕她之前对于文学力量的信仰。如果说之前冰心介入社会表现为沉浸于多愁善感和对个人道德意志的信任，写作上多少表现出坐而论道的状况。那么，此时的冰心则对自己进行了讽刺与批判，从而将自己从羞愧中引出，走出文学的空想、幻想和空谈，完成了对政治空间的穿越，并进而不可逆地将自己投入到救国救民的血雨腥风中。"默庐－北平"体现的是冰心与写作的关系，它以突围个人的狭隘为道义正名。冰心也因此表达了她对文学与社会之关系的再认识，这也必然构成冰心写作历程中的一次考验。

三、知识分子与道德选择

在《默庐试笔》中，北平虽然让冰心苦苦牵挂，但是她也一再地设法将牵挂淡出自己的心灵。每当被引入北平的话题中，冰心便自警地退出。这让我们感受不到苦苦思念与深情拥抱之间的直接对应。这是既在北平之中却又在北平之外的一种困境。事实上，与默庐一样的是，北平也是冰心思考的一个起点，同样体现着个人意识的矛盾性。

我口说在想，心里不想，但看我离开北平以后，从未梦见过北平，足见我控制得相当之决绝。

而且我试笔之顷，意马奔驰，在我自己惊觉之先，我已在纸上写出我是在苦恋着北平。

北平死去了！我至爱苦恋的北平，在不挣扎不抵抗之后，断续呻吟了几声，便恹然死去了！[16]

对冰心来说，北平体现了一种与爱国理想紧密联系在一起的抵抗意志。情感的回旋也恰好表明对激昂斗志的召唤。她希望从中看到一种新的希望，一种爱国的道德追求。就像当年面对"济南惨案"时，《我爱，归来罢，我爱！》中那种浴血奋战的斗争精神。[17]她通过这首诗隔空召唤正在美国攻读博士学位的恋人吴文藻和其他留学生，让他们看到祖国母亲正遭受的空前苦难，让他们参与到保卫祖国的共同体中。冰心呼吁人们对救国救民达成共同的概念和采取一致的行动。于是这一次她仍然拿起了笔，试图再次吹响号角。当她试图把自己的命运交给北平时，猝不及防的却是北平在不挣扎不抵抗之后恹然地死去。她以为冲出默庐就是突围遁身远迹，实际上束手就擒也是一种背叛。冰心无比震惊也无比绝望。

面对于此，冰心并没有发起任何谴责之辞，也没有对社会制度和政治秩序阐发任何议论。因为无论把这种结局视为正义的丧失还是道德的沦丧，都须重视道德、政治和社会三者的关系。这是《默庐试笔》关于道德问题的一个深刻的思考：

这洪涛冲决了万丈堤防，冲洗出我中华三千年来一切组织、制度、习惯的一切强点和弱点，暴露出每一个人格的真力量和真面目。在这洪涛激荡，泥沙流走之中，大时代又捏成形成万般的情境和局势：拆散，摄合，沉迷，醒悟，坠落，兴奋，决绝，牵缠，误会，了解，怨毒，宽恕，挣扎，屈服，……这其间有万千不同的人物，万千不同的局境，是诗，是戏剧，是小说，拿的起笔儿的人，那会没有材料可写？[18]

冰心表达了"这其间有万千不同的人物，万千不同的局境"在道德判断上的错综复杂。道德概念并非一种绝对性的无可争辩。道德不是情感的表达，而是根植于具体情境的引导。"每一个行为都是那些或多或少带有理论内容的信念与概念的载体与表达；而每一种理论、每一种信念的表达也是政治与道德的行为。"[19]她用人道主义代替了启蒙主义，发现道德的复杂和暧昧，将国家的命运视作大时代与万般情境和局势的融合，而不是对大众的无限失望。事实上，这是一种智慧，它展现了在特殊时期一个知识分子对大众道德和政治的关怀，尤其是她对人们各种心理状态的分析，成为道德分析的起点，引导她如何给予大众思想的向导。

与济南惨案相比，北平的沦陷是一种更危险的社会状态。这个时候更需要的是一种共同体的抵抗意识，呼唤之声、召集之力应该更加猛烈，与此相反的却是冰心对集体困境和个人困境的描述和强调，这样表达的意义和功能又是什么呢？冰心对大众政治选择的理解，立足于"正人先正己"的前提。不能因为自己的生活安全，就苛责大众的不抵抗。这不但是不道德，还是为虎作伥，也会造成大众更加艰难的生活处境和道德困境。有关她推己及人的处世态度，茅盾先生在《冰心论》中特别提到："她是'唯心'到处处以'自我'为起点去解释社会人生，她从自己小我生活的美满推想到人生之所以有丑恶全是为的不知道互相爱。她从自己小我生活的和谐，推论到凡世间人都能够互相爱。她这'天真'，这'好心肠'，何尝不美，何尝不值得称赞，然而用以揭示社会和人生却是一无是处！"[20]推己及人一直是冰心思考人生和社会问题的一贯的思维逻辑。也许正是这种"一无是处"澄明了：道德判断对每一个个体之间差异的忽视，没有充分认识到每个人体都有属己不可轻易忽视的政治理想和个人处境——这个在伦理判断上重要的客观事实。

有关个人困境的描述，表现为冰心以自己为例的说明，其意义指向的是对广大知识分子政治选择的反思。五四运动时期，知识分子还享受着对大众关于民主、正义启蒙教导的讲台，他们侃侃而谈自己的信仰和道德追求。很多人把自己定位为启蒙者，居高临下地将救国救民的理念递交给底层大众。而今他们却退隐山林作出一种象征性的抵抗。他们一方面怀着深深的愤恨，一方面又不愿意成为为国捐躯的牺牲者。在道德的困境中左突右撞，以求"公"与"私"得到调和兼顾。正像傅葆石在《灰色上海》中对王统照消极抵抗和《古今》散文家们屈从背叛的两类文化行为的概括。前者是艰难时代个人主义的微小抵抗，虽然王统照为消极抵抗赋予了知识分子自主的象征意义。不过，这种独立是以社会的无能为代价的，而且，消极抵抗在面对敌人强大而残酷的镇压时则有道德懦弱的味道。而后者的文学作品虽然并未按着日本人鼓吹去展望"大东亚秩序"，但是与抗战所需要的儒家节操文化相反，《古今》重重的感伤不过是这批散文家逃离罪恶的一种表现，本质上仍然就是异端思想和自我放纵。[21]无论是犹豫徘徊还是倒戈屈服都是使命感的缺乏，助长战乱的不道德，无疑都是知识分子的一种失职。

冰心把为正义而战的任务交给了知识分子。即便只能"召集一星星的尊严美丽的灵魂"，她还是毫无怀疑和毫无顾虑地去展望辉煌的理想。这是她对知识分子的信任也是她对知识分子的希望。这是《默庐试笔》所要表达的核心内容。它指向的是：应该如何看待知识分子的抗战立场？抗战中文学和知识分子的最佳角色到底是什么？这种思考源于冰心的道德观。她通过自己的个人体验，个人的困境来澄明道德定义，并揭示知识分子应该具有的政治观念。此刻冰心又回到了《我爱，归来罢，我爱！》中，要想保卫祖国母亲就要去战斗，这是一种喷涌的激情也是一种做忠良不怕死的大勇。在散文结尾，冰心以个人的政治选择给出了答案："我要走到天之涯，地之角，抖拂身上的怨尘恨土，深深的呼吸一下兴奋新鲜的朝气；我再走，我要掮着这方旗帜，来召集一星星的尊严美丽的灵魂，杀入那美丽尊严的躯壳。"冰心最终从默庐突围，又冲出北平，走向了对抗战更加广阔的思考维度中。她要作为一个示范，一个代表，一个领袖把正义和道德展示给人看。

　　"默庐—北平"所体现的道德概念表现为知识分子和大众的一种道德关系。默庐象征着万千大众的万千选择，也许是迫于生存，只为活命，也许是迟疑观望、狐疑不定，也许是里通外国、离经叛道，而北平的指向则意味着知识分子的道义，那是一片赤诚，一种正义的引导，一个大勇之姿。虽然这种道义无法抛开与怀疑、命运、死亡的紧密联系。但是，无论如何，勇敢都是最重要的，因为它不仅是个人的一种品质，而且也是维系共同体所必须的行动。这种追求在写于1951年的《诗人与政治》中仍然有所延续。而写于抗战胜利后的面向战败国日本民众的文章中，则又一次展开关于战争与道德的思考，不同的是这一次冰心展现出的是一种国际情怀，掮着中日和平和世界和平的责任。《默庐试笔》放下关于退缩和背叛的甄别和探讨，勇敢地澄明时代英雄的面容，揭示知识分子的身份中包含的特殊性与责任性。"知识分子"就是一种赋予时代意义的身份，他的自我本身并不希求普遍性，尽管他就是芸芸众生中的一员。"默庐—北平"指出了知识分子和大众的身份差异，它构成了冰心未来文学行为中的一种道德指向。

　　综合上述的分析，我们多少可以接近解志熙先生对冰心写作转向的论断。《默庐试笔》的书写成为一个醒目的文化行为。其中的空间对峙是这篇散文中的一个值得不断思考的焦点。冰心在情感的回旋中将默庐和北平划分表现为信仰与现实、隐退与抵抗、大众与知识分子的一种对置，揭示种

生活中的盼望

——从云南记忆看冰心的回忆叙事

陈　芳

　　冰心先生擅长回忆，也乐于回忆。《繁星》中那童年的美好、《忆读书》里幼时读书的醉心，晚年虽不能"行万里路"，但仍能"读万卷书"的幸福。这些已经不再只是冰心先生自己的回忆。《再寄小读者》《小橘灯》从冰心先生的回忆中走出，早已成了一代代读者们少年回忆的一部分。

　　而在冰心先生丰富的人生经历中，冰心先生有着一段特殊的云南记忆，这为她的回忆叙述增添了一段特殊的云南元素。冰心先生晚年在《我的老伴——吴文藻》《追念罗莘田先生》《忆昆明——寄春城的小读者》等追念之作中，多以昆明为背景印象，即使是 1938 年 9 月到 1940 年冬两年的云南时光中，冰心先生的作品不多，诸如《致梁实秋》《呈贡简易师范学校校歌歌词》《乱离中的音讯（通讯）——论抗战、生活及其他》《默庐试笔》《摆龙门阵——从昆明到重庆》《〈小难民自述〉序》，这些作品虽为当时当地所作，但仍是充满着各种回忆。

　　在冰心先生所有的回忆叙事中，都有一个明确的回忆主体和往事当中的主人公。与冰心的其他回忆叙事相比较，冰心云南记忆中的往事主人公并不是儿童，而是成人。因此在云南记忆中，冰心的回忆叙事并不是以成人的回忆主体，来追忆作为儿童的往事当中的主人公。因此，关联作为叙述功能的回忆，与追忆往事中的行动，就并非是冰心一贯的成长主题。不过与以往的回忆叙事类似的是，参照回忆主体所处的时空，往事追忆里的岁月却是冰心留恋的所在。

　　"喜欢北平的人，总说昆明像北平，的确地，昆明是像北平。第一件，昆明那一片蔚蓝的天，春秋的太阳，光煦的晒到脸上，使人感觉到故都的温暖。近日楼一带就很像前门，闹哄哄的人来人往。"①

作为叙述者的回忆主体赞成"昆明是像北平"，附和了"喜欢北平的人，总说昆明像北平"的说法。在之后的描述中，把昆明与北平的相像之处细化到了"春秋的太阳"、"故都的温暖"。似乎过去的北平与现在的昆明重叠到了一起，以感知的相通完成了时空的跨越。

但是，"彼在"与"此在"最重要的差异，正是当下无法忽视的战争。在回忆叙事中，叙述所处的时空往往与被叙述的内容时空不一致，也就是叙述所处的时空位于"当下"，被叙述的回忆内容内部往往还有一个时间先后的套嵌结构，因而呈现出三重空间。对于这三重空间的处理，冰心在处理叙述时间和故事时间的时序对应时，往往是对故事时间最为久远的事件描述最多，其次是与故事时间中最近的当下状况进行对比，一般对于处在故事时间中段的情况省略较多，比如《再寄小读者（通讯十四）》中对于当下情况的询问占据了开始的绝大篇幅，而"今年夏天，我带两个小朋友去逛北京西郊的动物园"以及"回来后他俩都写了日记"② 则是全文的重头戏，两相比较之后冰心先生借由可靠的叙述者勉励小读者们要"学会了学好了语文"。而《小橘灯》回忆叙事中的叙述时间也是同样的处理方式，开篇一句"这是十几年以前的事了"③ 就让我们一起回到了故事的初始，只有到了文章的末尾，才引入了中间故事和当下故事。即使是中间故事也是寥寥一笔带过"但是从那时候起，每逢春节，我就想起那盏小橘灯"④，而当下也不过是"12 年过去了，那小姑娘的爸爸一定早回来了。她有妈妈也一定好了吧？因为我们'大家'都'好'了！"⑤

而在冰心先生的《云南回忆》中对时序的处理，并非一贯的重"古"轻"今"。在详述了昆明生活的美好，间以北平生活做评之后，而是有所变

---

① 卓如编，《冰心全集》第3卷，海峡文艺出版社，1994版，第165页。
② 卓如编，《冰心全集》第4卷，海峡文艺出版社，1994版，第284页。
③ 卓如编，《冰心全集》第5卷，海峡文艺出版社，1994版，第445页。
④ 卓如编，《冰心全集》第5卷，海峡文艺出版社，1994版，第447页。
⑤ 卓如编，《冰心全集》第5卷，海峡文艺出版社，1994版，第448页。

感谢病与别离

——冰心在云南呈贡的抗战生活

陈 卫

1938 年秋，冰心、吴文藻一家经天津、上海、香港、越南安南，后乘小火车抵达昆明。

冰心的吴文藻一到云南，便忙着筹建云南大学社会学系，打算与燕京大学合作，在昆明建立实地调查工作站，把在英国伦敦大学攻读政治经济学博士学位的得意弟子费孝通召回，接手他的"社会学中国化"工作计划，主持工作站的工作。此外，吴文藻还牵头成立云南人类学会，领着学生们展开社会研究，工作非常繁忙。

战乱期间，迁徙异地，带着嗷嗷待哺的三个孩子，这时的冰心，主要精力放在照顾家庭上。10 月，武汉失守，日军战略调整，主力集中对抗日根据地进行扫荡，在西南上空进行空袭。冰心不得不像西南联大教授和云南大学的眷属们那样，继续迁徙。随后，在政府官员的帮助下，全家转移到离昆明火车距离约一小时的近郊呈贡。在此地，一待就是两年。

一、条幅与南迁知识分子

1940 年年初，顾毓琇①托吴文藻，请在呈贡的冰心写个条幅。冰心写的是：

---

① 顾毓琇，字一樵。1902 年生，江苏无锡人，2002 年去世。1915 年入清华学校，1923 年赴美留学，1929 年回国后在浙江大学、清华大学执教。1938 年任教育部政务次长，抗战胜利后任上海市教育局局长。创办上海戏剧专科学校。1950 年赴美，相继任麻省理工学院、宾夕法尼亚大学教授，电机理论有突出贡献。曾为江泽民与朱镕基的老师。著有剧本、长篇小说、传记、诗词等。

别离碎我为微尘，和爱和愁，病又把我团捏起来，还敷上一层智慧。等到病又手退立，仔细端详，放心走去之后，我已是另一个人！

她已渐远渐杳，我虽没有留她的意想，望着她的背影，却也觉得有些凄恋。我起来试走，我的躯体轻捷；我举目四望，我的眼光清澈。遍天涯长着萋萋的芳草，我要从此走上远大的生命的道途！感谢病与别离。二十余年来，我第一次认识了生命。

> 庚辰元月，默楼廊前书应一樵先生清嘱
>
> 冰心　时客云南呈贡①

此条幅写于 1940 年，冰心四十岁，也是她在云南的最后一年。

在呈贡一共两年，正值冰心的中年时期。大学时期的冰心，亲身经历过五四新文化运动，加入文学研究会，发表小说《两个家庭》《超人》《去国》《斯人独憔悴》等反映中国社会问题的小说，1920 年，商务印书馆出版《超人》，使她成为中国较早出版文学集的现代女性作家。她写的小诗，在中国现代诗坛掀起过"小诗"热，1923 年后，她连续出版诗集《繁星》《春水》，散文集《寄小读者》，翻译泰戈尔的《飞鸟集》，纪伯伦的《先知》等。

冰心的求学、恋爱婚姻，事业皆谓一路坦途。1923 年留学美国，1926年获得硕士学位，回到北平，在燕京大学任教，1929 年与毕业于哥伦比亚的社会学博士吴文藻幸福成婚，这时的冰心，一帆风顺，进入写作的丰收期。然而抗日战争发生，颠沛流离、孩子出生，个人身体及家事等各方面原因，1936 年之后的冰心在创作上，相对一生中的其他时间，确属歉收。从她给顾一樵的这个条幅可以看出，她的文字功力仍然不弱，只是对生命感受和心境，都发生了较大的变化。

文中的别离，指的是生生的分离。生活呈贡的冰心，此时不仅与父母兄弟等亲人分离，也与友人和故乡、旧地、习惯的生活方式分离。这一别离，对冰心来说，感觉到自己像一颗渺茫的尘土，在空中飘荡。而这颗尘，

---

① 引自卓如：冰心全传（上），河北教育出版社 2002 年，第 414 页。

并非为一颗无情感的尘，它和着爱，也和着愁，集合了这历经苦难后的欢喜与想起流离而悲痛交加的复杂情感——人在茫茫世界中求生，不知前路。这是条幅所表现的第一个层面的意思。

接下去写的是"她"的身体不太好。生病，然而病并没有让她丧失信心，反让她感到了人生的智慧。待病好了，她感到自己重生："我已是另一个人！"冰心的文字，相对二十年代的《超人》等小说，显得简洁，心态坦然。在这段文字中，她运用拟人的方式，把"别离"模拟成一股强大的力量，"病"则好似不可知命运。而生存于这些处境中的人，有着强大的生命力。

"另一个人"是怎样的人？"我起来试走，我的躯体轻健；我举目四望，我的眼光清澈"。冰心虽然用的是"我"，但这个"我"可视作一个新"人"，新的"我"。她没有对别离和病的恐惧，"我要从此走向远大的生命的道途！"因此感谢，"病与别离"，使她重新认识生命。

战争虽然改变了冰心一帆风顺的学者生涯，使她与广大的中国流亡者一样，踏上了向南的逃生之路。然而，她不是一个不可终日的逃亡者，靠忧郁度日。在惶惶的气氛中，她内心有一种信念，促使她寻找生命之光。这一条幅，可见她内心强烈的求生意志。

关于这个条幅，冰心在给梁实秋的信中谈起过："文藻信中又嘱我为一樵写一条横幅，请你带问他，可否代以直条？我本来不是写字的人，直条还可闭着眼草下去，写完一瞑不视不是掷笔而逝！横笔则不免手颤了。"① 顾一樵是吴文藻的清华大学同学，此时在重庆任教育部政务次长，他与梁实秋同在重庆，梁实秋是冰心的老友、好友，因而冰心于信末请梁实秋代为问候。在这写给好友的信中，我们另看到冰心所过的真实的日常生活：身体不好，"山风渐劲，阴雨时算寒透骨。"她还说起，到呈贡，病过一次。日常生活"都在跑山望水、柴米油盐、看孩子中度过。"她经常感到心神不宁，《默庐试笔》断续写了三夜，又放下。她在偏僻的呈贡，感到孤寂，然而进城，又感觉到没有意思。她问自己：这是不是中年的原因。"海内风尘

---

① 《致梁实秋》，卓如编：《冰心全集》第八册，海峡文艺出版社 2012 年第三版，第 12—13 页。

诸弟隔，天涯涕泪一身遥。"冰心对好友说，她的萧索，"庶几近之"。同年除夕，给巴金的一封信中，冰心谈及自己的病体"这些日子伤风头痛，鼻腔发炎，头痛得八日夜不能睁眼，今天已十愈八九，不过还有点失音"。①

由这一条幅，我们大致可以了解到冰心的性情。虽然条件艰苦，但是有着对国家的胜利信念，也与朋友互相鼓励。

冰心的女婿，即《冰心全传》的作者陈恕，2000 年在冰心当年的学生李培伦的家里，还看到一张冰心写于 1940 年的条幅。此时冰心准备离开呈贡，将前往重庆。学生求字，冰心赠言："一发青山愁万种，干戈尚满南东，几时才见九州同。纵然空世事，世事岂成空。胡马窥江陈组练，有人虎帐从容。王师江镇相逢九原翁，因恨世上少豪雄。"② 条幅用词大气，鼓励学生们做英雄，卫国护家。

写字是冰心到昆明后开始培养的一个乐趣。在卓如写的另一部《冰心全传》中得知，昆明时期，冰心曾访问住在柿花巷的西南联大三教授：联大的总务长郑天挺、常务委员会的主任秘书杨振声、罗常培，他们因住在一处，自称"三剑客"。看到他们简陋的住宅里，摆着笔墨，冰心请求先生们教她写字，于是她的字名也渐渐传出，朋友学生会向她索字。

流亡在昆明的这些知识分子，豪爽，幽默，在灾难面前并不悲观，无疑也给了冰心生存的信念。她曾在《从昆明到重庆》③ 文中描写过他们："昆明还有些朋友，大半是些穷教授，北平各大学来的，见过世面，穷而不算。几两花生，一杯白酒，抵掌论天下大事，对抗战有信念，对于战后的回到北平，也有相当的把握"。这段文字写于 1941 年，中国抗日战争在艰难的时刻。"一件破蓝布大褂，昂然上课，一点也不损教授的尊严。他们也谈穷，谈轰炸谈的却很幽默，而不悲惨，他们会给防空壕门口贴上'见机而作，入土为安'的春联。他们自比为落难的公子，曾给自己刻上一颗'小姐赠金'的图章。他们是抗战建国期间最结实最沉默最中坚的知识分子"。冰心的文笔从来追求真实，相信她笔下描写的知识分子，就是她所

① 《致巴金》，卓如编：《冰心全集》第八册，海峡文艺出版社 2012 年第三版，第 14 页。
② 陈恕：《冰心全传》，中国青年出版社 2011 年，第 186 页。
③ 《从昆明到重庆》，卓如编：《冰心全集》第二册，海峡文艺出版社 2012 年第三版，第 499 页。

见，所感知到的。她在昆明并不悲观的心态显然受到这些朋友们的影响。

冰心在云南的两年，可以说过的是苦中作乐的日子。卓如写的《冰心全传》比较具体，看到冰心那时所做的事大致有：一、帮富奶奶安顿家人；二、学写字；三、请客，做福建菜；四、买花；五、搬家；六、担任呈贡简易师范学校义务老师，写歌词；七、写家趣诗；八、默庐试笔。

二、校歌与呈贡生活

在远离京城的昆明，靠买几支鲜花，写几个字并不能把空虚且不安的日子填满。天空中敌机的莫名造访，增加了恐慌气氛。冰心一家只得搬到更加偏僻的呈贡。据陈恕在《冰心全传》中所写，呈贡离昆明，火车一个小时，四等车来回票价"一元三角"。呈贡车站离县城有八里路，乘马亦要一小时。[1] 冰心一家在县政府工作人员的帮助下，找到呈贡东北部的三台山山腰一个小院落，原来住着为当地华姓大户守墓的人家。门上挂着"华氏墓庐"的横匾。冰心在此安家，把墓庐改名为默庐。

呈贡县立中学及简易师范学校校长昌景光是个聪明人，为了增强学校师资，他亲自上门拜访流亡到此的学者，如费孝通、孙伏熙、张兆和等，聘请他们做老师，[2] 冰心担任了语文及写作课老师。另据卓如在《冰心全传》中的描写，这个学校，由于昆明疏散人口，学生增加了很多，而办学经费紧张，教师薪水低。作为一个名人，校长不好意思张口，冰心爽朗地笑着："我到学校义务教课，不要任何报酬。"[3] 冰心热心地教学生，乃至2000年，陈恕和妻子吴青到呈贡，还有冰心的老学生前来相见。呈贡简易师范起初只招男生，在冰心的建议下，学校也开始招女生。因为冰心是诗人，所以学校请冰心写了一首校歌。如下：

西山苍苍滇海长
绿原上面是家乡

---

[1] 陈恕：《冰心全传》，中国青年出版社2011年，第181页。
[2] 陈恕：《冰心全传》，中国青年出版社2011年，第186页。
[3] 卓如：《冰心全传》（上），河北教育出版社2002年，第408页。

师生济济聚一堂
切磋弦诵乐未央
谨信弘毅校训
莫忘来日正多艰
任重道又远
努力奋发自强
为人民增光①

这首歌从学校的地理位置，写到师生们的学校生活，再给予希望，让学生们注重个人修养与民族前景，记住学校的训导。从歌词的写作，可以看到冰心是一个识大体的知识分子。

据陈恕在《冰心全传》中的描述，现在的呈贡一中即原来的简易师范校址，他于 2000 年去访问，还能看到了校门上"任重道远"，是冰心当年的贺词。"谨信弘毅"的校训也为冰心书写，进了歌中，由林亭玉老师谱曲。这是冰心留在昆明的口诵文学。歌词并不复杂，因为是校歌，歌词力求朗朗上口，偶句基本押韵，用了平水韵第七部"阳"韵，听上去有积极向上的力量。

在呈贡的生活较为单调，热闹的时候是教授们周末从昆明过来，聚餐、聊天，有一次他们聊到冰心的一首宝塔诗，也是冰心苦中作乐的表现。这首图像诗②没有收入冰心创作的集子，而在陈恕与卓如的传记中都写到过：

马
香丁
羽毛纱

---

① 《呈贡简易师范学校校歌歌词》，卓如编：《冰心全集》第二册，海峡文艺出版社 2012 年第二版，第 490 页。

② 据陈恕著《冰心全传》中第 182—183 页中所写：冰心和文藻散步，走到丁香树下，文藻问这是什么树，冰心说，这是香丁，文藻接着就说"这是香丁"。冰心让丈夫买孩子吃的点心，萨其马，孩子不会说萨其马，一般说马，丈夫也说马；给父亲买双丝葛的夹面袍子，丈夫只会说羽毛纱，结果，店员打电话问才知要买的东西。

了丧家者的悲哀。第四节写字默庐的生活，孩子客人占用了它不少时间，只在烛影下独坐，看书，写信，做活计，因为朋友的催迫，才写点文字。她虽然没有直接谴责战争扰乱她的生活，但知她的停笔，已是迫不得已。第五节，作者进入回忆，情绪激动起来，文字似洪流，从记忆的各个角落里窜出来，写各种人和事，"新的脸，旧的脸，老年人，中年人，少年人，男人，女人的悲哀感慨，愤激和奋兴，静静听来，危涕断肠，惊心动魄"，写各种声音"有枪声、炸弹声、水雷爆发声、宫殿倒塌声，夜禽惊起声，战马鸣嘶声，进行曲合唱声，铁蹄下的呻吟声，战壕中的泥水声，婴儿寻母生，飞机振翼声，火炬燃烧声，宣誓声，筑路声，切齿声，赞叹声"冰心所写到的这些声音，几乎想把战争中的一切细节都浓缩其中，敌人的血腥侵略，战士们的奋起反抗，老百姓的支持，孩童的无助。这时的冰心，不是一个弱小的女性，而是在替老百姓描述人生、感动天地的一个作家，"北平景山的古柏，和天安门两旁的华表，我也看见他们在狂风中伸着巨指，指着天，听见他们发出如雷的洪声，说，'中华的儿女那里去了？没有北平无宁死！'"远在西南，忘不了沦陷的文化中心，冰心借北京的地标性建筑，发出了呼喊。为此，她反思这个时代给她带来的各种感受，她坚定了为抗战而写作的决心。

第六节作者又回到呈贡的现实生活中，写自己的矛盾："在静境中，我常常觉着自己心思之飘忽与迷茫。最实在的是，我每夜都在做着杂乱无凭的乱梦，梦里没有一个熟识的脸，没有一处旧游的地方，没有一串连贯的事实。乱梦醒时，在惺忪朦胧之中，往往不知自己身在何处！"宁静只是外在的，作家内在不平静的心，正说明她内心的担忧、牵挂和无可言表的丧家之痛。

第七、八节是续写，冰心特别分析到自己的潜意识里为何苦恋北平？第七节写默庐的风光，作者用了极美的文字写那里的风景。如画家的画笔，她用各种颜色、植物、人物勾勒出它在战争外的田园风光和生气"我的寓楼，前廊朝东，正对着城墙，稚堞蜿蜒，松影深青，雾天空阔……最好是在廊上看风雨，从天边几阵白烟，白雾……下楼出门转向东北，松林夏参差地长着荠菜，菜穗正红，而红穗颜色，又分深浅，在灰墙、黄土、绿树之间，带映得十分悦目。……我最爱早期林中携书独坐，淡云来往，秋阳

师生济济聚一堂

切磋弦诵乐未央

谨信弘毅校训

莫忘来日正多艰

任重道又远

努力奋发自强

为人民增光①

　　这首歌从学校的地理位置，写到师生们的学校生活，再给予希望，让学生们注重个人修养与民族前景，记住学校的训导。从歌词的写作，可以看到冰心是一个识大体的知识分子。

　　据陈恕在《冰心全传》中的描述，现在的呈贡一中即原来的简易师范校址，他于2000年去访问，还能看到了校门上"任重道远"，是冰心当年的贺词。"谨信弘毅"的校训也为冰心书写，进了歌中，由林亭玉老师谱曲。这是冰心留在昆明的口诵文学。歌词并不复杂，因为是校歌，歌词力求朗朗上口，偶句基本押韵，用了平水韵第七部"阳"韵，听上去有积极向上的力量。

　　在呈贡的生活较为单调，热闹的时候是教授们周末从昆明过来，聚餐、聊天，有一次他们聊到冰心的一首宝塔诗②，也是冰心苦中作乐的表现。这首图像诗②没有收入冰心创作的集子，而在陈恕与卓如的传记中都写到过：

马

香丁

羽毛纱

---

　　① 《呈贡简易师范学校校歌歌词》，卓如编：《冰心全集》第二册，海峡文艺出版社2012年第二版，第490页。

　　② 据陈恕著《冰心全传》中第182—183页中所写：冰心和文藻散步，走到丁香树下，文藻问这是什么树，冰心说，这是香丁，文藻接着就说"这是香丁"。冰心让丈夫买孩子吃的点心，萨其马，孩子不会说萨其马，一般说马，丈夫也说马；给父亲买双丝葛的夹面袍子，丈夫只会说羽毛纱，结果，店员打电话问才知要买的东西。

样样都差

傻姑爷到家

说起来真是笑话

教育原来在清华

冰心宝塔诗写出来给梅贻琦看，梅先生接了两句：

冰心女士眼力不佳

书呆子怎配得交际花

鼓励战争中的学生努力奋发，调侃专研学术的丈夫丁香不识，可以看到冰心为师的尊严和为妻的调皮，靠着这种旷达精神，他们互相取暖，相濡以沫度过苦难的日子。

冰心的《乱离中的音讯》[①] 由一封写给原燕京大学学生周叔昭和另一朋友的信组成，信中虽然描述的是抗战生活条件的不足，但是，也展现了冰心非常好的心态：我们也是对于我们的环境万分知足，生活比天还高，可是我们的兴致并不因此减低，从前是月余吃不着整个的鸡，现在是月余吃不着整斤的肉（一斤肉一元六角）。我们自慰着说："肉食者鄙"，等到抗战完结再做"鄙人"罢。冰心并不抱怨生活质量的下降。她和朋友们谈到时局紧张，也不表示恐慌难过，虽然意识到"前途很难预测，聚散也没有一定"，但是她跟朋友鼓劲：所准知道的只是一个信念，就是"中国不亡"其余的一切也就是身外事了。她在心中特别谈到丈夫，很稳，很乐观，好像一头牛，低首苦干，不像我的 Sentimental。小孩子们无忧无愁的，叫人看了又高兴，有似乎有点难过。由信中文字，可以看出冰心的内心是复杂的，因为她还是止不住跟朋友倾泻出：这个年头做"个人"真没有什么意思，你看全世界往哪里走？从这貌似逻辑混乱的文字中，看见冰心有时的困惑。但她会自己尽力排解，如她很快把笔墨又转换到窗外的景色，"窗外新秧绿

---

① 《乱离中的音讯》，卓如编：《冰心全集》第二册，海峡文艺出版社 2012 年第三版，第 491—492 页。

得像块绒"，写到本地人送来的"小红美人蕉"，摆在窗前衬着天光云影。她感叹道：世界的意义还该是"美"。从冰心的文字看，她是一个热爱美，忍受困难，有着信念的，承担责任的知识分子。

三、默庐与《默庐试笔》

1940 年，冰心在燕京大学教过的学生杨刚，接任了《大公报》文艺版的主编，请老师为副刊写稿。停笔几年之后的写作，完成得并不顺利。冰心给梁实秋的信中曾谈到过这次写作，"《默庐试笔》断续写了三夜，成了六七千字，又放下了"。由《冰心全集》第二册目录，大概可以看到，1936 年之后，冰心接连两年出现创作空白。1939 年有一篇《小难民自述·序》，应是约稿。1940 年，一共有四篇文字，其中一首就是上文提到的呈贡简易师范学校校歌，一首是到重庆后写的新诗《鸽子》，一篇《乱离中的音讯——论抗战、生活及其他》，由两封书信组成。称得上文艺作品的，就是这篇《默庐试笔》①。虽然此文写于守墓人的祠堂，而"默"更代表了冰心在战争中的心态。沉默的文人，用笔来诉说。

散文共八节，前六节于 1940 年元旦发表在第 763 期的香港《大公报》，后两节发表在二月底的同报。

第一节，冰心描写呈贡三台山的美景：菜畦、朝蔼，晚霞的"朴素、静穆、美妙、庄严，好似华兹华斯的诗"。第二节结合自己人生的经历，写梦幻感，"从万丈尘嚣的城市里，投身到华兹华斯的诗境中来，一天到晚，好像是做梦"。半夜醒来，心情复杂"也是凄婉，也是喜悦，也是企望，也是等待，也是茶会，也是恋爱。不是少年人的飞跃，而是中年人的深沉，我不但是在恋爱，而且是在失恋，我是潜意识的在恋着那怒然舍去，凄然生根，别后不曾一梦见的北平！"散文笔锋一转，描写到令作家难以忘怀的北平。第三节再次写呈贡的美景，然而在一派江南风光似的美景之中，依旧忘不了北平，"别时不曾留恋"，只做了一次关于大雪的梦"万山俱白，雪珠在脚下戛戛有声，雪的背景，说不出在哪里"，作家用声音和画面表达

---

① 《默庐试笔》，卓如编：《冰心全集》第二册，海峡文艺出版社，2012 年第三版，第 479—489 页。

了丧家者的悲哀。第四节写字默庐的生活，孩子客人占用了它不少时间，只在烛影下独坐，看书，写信，做活计，因为朋友的催迫，才写点文字。她虽然没有直接谴责战争扰乱她的生活，但知她的停笔，已是迫不得已。第五节，作者进入回忆，情绪激动起来，文字似洪流，从记忆的各个角落里窜出来，写各种人和事，"新的脸，旧的脸，老年人，中年人，少年人，男人，女人的悲哀感慨，愤激和奋兴，静静听来，危涕断肠，惊心动魄"，写各种声音"有枪声、炸弹声、水雷爆发声、宫殿倒塌声，夜禽惊起声，战马鸣嘶声，进行曲合唱声，铁蹄下的呻吟声，战壕中的泥水声，婴儿寻母声，飞机振翼声，火炬燃烧声，宣誓声，筑路声，切齿声，赞叹声"冰心所写到的这些声音，几乎想把战争中的一切细节都浓缩其中，敌人的血腥侵略，战士们的奋起反抗，老百姓的支持，孩童的无助。这时的冰心，不是一个弱小的女性，而是在替老百姓描述人生、感动天地的一个作家，"北平景山的古柏，和天安门两旁的华表，我也看见他们在狂风中伸着巨指，指着天，听见他们发出如雷的洪声，说，'中华的儿女那里去了？没有北平无宁死！'"远在西南，忘不了沦陷的文化中心，冰心借北京的地标性建筑，发出了呼喊。为此，她反思这个时代给她带来的各种感受，她坚定了为抗战而写作的决心。

第六节作者又回到呈贡的现实生活中，写自己的矛盾："在静境中，我常常觉着自己心思之飘忽与迷茫。最实在的是，我每夜都在做着杂乱无凭的乱梦，梦里没有一个熟识的脸，没有一处旧游的地方，没有一串连贯的事实。乱梦醒时，在惺忪朦胧之中，往往不知自己身在何处！"宁静只是外在的，作家内在不平静的心，正说明她内心的担忧、牵挂和无可言表的丧家之痛。

第七、八节是续写，冰心特别分析到自己的潜意识里为何苦恋北平？第七节写默庐的风光，作者用了极美的文字写那里的风景。如画家的画笔，她用各种颜色、植物、人物勾勒出它在战争外的田园风光和生气"我的寓楼，前廊朝东，正对着城墙，稚堞蜿蜒，松影深青，雾天空阔……最好是在廊上看风雨，从天边几阵白烟，白雾……下楼出门转向东北，松林夏参差地长着荇菜，菜穗正红，而红穗颜色，又分深浅，在灰墙、黄土、绿树之间，带映得十分悦目。……我最爱早期林中携书独坐，淡云来往，秋阳暖被，爽风拂面，这里清极静极，绝无人迹，只两个小儿女，穿着橘黄水红的绒衣，在广场上游戏奔走，使眼前宇宙，显得十分流动，鲜明"。

如果作者内心没有对北平的牵挂，从描写默庐的文字里可以让人感受到天人合一的和谐美。然而，这种美发生在战争当中，它只留给作者以暂时的宁静和稍纵即逝的悲伤。如果没有第八节，作者便是忘我的，可是她忘不了，有似杜甫在夔州，生活的困苦，流年的悲戚，使他无法忘记首都长安。那时曾铭刻着他青春的生命，事业的顶峰，那里还是为国效劳之所。

"在这里住得妥帖，快乐，安稳，而旧友来到，欣赏默庐之外，谈锋又往往引到北平"。想起北平的大觉寺杏花，香山花叶、笔墨笺纸、涮羊肉、糖葫芦、炒栗子等等。还想到自己与北平结缘的日子，亲人，朋友，"五四"游行，"九一八"的卖报声，"国难至矣"的大标题，等等，作者内心难以遏制悲痛"北平死去了！我至爱苦恋的北平，在不挣扎不抵抗之后，断续呻吟了几声，便恹然死去了！"

冰心用速写的笔法，写到她北京被侵略者抛下炸弹的具体情形。日子记得非常清楚"二十六年七月二十八日早晨"，飞机和炸弹也很记得清楚"十六架日机，在晓光熹微中悠悠的低飞而来"；冰心的文字依然古典优雅，但接下去揭示了优雅之后的真实："投了三十二颗炸弹，只炸得西苑一座空营"。国防的衰弱，侵略者的残暴，在这几行文字中都得以显现。她写了声音的死去，写了旗帜的高悬"日本旗，意大利旗，美国旗，英国旗，黄卍字旗，红十字旗，……只不见了青天白日旗"。北京被日本人占领，"西直门楼上，深黄色军服的日兵""晴空下的天安门"，小学生拖着太阳旗，"后面有日本的机关枪队紧紧地监视跟随着"。日本的游历团在"景山路东长安街横冲直撞的飞走。东兴楼，东来顺，挂起日文的招牌"，街上广播着"友邦的音乐"。

冰心把这些揪心的场景写出来，感觉这个"女神王后般美丽尊严的城市，在蹂躏侮辱之下，恹然地死去了"。这些有力的文字，给非战区的民众带来亲身可感的体会，乃至今天，我们还能感觉出作者按捺不住的悲愤。然而冰心不是一个软弱的女性，也不是一个在战争面前束手无策的女性，她的文字力透纸背，表现出中国人的顽强，"我走，……我仰首看到了一面飘扬的旗帜，我站在旗影下，我走，我要走到天之涯，地之角，抖拂身上的怨尘恨土，深深的呼吸一下兴奋新鲜的朝气；我再走，我要搁着这方旗帜，来招集一星星的尊严美丽的灵魂，杀入那美丽尊严的躯壳！"

这篇散文读下来，很容易令人联想起杜甫的《秋兴八首》。杜甫当年从皇城长安逃出，几经颠簸，最后的日子偏居长江边的夔州。面对茫茫东逝水，他内心忧伤。长安当年的繁华，自己建功立业的理想，在战乱中一去不返，只能在"玉露凋伤枫树林"的季节，"每依北斗望京华"，想起"百年世事不胜悲"。杜甫在夔州与长安的记忆中来回穿梭，兴喜，悲叹，愉悦、哀伤，最后不得不低下他的头，"彩笔昔曾干气象，白头吟望苦低垂。"杜甫无奈地沉重地低下头，冰心却在苦难中，昂起了头。这篇并不沉默的散文，可谓冰心的抗战八首。

1940 年 8 月，冰心收到大弟的来信，得知敬爱的父亲谢葆璋于 1940 年 8 月 4 日去世。流离失所，国破人亡，令冰心悲痛不已。

这年年初与岁末，冰心分别给朋友顾一樵和学生李培伦写下条幅，表达不甘屈服的抗战信念。全家最终接受了来自国民党政府的邀请，迁往陪都重庆①。为了中国的抗战胜利，为了帮助更多的中国人过上安康的生活，冰心走出了家庭，投身抗日洪流。

感谢病与别离。为了新生，冰心心存感恩。

（陈卫　福建师范大学文学院教授）

---

① 冰心和吴文藻到重庆工作，得力于顾一樵的帮助。据陈恕的《冰心全传》第 190—193 页记载，1940 年，吴文藻的人类学研究、讲座受到干扰，他的清华老同学浦薛凤及顾一樵都劝说他去重庆国防最高委员会参事室工作，负责研究边疆的民族、宗教和教育问题。此外，顾一樵还给冰心一个信息：宋美龄以威尔斯利同学的名义，向冰心表示关切和钦慕，希望她来重庆，在妇女生活指导委员会做一点文化教育工作。冰心在日本写的《我眼中的蒋夫人》中有更详细的记载，宋美龄约谈冰心，二人谈到美国的母校，并希望她能来重庆参加妇女指导委员会，利用自己的影响力指导青年团体，战时政府也需要吴先生那样做研究的教授，不能再闲居昆明郊外的小地方了等。冰心夫妇与蒋委员长夫妇及友人还共进了午餐。

冰心、昆明与黎巴嫩：
文学名人、文化名城与文化交流

吴富贵

　　冰心先生是中国文学史上的一座丰碑。她早在 85 年前率先译介的黎巴嫩百年文学巨匠纪伯伦杰出的文学作品，如今已经成为中国译介文学乃至世界译介文学宝库中的经典。冰心先生的理想追求和人品文品，是永远值得我们学习的榜样。能够拥有这样一位文坛巨匠，是云南及福建人民的一大宝贵财富。冰心文学第五届国际学术研讨会的举办，也让更多的优秀作家和文学爱好者认识云南、走进云南、结缘云南，更有利于推动和繁荣当代青年作家的创作，造就一批又一文学新人，提升云南社会影响力。同时，冰心先生所展现的崇高人格和家风，也让更多的人在潜移默化中接受思想教育、获得人生启迪。

　　地方特色文化是一地方区别于另一地方的独具特色的文化标识，是地方特色文化无形资产的浓缩，其重点在于强调地方特色、体现地方特点。由于源于地方文化特色，因而有着深厚的群众基础，群众认同度高、参与性强。在特色文化名片的打造过程，可以充分激发群众的文化自豪和参与热情，形成发展地方文化的强大推动力。地方特色文化的形成本身就是一个地方文化资源要素的审视、组合、优化、推广过程，地方特色文化影响力达到一定程度、被公众广泛接受时，就会带动文化事业的发展繁荣，促进文化产业和相关产业快速进步。①

---

　　①　黄建：《打造特色文化名片促进地方文化繁荣》，《广西日报》2012 年 4 月 10 日。

本文以云南省昆明市呈贡县默庐冰心故居名人文化特色资源为例浅析了地方特色文化开发方面的优势，尤其是文化名人冰心译介纪伯伦文学作品对接中黎文化旅游项目综合利用开发前景及其在名人文化建设和文化强省建设中的重要意义和发展愿景。

一、默庐文化特色资源优势

说到地方特色文化，首先应该提及特色文化名城，在中国 960 万平方公里的土地上，有许多享誉世界的文化名城，位于中国西南边陲的云南昆明便是其中之一。说到文学名人，中国文学界也有许多举世闻名的文学名人。远说，屈原、司马迁；近说，冰心与茅盾。然而，地方特色、文化名城与文学名人结合得比较完美的屈指可数。因缘巧合，冰心在 1999 年人生旅途中的 1938 年初至 1940 年底，有幸与云南昆明呈贡的默庐结下不解之文缘。

"默庐"位于昆明近郊的呈贡县县城，是一幢土木结构的中式庭院。抗日战争时期，为避日本飞机轰炸，冰心和丈夫吴文藻携儿子吴平、女儿吴冰、吴青，在"默庐"居住近三年。这一庭院一时成为西南联大校长梅贻琦、戴世光、陈达等文化名流和学生周末聚会的场所。冰心在这里写下著名的散文《默庐试笔》，在香港《大公报》上发表。21 年前的 2005 年 10 月 2 日国庆长假期间，"默庐"修葺一新，正式对公众开放。如今的冰心默庐被视为云南昆明这座文化城市的历史缩影、文化遗存和精神载体，冰心默庐名人故居形成了一道亮丽独特的城市文学文化历史风景线。凭借这座故居，人们便可清晰地了解冰心与云南这座祖国边陲城市的文学文化历史渊源。

冰心当年的学生，现年八十岁的老人李惠在故居前感慨地称，"老师的教育影响了我一生""我们班当时有四十五个学生，现在健在的还有十多个。冰心老师的教诲至今难忘，同学们都很有出息。"[1] 20 年前这段图文并茂的报道，笔者感触颇深。一方面，故居记录了云南社会文化名人历史的

---

[1] 王林：《作家冰心在云南的故居"默庐"日前正式开放》，《中国新闻网》，2005 年 10 月 3 日。

变迁和传承；另一方面，堪称云南历史文化的活化石和鲜活的历史文化遗产。可谓悠久城市中，古韵正绵延。冰心在云南默庐留下的足迹和文学作品，是一部厚重的历史，也是云南文化教育发展的历史缩影。

从地理位置上看，默庐是一座且行且近的名人故居，地处云南昆明呈贡新区，无论是云南总体规划给它的文化区域定位，还是当下昆明呈贡新区赋予它新的现代历史文学旅游功能，汇聚在这座新城区上的冰心默庐光环都是足够五彩斑斓。

站在时空隧道上，笔者眼前瞬间出现两个画面，一个是中国百年文学巨匠世纪老人冰心的巨幅身影；一座是具有深刻历史意义，建于百多年前的冰心中年时代从教、进行文学创作的默庐故居。恍若置身梦幻，毕竟时代不同了，但冰心老人和默庐故居两个魅力组合应该跟上时代的步伐，与时俱进。

仿佛巴黎有莎士比亚故居，洛杉矶有城市之光书店，道至远，心至近，昔日冰心今犹在，云南昆明呈贡新区冰心默庐也早已成为当地人心目中的文化地标。在实体书店日益凋敝的今天，冰心默庐故居理应成为中外文人雅集交流拜谒怀古的文化场所，冰心默庐理应成为云南人民宝贵的文化财富。

云南，冰心绘得画卷美，文学写尽冰心魂。一个人温暖一座城，寻脉云南，冰心默庐人文殿堂，最是文学润乡野。一居一色，一堂一品。一篇散文一座城，冰心默庐，不能忘却的国家城市云南记忆。时光荏苒，在这座已然安详宁静的城池故居背后，是才俊中华儿女冰心的文学壮举。而今这位可敬的文学大师虽已离开我们，但是她的文学思想已经成为中华民族的宝贵精神财富。为时代放歌，为人民抒写，借助柔性力量，叩响世界文学旅游的大门，顺应游客期待，坚持以故居为中心的工作导向，是新时代做好云南文学旅游工作的一个超级实用的"秘诀"。

不是有枪有炮就能崛起，文化虽软，沁入人心，云南亟须以柔性力量敲开世界旅游大门，这事关云南前途命运。冰心默庐这座不算古老的建筑，于今天的昆明，人与人，血浓于水，情与情，永不相忘。我们没有任何理由忘记这座名人文化故居。而应该充分发挥其文学译介旅游历史价值，合力补齐要素短板，以进一步弘扬云南城市乡土文化和冰心文学名人文化。

让更多的人了解冰心和她的作品，了解云南这片富饶的土地，让冰心文学和云南城市旅游文化走向世界。

二、冰心文化名人资源开发

2016 年 10 月 5 日是中国诗人，现代作家，翻译家，儿童文学作家，社会活动家，散文家世纪老人冰心诞辰 116 周年纪念日；同时也是冰心老人 85 年前因文学结缘的阿拉伯挚友，黎巴嫩天之骄子、著名文学、绘画大师纪伯伦诞辰 133 周年纪念日；而再过 5 天，2016 年 11 月 9 日就是中华人民共和国和黎巴嫩共和国正式建立大使级外交关系 45 周年纪念日。

今天在这三个令人难忘和喜庆的日子里，理应回顾和传承，理应勿忘和珍视冰心先生在中黎文学友好译介交流国际事业中，奠定的坚实基础，做出的突出贡献和所拥有的跨国文学社会传承人类共同价值。

鉴此，时在当下，身为中国云南冰心默庐故居，应该与时俱进，积极践行习近平主席提出的"总结经验、发挥优势、锐意创新，用国外读者乐于接受的方式、易于理解的语言，讲好中国故事，传播好中国声音，树立好中国形象，传播好中国正能量"的时代主旋律，把这个发生在中黎两国百年文学巨匠冰心和纪伯伦身上的故事，讲出来，通过旅游的方式，周知国民，激励民众，传承后人，沿着冰心先生约一个世纪前开辟出的中黎文学译介友好之路走出去，走下去，用优秀的文学作品构筑两国人民心灵沟通的桥梁，加深中黎之间的传统友谊，进一步巩固两国的友好合作关系。

据历史文献记载，中国和黎巴嫩之间的文学译介往来，溯源已久，亦是当今中黎关系发展的重要维度，从跨国文学社会人类共同价值来看，研究中国与黎巴嫩文学译介交流合作开发两国旅游资源的潜在优势，分析两国文学译介合作的基础，客观理性地探讨两国进一步提升文学经典作品译介层次，借此开发两国文学旅游市场，对加强中黎两国人民友好交流，增强互信，改善两国文学关系，推动和促进丝绸之路经济带云南国际旅游建设具有重要的现实意义。

特别是习近平主席提出的"一带一路"倡议及其在中阿合作论坛第六届部长级会议上题为"弘扬丝路精神，深化中阿合作"的重要讲话，以及《中国对阿拉伯国家政策文件》均为中黎文学旅游互译和人文交流提出了新的任务和要求。

众所周知，文学翻译是跨国社会文化交流的重要桥梁和纽带，是民心相通的重要渠道和文化传承符号。而今站在中黎文学翻译领域学术交流的高度，论述冰心在纪伯伦文学作品译介方面所取得斐然成绩，对中黎学术界来说，具有深远的历史意义和重要的现实意义。

现在看来，冰心先生译介的《先知》《沙与沫》两本散文集作品虽年代久远，数量有限，但却有力地说明，此举意义重大，因为它自此揭开了中国同黎巴嫩、中国同阿拉伯世界文学文化交流崭新的一页。冰心和纪伯伦以文学结缘，用译介牵手，他们开启民智，被誉为近代东方文学走向世界的先驱，他们是现代中黎两国的文学之魂，他们名副其实，当之无愧。而身为云南冰心默庐故居，理应为冰心先生功在当代，利在千秋的义举，身体力行积极实施文化旅游资源开发项目。

冰心与纪伯伦，缘分远不止于那两本象征着文学经典的著名译作《先知》和《沙与沫》，中黎人民念念不忘的是现代两国文学交流、文化旅游合作项目的深入开展，以及中黎两国文学友好事业的后继有人，长足发展。两个人，两本书，两国国家，近百年历史，文学在交流，纪念在继续。中黎建交45周年之际，打好冰心译介纪伯伦文学作品理论研究和文化旅游项目组合拳，身为云南冰心默庐，是我们当前义不容辞的紧迫任务。

问渠哪得清如许？为有源头活水来。作为冰心文学理论研究学者和冰心默庐故居从业者，既需要有直面"短板"、走出去，亲临现场深入实际调查研究的勇气，更需要发扬逆水行舟、马上就办的担当精神。干出推进冰心与纪伯伦文学旅游的国际化加速度，真正发挥文化传统，凝心聚力，成风化人的促进作用。

三、冰心译介之于中黎文化贡献

作为驰名于世，享誉世界文坛的黎巴嫩天之骄子纪伯伦的散文和散文诗作品，冰心先生身体力行，率先翻译了纪伯伦的著名散文诗集《先知》和《沙与沫》并介绍给中国读者。"尽管当年译介的作品数量有限，但却有力地说明,早在 93 年前纪伯伦就已经"来到"了中国,就同中国读者结缘了。"①

曾经,一缕丝绸,串起千年历史,一条商路,承载千年文化,两本散文诗集,古为今用,百年交往,凝结世代友好。什么是"一带一路"上的中黎文学元素,冰心先生译介的纪伯伦散文和散文诗作品便是构建"文学一带一路"的中黎文学元素。让具有史料珍藏价值的译介作品,悦动书刊、悦动荧屏,悦动旅游,成为当代国人一种新的精神力量和崇高梦想。尤其是在当下,多数人的价值观在转为对物质文明的过分推崇,躁动的人心与传统的人文精神渐行渐远,中国传统文化,冰心译介纪伯伦作品的友好故事像一颗颗遗落在后岸的沙粒,处于不断被遗忘的尴尬境地的时候,我们理应出面担当起中黎人文精神的文化坚守者和传播者的重任。成为名副其实冰心译介纪伯伦优秀文学作品的气质标签,引领一种生活风尚和人生境界。让现代中黎纸质书刊与冰心译介纪伯伦作品展开深层次对话。由此可见,冰心译介纪伯伦散文和散文诗作品之举,具有珍贵的史料珍藏传承价值。如上所说,冰心译介纪伯伦散文和散文诗作品是这样炼成的。纪伯伦也因此成为被中国译坛译介最早最多的阿拉伯作家。

在 1995 年的"三八"国际妇女节前夕,黎巴嫩总统埃利亚斯·赫拉维亲自签署第 6146 号总统令,颁令授予 95 岁高龄的世纪老人冰心一枚黎巴嫩国家级雪松骑士勋章和证书,以表彰她在中国传播黎巴嫩文化所做出的重要贡献。为此,黎巴嫩驻华大使法里德·萨马哈受黎巴嫩总统之委托,在北京医院冰心老人下榻处的小礼堂内,举行了一场隆重热烈、庄严神圣的授勋仪式。媒体称,这是黎巴嫩政府对中国世纪老人冰心最大的认可褒奖与尊重。

2016 年 11 月 9 日,是中国和黎巴嫩建交 45 周年纪念日。与此同时,笔者作为中国阿拉伯语言文学研究学者,与其他两位中东问题专家刘元培、王燕共同撰写的《百年牵手——中国和黎巴嫩的故事》由中国人民大学出版社正式出版,希望借此揭开两国之尘封百年的往事,周知传承中黎后人,用以推动两国人民在文学互译领域学术研究的深入交流,加深相互了解,

---

① 伊宏:《纪伯伦散文精选》,《序言》,人民日报出版社 1996 年版,第 1 页。

促进中黎文学典籍互译工作的深入开展。

名人是一种文化现象，文化名人所代表的是民族文化。每个国家、每个民族都孕育了自己杰出的代表人物，他们既是各个国家和民族的精神财富，也是人类文明共同拥有的精神财富。"名人是浓缩的历史，是时代精神的集中体现。所以，了解一个国家、一个民族最为便捷的方式之一，就是从了解名人入手。"①

如今，中国已同黎巴嫩等阿盟所属的 22 个阿拉伯国家建立了大使级的外交关系，但相对于我国自身独特和悠久的文化历史，就目前来说，文化领域的合作还远远不够。经济、商品贸易的交流可以促进国与国之间的经济发展，文化交流则可以更深层次地进行民众与民众的心灵沟通、触及彼此民族的灵魂，产生出的社会效应会根植于民众的心底，这是一般的经贸活动和政治交流所不能替代的。鉴此，云南冰心默庐可将开展的文化旅游活动便是始终遵从这一理念，且切合党和国家宣传的主旋律。

四、中黎两国开展文学旅游之建议

鉴此，笔者认为，2016 年是中国和黎巴嫩建交 45 周年，在"一带一路"上认真研究和潜心开展冰心文学与纪伯伦文学国际文化交流互译合作价值研讨，大力推进中黎传统文化名人冰心与纪伯伦文学旅游文化走向中黎两国现代社会，走向世界，已成为当前中黎两国现代文学文化界专家学者们付诸实施的首要任务。

身为冰心默庐故居，将尘封往事发生在 85 年前，纪伯伦、冰心"译文会友"的故事记录下来，促进中黎两国的跨文化旅游，是一件急迫而又责无旁贷的任务。为此，笔者建议，在冰心先生云南默庐故居和福建冰心文学馆，讲好中国故事，传播好中国声音的同时，召开冰心译介纪伯伦散文和散文诗作品品赏朗诵大会，发挥名人效应，感召世人，珍视友谊，传承后人，带动云南、福建两省冰心文学旅游事业的开展。组织中国游客赴黎巴嫩旅游，参观纪伯伦故居和博物馆和其他著名旅游景点；接待黎巴嫩游

---

① 郑智、赵笑洁：《论名人故居、纪念馆宣传工作的创新问题》，《保护与发展——2006 名人故居专业委员会福州年会论文集》2007 年版，第 78 页。

客到访福建、云南两省，参观冰心默庐故居和冰心文学馆和其他著名旅游景点。

此外，呼吁尽快在中国和黎巴嫩建成冰心与纪伯伦文学文化交流网，用现代化的电子传输手段以尽快实现两位百年文学巨匠真正意义上穿越时空跨越国界的文学网上牵手。

建议开展中黎文学旅游交流互访、互赠、互拍活动，暨冰心默庐故居、冰心文学馆与纪伯伦博物馆进行深度合作，组团出访黎巴嫩；黎巴嫩纪伯伦故居博物馆到访中国，参观冰心默庐故居、冰心文学馆，进行文学交流。中黎双方合作出版双语（汉语、阿拉伯语）图文并茂《百年牵手—冰心、纪伯伦文学作品译介故事》大型画册。

建议拍摄冰心默庐故居、冰心文学馆与纪伯伦博物馆联合制作的大型系列专题纪录片"中国和黎巴嫩百年文学巨匠故事"。片中将冰心默庐故居、冰心文学馆和纪伯伦故居博物馆作为主线进行全方位介绍，两馆合拍、制作冰心文学馆、纪伯伦故居博物馆，声情并茂的纪录片和 DVD 光盘，中文和阿拉伯文配音配乐解说。并将制作精美的精装本画册和新闻纪录片进行交流互赠，以此作为当今"一带一路"上，冰心默庐故居、冰心文学馆与纪伯伦博物馆三馆进行文学交流、文化传承之友好信物，永久收藏、对公众展出播放。同时，该纪录片可在中国首都北京和黎巴嫩首都贝鲁特进行首播，通过视频引领中黎两国现代观众走进中国现代著名文学家、中国现代著名翻译家、儿童文学作家冰心先生和世界文学大师、黎巴嫩著名文学家纪伯伦文学艺术世界，感受他们的精神气质与文学品格。

冰心默庐故居、冰心文学馆、纪伯伦故居博物馆，三馆合拍、制作双语解说、中阿文配音的纪录片和 DVD 光盘，并将制作精美的精装本画册和新闻纪录片进行交流互赠，以此作为当今"一带一路"上，冰心默庐故居、冰心文学馆、纪伯伦博物馆三馆进行文学交流、文化传承之友好信物，永久收藏、对公众展出和播放。

建议在中黎两国举办冰心默庐故居、冰心与纪伯伦文学译介国际学术研讨会，届时中国方面将赴黎巴嫩纪伯伦故乡贝什里的纪伯伦故居博物馆举办为期 5 天的"冰心与纪伯伦文学交流译介展"主要展示中国著名文学家冰心先生译介的两本散文和散文诗集，以及冰心生平事迹等内容。其最终目的是，在讲好中国故事，传播好中国声音的同时，让黎巴嫩人民更加了解中国，认识冰心先生和他们的各类优秀文学作品，把中国文化名人"走出去"工作真正有的放矢落到实处。

建议在华开办纪伯伦网站与冰心文学馆网站互动合作交流宣传专栏。即：在纪伯伦网站上传播冰心生平事迹、作品及与纪伯伦文学作品译介互动故事；在中国冰心文学馆网站上，开辟专栏，讲述和传播冰心早在85年前译介纪伯伦文学作品互动交流故事。提升冰心文学馆的国际知名度，使两位中国文学大师在"一带一路"沿线的阿拉伯国家读者中享有崇高的威望。

建议，为重塑冰心作为中国民间文学外交使者的光辉形象，把冰心文学、中国文化和中国人民的友好情谊带到黎巴嫩，乃至传播到"一带一路"沿线国家，加大冰心文学走出去的步伐，积极把冰心文学研究进一步推向国际化，冰心默庐故居、冰心文学馆和纪伯伦故居博物馆三方共同签署合作协议，组建"中黎青少年茅盾、纪伯伦文学大赛组委会"，开办"中黎青少年冰心、纪伯伦文学大赛官方网站"，组成追梦团，在中黎两国间开展中黎青少年互访交流活动。暨：夏令营和冬令营。

由冰心默庐故居、冰心文学馆联手负责组织派遣实施每年春秋两季（1月和7月），定期合作开展的中国青少年寒暑假期赴黎巴嫩参观游览纪伯伦故居博物馆追忆文学大师、传承友好活动和继承发扬纪伯伦文学创作、冰心译介精神，文学追梦，纪伯伦跨国文学"中黎青少年文学创作征文大奖赛"活动。

由冰心默庐故居、冰心文学馆联手负责实施接待每年春秋两季（1月和7月），定期合作开展的黎巴嫩青少年寒暑假期访华参观游览云南冰心默庐故居、福州长乐冰心文学馆追忆文学大师、传承友好活动和继承发扬纪伯伦文学创作、冰心译介精神，文学追梦，纪伯伦跨国文学"中黎青少年文学创作征文大奖赛"活动。

为继承发扬冰心潜心翻译纪伯伦文学作品译介精神，建议开展中国青少年文学追梦活动，暨冰心、纪伯伦跨国文学"中黎青少年文学创作征文大奖赛"。

此外，笔者还建议冰心默庐故居、冰心文学馆与纪伯伦博物馆缔结友好姐妹馆，建立起馆际交流关系与文学交流活动。可开展如下合作内容：

（1）三馆制作、交流并展出有关各自城市、国家和文化的专题展览。

（2）三馆制作展示有关两地文学家茅盾、纪伯伦的专题展览，特别注重与茅盾、纪伯伦诞辰等重大庆祝活动联系起来。

（3）三馆每年用母语及英语交换一定数量的资料，内容包括介绍中黎两国或两位文学家所在地的社会、经济、文化、历史、文学、风土人情及博物馆（纪念馆）等方面。

（4）三馆交换一定数量的杂志和连续出版物，特别是两馆编印的业务书刊。

（5）从长计议，两馆将派职员互相学习、派代表团互访或出席对方的重大馆庆活动。

最后，值得提及的是，为积极响应和践行习近平主席提出的"推动中华文化走出去是一项重大战略任务，中华文化积淀着中华民族最深沉的精神追求，包含着中华民族最根本的精神基因，代表着中华民族独特的精神标识，要努力展示中华文化独特的魅力，塑造我国的国家形象"的重要指示精神，2016 年 3 月 12 日—16 日，中国同黎巴嫩建交 45 周年之际，应黎巴嫩纪伯伦全国委员会主席塔里克·希迪亚克博士的邀请，我作为中国阿拉伯语访问学者对纪伯伦故居、纪伯伦博物馆进行了为期 5 天的学术访问，并与黎巴嫩纪伯伦博物馆、纪伯伦故居、安东尼大学校长、副校长、安东尼大学出版社社长、阿拉伯翻译家协会主席和黎巴嫩纪伯伦专家学者就冰心译介纪伯伦文学作品在中国的学术研究进行了深入探讨和交流。

座谈会上，我代表中国阿拉伯语冰心译介纪伯伦文学作品的专家学者表示，85 年前纪伯伦享誉世界的著名文学作品曾经影响教育过几代中国人，而今特别是跨入新世纪之后，纪伯伦文学作品在中国的影响力和学术理论研究日趋深入，且颇有建树，迄今方兴未艾。当年仅有《先知》《沙与沫》《泪与笑》等屈指可数几本纪伯伦著作被译成中文，而现在纪伯伦几乎所有著作都已译成中文，在中国各地相继出版。为此，我特地去纪伯伦的故乡贝什里，专程前往纪伯伦故居和纪伯伦博物馆亲历拜谒，并受中国著名作家、翻译家曹靖华之子、中国前驻黎巴嫩大使馆陆海空三军武官曹彭龄、卢章谊夫妇的委托，特别关注了当年（29 年前）1987 年他们送给纪伯伦故居博物馆的冰心先生手书的抄录纪伯伦《先知》中《论友谊》一节的中式卷轴，以及冰心先生亲笔题签的《先知》中译本，是否完留存？因为那是最最珍贵而且无法复制的中黎两国文化交流与友谊的历史见证。

实践证明，我在纪伯伦博物馆并没有看到曹将军说过的冰心先生译介过的《先知》、《沙与沫》那两本书和那幅冰心先生手书的抄录纪伯伦《先知》中《论友谊》一节的中式卷轴，也没有见到冰心先生亲笔题签的《先知》中译本，只见到吴泽献大使赠送给纪伯伦博物馆的那本甘丽娟所著的《纪伯伦在中国》一书。

通过此访，笔者感慨颇多。现状是，中国研究冰心译介纪伯伦文学作品的专家学者为数众多。但这些人中，真正身临其境飞往黎巴嫩，造访纪伯伦故居和纪伯伦博物馆深入实际调查了解，并与当地民众、专家、学者、后代进行走访、沟通之后进行学术研究并写出论文者可谓寥寥无几。因此，闭门造车从事冰心译介纪伯伦文学理论翻译研究的现象应该改变，否则得不到第一手资料的研究不具备说服力，更不会有创新性。

对此，笔者建议：中国冰心与纪伯伦文学作品理论研究学者，应借中黎建交45周年之机，在"一带一路"上，尽快形成合力，组团出访黎巴嫩，拜访纪伯伦故居和博物馆，由此开展深入细致的调查研究工作，从真正意义上把冰心与纪伯伦文学译介研究工作落在实处，把中黎两国文学旅游项目开展起来。

五、结语

如前所述，潜心深入挖掘云南名人文化是地方文化特色资源建设的重要一步，其前景是无限宽广的。云南省拥有天时地利人和的自身独特人文旅游文化资源优势，拥有世纪老人冰心这样一位享誉世界的名人资源，成为国家、民族、地域文化特色标识，这位百年文学巨匠人文故居的存在，充分展示了云南省昆明市呈贡县默庐丰厚的人文底蕴和文化个性。因此，全力开发冰心默庐故居地方文化特色名人资源文化，让冰心文学走出默庐，成为云南省对外宣传和交流中闪亮耀眼的"中国文化名片"，同时也走近中黎两国百姓心灵，在潜移默化中提高云南省市民的文化素质和城市文明程度。通过全方位的区域文化建设，来培育云南省名人旅游文化，塑造名人冰心和丈夫吴文藻携儿吴平、女吴冰、吴青于抗战烽火中离开北平，从水路经天津、上海、香港辗转越南海防，乘坐滇越铁路火车到达大后方昆明。为避日机轰炸，于民国二十七年（1938）秋被迫移迁呈贡文庙。当时，清华大学国情普查研究所已早进驻文庙，只得暂住一间东厢房。一家五口，居住拥挤，约一月后租住"华氏墓庐"，在正房楼上三间居住下来，明间设作书房，两侧次间为冰心夫妇和儿女们的卧室。时有梅贻琦（北京大学校长）、罗常培、杨振声等著名学者也曾前来与在呈贡的费孝通、陈达、戴世光、沈从文、孙福熙等及冰心的学生们在此聚会。于是，这里就成了"谈笔有鸿儒"的地方。

住所确定后，冰心应呈贡中学校长昌景光邀请义务任教，担任国文和写作。据曾在北京新华社工作的呈贡籍学生毕重群回忆：冰心讲课十分认真，讲语文知识和作文要领，生动具体，力求使知识面窄，理解力差的农村孩子能够听懂；她看重让学生多练习，或造句，或作文，她都认真批改；她热心帮助学生指出练习中的不足和错误。每当学生取得一些成绩、有稍许进步，她总是热情地鼓励，给予表扬甚至奖励……有一次，华重群写的作文《我的母亲》是最后发的。"我接过作文本，发现里面夹着一个信封，信封里装着一元一张的五张钞票。冰心走到我的课桌前对我说：'这钱很少，算是对你的一点鼓励。'我激动得眼面噙满了泪水。信封虽轻但时在我手里却感到沉甸甸地，因为它装着的不只是 5 张钞票，还有那何止千斤重的爱心。冰心爱抚地摸着我的头，语重心长地说'你这篇作文是写得不错。但是要写好文章，是一个长期努力的过程。你还要更加努力，更加勤奋！'多么诚恳的鼓励和教海！"又有一次，冰心病了，华重群去看她。"我进屋时，冰心本来还半躺在床上休息，见我到来，要立即下床。我很过意不去，扶她继续休息。她半躺着，很随便同我聊天，问这问那。从我的家庭成员情况到农村的生活和学校的学习情况。我这个没有见过世面的农村孩子，来到这样一位作家家里，本来是很拘束的，冰心平易近人、和蔼可亲的态度，慢慢把我的拘束消除得一干二净。临别时，冰心从书架上取下一本她的著作《寄小读者》送给我。这不是一件普通的礼物，它包含着作家对我这样穷乡僻壤的农村孩子的关心和鼓励。我一直珍藏在身边。"

教书闲暇，冰心常常散步到三台寺，寻味明代哲学家、福建人李贽留下的名联"一览观沧海，三台自草亭"。她感慨地说："我是来云南的第二个福建人。明代李贽是来云南为官的，而我到呈贡则是为了躲避日本飞机的轰炸"。冰心常携书到默庐近侧凉风亭（已毁）看书学习，对所观赏、领略到的滇池周边的景物和呈贡坝子美丽的田园风光产生了灵感，饱含激情创作了"西山苍苍滇海长，绿原上面是家乡。师生济济聚一堂，切磋诵乐未央。谨信弘毅，校训莫忘。来日正多艰，任重道又远。努力奋发自强，为己造福，为人民增光"的《呈贡县立中学校歌》歌词、题写了"谨信弘毅"的校训。冰心曾于 1940 年 2 月 28 日在香港《大公报》上发表散文《默庐试笔》，取"墓"的谐音字"默"，因此就有了"默庐"这个雅号，一直流传至今。为纪念冰心对呈贡人民的深情厚谊，当年冰心的学生即呈贡中学简师班的老校友们至今亲切地将这里誉为"冰心默庐"。

默庐的生活虽然清贫，却十分有趣。当时，冰心的丈夫吴文藻教授在云大上班，并兼课于西南联大及中法大学。他每周六回呈贡都要从昆明坐滇越铁路小火车到呈贡洛羊站后，雇马才能骑回默庐家中。几乎每次回家，都约请朋友来玩。冰心曾深情地回忆道："在每个星期六的黄昏，估摸着从昆明开来的火车已经到达，再加上从火车站骑马进城的时间，孩子们和我就都走到城墙上去等候文藻和他带来的客人，只要听到山路上的得得马蹄声，孩子们就齐声喊：'来将通名！'一听到'吾乃北平罗常培是也'，孩子们都拍手欢呼起来"。

冰心夫妇一家在这里住得妥帖，快乐，安稳，而旧友来到，欣赏默庐之外，谈锋又往往引到北平："人家说想北平大觉寺的杏花，香山的红叶，我说我也想；人家说想北平的笔墨笺纸，我说我也想；人家说想北平的故宫北海，我说我也想；人家说想北平的烧鸭子涮羊肉，我说我也想；人家说想北平的火神庙隆福寺，我说我也想；人家说想北平的糖葫芦，炒栗子，我说我也想。而在谈话之时我的心灵时刻在自警说：'不，你不能想，你是不能回去的，除非有那样的一天！'"有一次周末，默庐的常客大多聚齐，大家心情非常高兴，热闹异常。此时，主人冰心当着客人的面，把丈夫吴文藻只知埋头工作，较少操持家务称作是"傻姑爷"，说了几句怨气的话。使得梅贻琦接过话题开起玩笑说："冰心女士眼力不佳，书呆子怎配上交际花"，逗得满座捧腹大笑。又有一次，吴教授从昆明到呈贡下火车后，携带

在呈贡区开展抗战时期名人故（旧）居建筑保护、西南联大文化品牌规划建设中打造冰心默庐

李艳梅

为落实云南省委、昆明市委关于打造西南联大历史文化品牌要求，按照昆明市政协办《关于将西南联大历史文化品牌纳入翠湖周边历史文化片区品质提升规划的工作方案》，在呈贡区抗战时期名人故（旧）居建筑保护、打造西南联大文化品牌规划建设中作如下冰心默庐展陈亮点打造探索：

一、抗战时期名人故（旧）居建筑保护、西南联大院校旧址基本情况

据目前调查，呈贡区西南联大院校旧址名人故（旧）居共有 14 项，其中，现存 10 项（2 项分别托管滇池旅游度假区、高新区），已毁 4 项（1 项托管经开区）。详见下表：

呈贡区抗战时期院校旧址、名人故（旧）居一览表

序号	名　称	位　置	保存情况	托管情况	修缮保护情况
1	呈贡文庙（国立清华大学国情普查研究所）	龙城街道东门街	保存完好		已初步修缮简单布展
2	冰心默庐（吴文藻冰心旧居）	三台路 38 号	保存完好		已初步修缮简单布展
3	大古城魁阁（云大社会系研究室旧址）	龙城街道古城社区	保存完好		已初步修缮简单布展

（续表）

序号	名　　称	位　　置	保存情况	托管情况	修缮保护情况
4	古城费孝通旧居	龙城街道办事处古城社区古龙路59号	基本保存		未修缮
5	乌龙垂恩寺（昆明友仁难童学校旧址）	乌龙垂恩寺	保存完好		已修缮未使用
6	可乐土主庙（昆华工校旧址）	乌龙街道下可乐社区	基本完好		未修缮
7	龙街13号张氏宅院（查阜西、郑颖孙、张充和曾寓居）	龙城街道龙街社区13号	保存完好		已修缮正布展
8	乌龙杨氏宅院（孙福熙、沈从文、张兆和曾寓居）	昆明市呈贡区乌龙街道办事处乌龙社区（居委会使用的办公场所）	保存完好		正修缮未使用
9	海晏石龙寺（昆华女中旧址）	大渔街道海晏社区滇池边的彩云山北麓	仅存石龙寺正殿及部分建筑	托管滇池旅游度假区	未修缮作用
10	化城城隍庙（中山大学一部旧址）	马金铺街道化城社区城隍庙	基本保存	托管高新区	未修缮作用
11	呈贡一中上院（沈从文张兆和旧居）	呈贡一中上院	已毁无存		
12	斗南水月庵（东方语专遗址）	斗南街道斗南社区水月庵	已毁无存		
13	龙街小学（育侨中学遗址）	龙城街道龙街社区龙街小学	已毁，仅为旧址		
14	大新册文昌宫（国立清华大学昆虫研究组遗址）	洛羊街道大新册社区文昌宫	已毁无存	托管经开区	

（1）竖立冰心为呈贡县立中学题写的校训"谨信弘毅""任重道远"石刻。

（2）恢复当年冰心一家居住默庐时，梅贻琦、罗常培、费孝通等周末聚会草坪交谈的地方，竖立石刻"谈笑有鸿儒"。

（3）与驻呈高校云大、师大、民大、昆明理工大等大学院校开展校地共建活动。成立"默庐"学会，建立"默庐"微信微博平台，宣传、传承抗战学者们的精神。

（李艳梅　云南昆明呈贡区文物管理所所长、文博副研究员）

第二辑

创 作 研 究

那篇，萧乾认为写的是林徽因，其实是陆小曼，客厅里挂的全是她的照片"。[①] 我为此写过文章，后来网络上有关的帖子与博文也不少。

小说写的是北平一座独立小院中的客厅，这个客厅被仆人炫耀为"我们太太的客厅"，是我们太太举行沙龙聚会的场所。作品在对"我们太太的客厅"做了长镜般的描写之后，先是太太上场，太太的佣人和女儿也先后进入场景，之后便是艺术家、自然科学家、政治家、哲学教授、诗人、外国的交际花、医生一一登场并表演，我们太太则是导演与领衔主演，待华灯初上，各路人马纷纷离去，壁炉燃起来了，独诗人留下，正在暧昧之时，银行家、我们的先生回来了。虽然落幕时一束亮光打在侧坐相依、幽幽说话的我们的太太与我们的先生身上，但我们太太在诗人离去一那瞬间，还是"忽然地站起，要叫住诗人"，但诗人已在"我们先生"的陪送下，走出了小院门口，走进了逼人的暮色之中。

从艺术上说，冰心的这篇小说可说是上乘之作，情景与人物的描写，白描可入画，语言可传神，似得"红梦"真传。小说脱去冰心惯有的自我抒写风格，通篇充满了调侃与暗喻。在一个几千字的短篇中，描写了十余人物，每人着墨不多，却是栩栩如生，个个鲜活。但是，没有人去分析这篇小说的艺术手法，他仍关注的是冰心是不是描写了黑暗、苦难与反抗，至于冰心对知识阶层的讽刺与鞭挞，仍然是不入法眼的。

那么，为什么这篇小说会被林徽因对号入座去了呢？

小说连载在《大公报》的《文艺》副刊上，当时副刊的编辑不是别人，正是刚刚走马上任的沈从文。沈从文对冰心当然是尊重的，但从感情上说，或者从文人的圈子而言，他不属于冰心的燕京派，而与徐志摩、林徽因、丁玲等人走得更近。小说连载时，作为小说家沈从文，自然能掂量出它的分量，但也可能感觉到了些什么，因为沈从文便是进出"太太客厅"的重要一员，并且将刚刚发表了短篇小说《蚕》的作者——萧乾，带进了"太太客厅"。显然，不知道沈从文以什么方式，向尚在山西做文物调查的林徽因传递了什么信息。林徽因也是读了作品的，才有了她的得意之作，诚如

---

① 王炳根：《朋友，仇敌：冰心与林徽因》，《文学自由谈》2003 年第 3 期，收入《冰心：非文本解读》，海峡文艺出版社 2003 年 10 月，第 203 页。

她自己向李健吾所言，送给冰心一坛山西老陈醋。"吃醋"在中国是有明确指向的，你调侃太太客厅，我让你"醋上"加醋。是不是真有其事，无从考察，但林徽因的上述做法还是符合她的身份的。

包括萧乾、陈意等人，认同作品是讽刺林徽因，应该说基本出自林徽因的自认，因为，他们都是与林徽因联系密切的人物，从林徽因的只言片语中而得出了与之相似的结论。而后人以至网络时代的指认与指责，一般认为，以才貌而言，冰心都敌不过林徽因，林徽因在"太太客厅"大出风头，冰心觉得不爽，于是出此损招，挖苦、讽刺、宣泄一通。对于这个指认与指责，显然有些偏见甚至无知。但对于林徽因自认与指认，却是可以探讨一下的。

冰心与林徽因的祖籍虽然都为福州，她们的男朋友吴文藻与梁思成是清华的同窗，但她们的相识却是在美国。康耐尔大学见面之后，冰心先行回国，1927年林徽因与梁思成到纽约访友，合影的照片中便有吴文藻。1928年林徽因与梁思成在加拿大温哥华结成连理，冰心与吴文藻也于1929年在燕京大学临湖轩举行婚礼，林、梁回国后，先在东北大学教书，1931年回到北平，开始了他们"营造学会"的跋涉与辉煌。可说，他们两对是井水不犯河水的，只是林徽因也玩一些诗与小说，便与冰心有了交叉，但这依然可以是不相干的，那时，中国尚无排行榜，写诗写小说也不是林徽因的专业与营生，何来不相容？再说，什么京城文坛几大美女的之类的话，也是后人套上去了，冰心都已是孩子的母亲了，还会为此而较真？

我分析，问题可能出在两性的观念上。

冰心两性观念的传统与严谨，她的新贤妻良母主义，在初入文坛时便已确立，并且未因成名、未因时空转换而有丝毫的变化，她在接受彭子冈的访问时，仍然主张不寻与不写因了自身的原因而制造出的爱情烦恼。对于林徽因与徐志摩的关系，并且被外界造得沸沸扬扬，冰心既不理解，更不认同。尤其是对徐志摩四出"拈花惹草"的举动，对他在张幼仪、林徽因、陆小曼之间游离来去，简直就是持遣责的态度。对于这一切，冰心大可不必动容，因为任何人与任何的家庭，都有着他们各自的生活与生存方式，冰心的过错是想以拯救者的角色，以诗与文的方式，无意间介入了林徽因的私生活、影响了他人的生活方式。冰心虽然留学美国，但在尊重他人个性与私生活方面，似乎扮演了圣徒的角色。

1930 年冬，林徽因因病辞去东北大学的教职回到北平，来年初被诊断为肺结核，医生认为必须马上疗养。这时的梁思成尚留在沈阳，徐志摩恰恰也从上海回到北平，开始在北大等校执教，陆小曼则留上海。林徽因遵医嘱，与母亲、女儿一道来到西郊香山进行疗养。恰如冰心在青山沙穰疗养院疗养一样，自然有不少人上山探望，徐志摩自然是去的次数最多的一个。本来就有一些浮言，这婚后生子后的浮言、这香山病中的浮言，就更甚了。加上林徽因病中无聊，开始写诗，徐志摩又作欣喜的介绍与推荐，这就使得浮言从嘴上游到纸上，再加上许多的不知情，又加上传播八卦时添油加醋的陋习，所以，浮言入冰心之耳，已经不知道是什么样儿的了。因而，当丁玲主编的刊物《北斗》通过沈从文向她邀稿的时候，冰心写了一首长诗《我劝你》，与林徽因的诗《激昂》，同时出现在新创刊的《北斗》上，《我劝你》还成了创刊号的重头作品。

为了叙述的方便，我们得全文引用这首长诗：

只有女人知道女人的心，
虽然我晓得
　只有女人的话，你不爱听。

我只想到上帝创造你
曾费过一番沉吟。
单看你那副身段，那双眼睛。
　（只有女人知道那是不容易）
　还有你那水晶似的剔透的心灵。

你莫相信诗人的话语；
他洒下满天的花雨，
他对你诉尽他灵魂上的飘零，
他为你长作了天涯的羁旅。

你是女神，他是信徒；
你是王后，他是奚奴；
他说：妄想是他的罪过，
　　他为你甘心伏受天诛。

你爱听这个，我知道！
这些都投合你的爱好，
　　　　　　你的骄傲。

其实只要你自己不恼，
这美丽的名词随他去创造。
这些都只是剧意，诗情，
别忘了他是个浪漫的诗人。

不过还有一个好人，你的丈夫……
不说了！你又笑我对你讲圣书。
我只愿你想象他心中冈火般的痛苦，
　　一个人哪能永远胡涂！

一个人哪能永远糊涂，
有一天，他喊出了他的绝叫，哀呼。
他挣出他胡涂的罗网，
　　你留停在浪漫的中途。

最软的是女人的心，
你也莫调弄着剧意诗情！
在诗人，这只是庄严的游戏，
你却逗露着游戏的真诚。

你逗露了你的真诚，

你丢失了你的好人，
诗人在他无穷的游戏里，
又寻到了一双眼睛！

嘘，侧过耳朵来，
我告诉你一个秘密：
　　"只有永远的冷淡，
　　是永远的亲密！"

一九三一年七月三十日夜①

　　这是一首什么诗呢？恰如标题所言，一首明明白白的劝诫诗，具有强烈的劝导与说教的意味。后来的研究者认为，"在这首诗里，冰心的劝告对象显然是一名已婚女性，她美丽高贵，却身陷婚外恋情中，且对象还是一名浪漫诗人。冰心对女子发出警告，劝她不要真诚和心软，因为诗人是在用充满剧情和诗意的美丽谎言投合她的爱好。冰心还暗示如果继续这场爱情的游戏，女子的'好人'丈夫将会离去，女子也将停留于迷途不得返，而这场游戏却只是诗人无穷游戏的一场，因为诗人又寻到了'一双眼睛'"。② 这是后人的研究，在当时，联系林徽因与徐志摩的浮言，人们很容易产生具体的联想。

　　对于诗的意味、寓指，包括她自己的指认，丁玲写信告诉了代为邀稿的沈从文。沈从文则又写信给徐志摩，不指名的称诗的作者为"教婆"，并且对"教婆"的说教不以为然，信中说："我这里留到有一份礼物：'教婆'诗的原稿、丁玲对那诗的见解、你的一封信，以及我的一点□□记录。等到你五十岁时，好好地印成一本书，作为你五十大寿的礼仪。"③

　　显然，林徽因怎么会接受劝诫呢？林徽因是一个会接受劝告的人吗？

---

　　① 《我劝你》，《冰心文选》（诗歌卷），第184页，福建教育出版社，2007年11月版。
　　② 黄艳芬：《"教婆"应为冰心》，《新文学史料》2010年第2期，收入《冰心论集五》第248页，海峡文艺出版社，2011年8月版。
　　③ 转引自黄艳芬：《"教婆"就为冰心》，《新文学史料》2010年第2期，收入《冰心论集五》第251页，海峡文艺出版社，2011年8月版。

恰在此时，徐志摩飞机失事，又是因为赶来听林徽因的演讲，文坛一片哗然、一片惋惜，痛失诗人也感叹诗人，称赞声中也有不同的声音。冰心便是那不同的声音中一个，在给青岛山东大学任教的梁实秋写信时，又一次表达了她的谴责之情：

　　志摩死了，利用聪明，在一场不人道不光明的行为之下，仍得到社会一班人的欢迎的人，得到一个归宿了！我仍是这么一句话。上天生一个天才，真是万难，而聪明人自己的糟蹋，看了使我心痛。志摩的诗，魄力甚好，而情调则处处趋向一个毁灭的结局。看他"自剖"里的散文，"飞"等等，仿佛就是他将死未绝时的情感，诗中尤其看得出。我不是信预兆，是说他十年来心理的蕴酿，与无形中心灵的绝望与寂寥，所形成的必然的结果！人死了什么都太晚，他生前我对着他没有说过一句好话。最后一句话，他对我说的："我的心肝五脏都坏了，要到你那里圣洁的地方去忏悔！"我没说什么。我和他从来就不是朋友，如今倒怜惜他了。他真辜负了他的一股子劲！
　　谈到女人，究竟是"女人误他？""他误女人？"也很难说。志摩是蝴蝶，而不是蜜蜂。女人的好处就得不着，女人的坏处就使他牺牲了。——到这里，我打住不说了！①

　　冰心的信并不是当年写的，而是一年之后，文坛一些人又在沸沸扬扬地纪念之时，说给梁实秋听的，并且他们还可能曾就《我劝你》有过交流，所以信中有"假如你喜欢'我劝你'那种的诗"的文字。信中"他对我说的：'我的心肝五脏都坏了，要到你那里圣洁的地方去忏悔！'"冰心用了引号，不是一句虚言，那是他最后一次离别北平时，在燕南园 66 号小楼的客厅里亲口对冰心说的，当时，还写下了 10 个字："说什么已往，骷髅的磷

---

　　① 《致梁实秋》，《冰心书信全集》，第 341 页，人民文学出版社，2010 年 10 月版。

关着一只玲珑跳唱的金丝雀。阳光从紫云中穿着淡黄纱浪进来，清脆的鸟声在中间流啭，屋子的一切，便好似蒙在鲛绡之中的那般波动，软艳！窗下放着一个小小书桌，桌前一张转椅，桌上一大片厚玻璃，罩着一张我们太太自己画的花鸟。此外桌上就是一只大墨碗，白磁笔筒插着几管笔，旁边放着几卷白纸。

墙上疏疏落落的挂着几个镜框子，大多数的倒都是我们太太自己的画像和照片。无疑的，我们的太太是当时社交界的一朵名花，十六七岁时候尤其嫩艳！相片中就有几张是青春时代的留痕。有一张正对着沙发，客人一坐下就会对着凝睇的，活人一般大小，几乎盖满半壁，是我们的太太，斜坐在层阶之上，回眸含笑，阶旁横伸出一大枝桃花，鬓云，眼波，巾痕，衣褶，无一处不表现出处女的娇情。我们的太太说，这是由一张六寸的小影放大的，那时她还是个中学生。书架子上立着一个法国雕刻家替我们的太太刻的半身小石像，斜着身子，微侧着头。对面一个椭圆形的镜框，正嵌着一个椭圆形的脸，横波入鬓，眉尖若蹙，使人一看到，就会想起"长眉满镜愁"的诗句。书架旁边还有我们的太太同她小女儿的一张画像，四只大小的玉臂互相抱着颈项，一样的笑靥，一样的眼神，也会使人想起一幅欧洲名画。此外还有戏装的，新娘装的种种照片，都是太太一个人的——我们的太太是很少同先生一块儿照相，至少是我们没有看见。我们的先生自然不能同太太摆在一起，他在客人的眼中，至少是猥琐，是市俗。谁能看见我们的太太不叹一口惊慕的气，谁又能看见我们的先生，不抽一口厌烦的气？

北墙中间是壁炉，左右两边上段是短窗，窗下是一溜儿矮书架子，上面整齐的排着精装的小本外国诗文集。有一套黄皮金字的，远看以为定是莎翁全集；近看却是汤姆司·哈代。我们的太太嗤的一声笑了，说："莎士比亚，这个旧人，谁耐烦看那些个！"问的人脸红了。旁边几本是E. E. Cummings 的诗，和 Aldous Huxley 的小说，问的人简直没有听见过这几个名字，也不敢再往下看。

南边是法国式长窗，上下紧绷着淡黄纱帘。——纱外隐约看见小院中一棵新吐绿芽的垂场柳，柳丝垂满院中。树下围着几块山石，石缝里长着些小花，正在含苞。窗前一张圆花青双丝葛蒙着的大沙发，后面立着一盏黄绸带穗的大灯。旁边一个红木架子支的大铜盘，盘上摆着茶具。盘侧还有一个尖塔似的小架子，上下大小的盘子，盛着各色的细点。

地上是"皇宫花园"式的繁花细叶的毯子。中间放着一个很矮的大圆桌，桌上供着一大碗枝叶横斜的黄寿丹。四围搁着三四只小凳子，六七个软垫子，是预备给这些艺术家诗人坐卧的。①

从冰心全景式的环境描写中可以看出，这是一座西式建筑，一个中西合璧的客厅，软纱帘子下有张小小的书桌，桌上有墨碗、毛笔与宣纸，挂着的笼子里有金丝鸟；北墙的中间是壁炉，南边是法国式的长窗，有大沙发，地上是"皇宫花园"式的地毯，书架上是精装的尚未翻译的 E. E. Cummings 的诗，和 Aldous Huxley 的小说。女主人公是社交名媛，满墙挂的是颇为自恋的"我们太太"的玉照。

那么，现实中林徽因的客厅呢？

根据陈学勇先生编写的林徽因年表，梁思成与林徽因定居北平东城北总布胡同 3 号，是在 1931 年 10 月。在这座四合院中，才有了"太太客厅"。那么，这座院子与客厅的真实布局如何？

林徽因的女儿梁再冰回忆道：

北总布胡同三号靠近东城墙根，是一个两进四合院，大大小小一共有四十来间屋子。这所房子有两个虽然不大却很可爱的院子，我记得，妈妈常拉着我的手在北面的院子中踱步，院里有两棵高大的马缨花树和开白色或紫色小花的几棵丁香树。

妈妈和爹爹住在这房子里院（北面）的一排北房，房前有廊子和石阶，客厅在正中央，东头是他们的卧室，卧室同客厅（玄关部分）之间有隔扇。西头是他们的图画室，周围有许多书架。

妈妈喜欢在客厅西北角的窗前书桌上静静地写作。那时她总是用毛笔

---

① 《我们太太的客厅》，《冰心文选》（小说卷），第 219—222 页，福建教育出版社，2007 年 11 月版。

和毛边纸。她的字体有点像外公的字体——王羲之体的秀丽小楷。①

林徽因的儿子梁从诫回忆，母亲不爱做家务事，但是一位热心的主妇，一个温柔的妈妈。

三十年代我家坐落在北平东城北总布胡同，是一座有方砖铺地的四合院，里面有个美丽的垂花门，一株海棠，两株马缨花。中式平房中，几件从旧货店里买来的老式家具，一两尊在野外考察中拾到的残破石雕，还有无数的书，体现了父母的艺术趣味和学术追求。当年，我的姑姑、叔叔、舅舅和姨大多数还是青年学生，他们都爱这位长嫂、长姊，每逢假日，这四合院里就充满了年轻人的高谈阔论，笑语喧声，真是热闹非常。②

这里没有讲到"太太客厅"的事，真实的布置也与冰心描写的太太客厅大相趣异。而与梁思成、林徽因同居于北总布胡同的金岳霖在写到这段生活时，也没有提到"太太客厅"，而是说聚会是在他的院子里进行的：

梁思成、林徽因是我最亲密的朋友。从 1932 年到 1937 年夏，我们住在北总布胡同，他们住前院，大院；我住后院，小院。前后院都单门独户。三十年代，一些朋友每个星期六有集会，这些集会都是在我的小院里进行的。因为我是单身汉，我那时吃洋菜。除了请了一个拉东洋车的外，还请了一个西式厨师。"星期六碰头会"吃的咖啡冰激凌，和喝的咖啡都是我的厨师按我要求的浓度做出来的。③

因为金岳霖是湖南人，有的人在描写到他的"星期六碰头会"时，给

---

① 梁再冰：《我的妈妈林徽因》，《建筑师林徽因》，清华大学建筑学院编，清华大学出版社，2004 年 6 月版。

② 梁从诫：《倏忽人间四月天——回忆我的母亲林徽因》《你是人间四月天》，第 39 页，中国华侨出版社 2010 年 10 月。

③ 金岳霖：《梁思成、林徽因是我最亲密的朋友》，《你是人间四月天》，第 20 页，中国华侨出版社，2010 年 10 月版。

他命名为"湖南饭店"。

从 1932 年到 1937 年夏天，金岳霖同梁思成、林徽因夫妇住北总布胡同的一个院里，梁思成他们住前院、大院，金岳霖住后院、小院。前后院都是单门独户。梁思成、林徽因夫妇是金岳霖最亲密的朋友。金岳霖是单身汉，那时吃洋菜，他请了个西式厨师，给他做西餐西菜，早饭在自家吃，中饭、晚饭大都搬到前院和梁家一起吃。

他和朋友们每星期六有个集会，在金岳霖的小院里进行，聚会时，吃的咖啡冰激凌，喝的咖啡都是他的厨师按他要求的浓度做出的。这个星期六聚会，经常参加的有梁思成、林徽因夫妇，张奚若、杨景仁夫妇，周培源、王蒂激夫妇，陈岱孙，邓以蛰等，哈佛大学校长坎南的女儿费慰梅和女婿费正清也常来访。交谈内容天南海北，有学术问题，也有政治和绘画。聚会时，人们总要问问张奚若和陶孟和关于政治的情况。金岳霖虽是搞哲学的，但从来不谈哲学，谈得多的是建筑和字画，特别是山水画。有时，邓以蛰还带一两幅画供大家欣赏。

金岳霖是长沙人，因而大家把他的客厅叫做"湖南饭店"。这是他的活动场所，只有写作时不在这里。这个房子是长方形，北边有八架书，主要是外文书。院子很小，但有养花的余地。他喜欢养花，他有一棵姚黄，种在一个八人才抬得起的特制的木盆里。他一个人住在这样几间屋子里是很舒适、宽敞的。①

依然没有"太太客厅"的字样。

小说中的人物设置与现实中聚会的人物有别，当然哲学教授、科学家、艺术家等，要对号入座也不是没有可能，但与小说描写却是无关，包括对太太的描写，而且诗人，林徽因搬进北总布胡同后的一月余，徐志摩便飞机失事，也就是说，他可能没有出席过太太客厅的聚会。太太客厅的沙龙式的聚会，如果有的话，也应该是在 1931 年之后吧。

三十年代的北平，虽然经历了"九一八"东四省沦陷的伤痛，但古城

---

① 马嘶：《1937 年中国知识界》，第 63 页，北京图书馆出版社，2005 年 3 月版。

依然，文化气氛甚浓，教授的薪俸也高，可请车夫、厨子、保姆等，不必自己去劳家务，知识分子小圈子的聚餐与聚会现象相当普遍，这种聚会有的是吃饭、有的是聊天，有的是商量如何郊游之类，像冰心在燕京大学有"星期五叙餐会"，慈慧殿三号有"读诗会"①，来今雨轩有茶会等，只是各自的叫法不一。冰心从聚会中看出了教授、哲学家、政治家、艺术家、诗人们，在国难日重的情景下，依然那么空虚度日、无聊无求，便是有感而发了。于是，小说的构成元素是从北平聚会、沙龙中，杂取种种，合成一处，比如描写客厅中墙上的照片，便是取自陆小曼，但小说也仅是用了陆小曼客厅的照片元素，作品的描写并不限于这个客厅。场景如此，人物亦然，也就是鲁迅说的，"往往嘴在浙江，脸在北京，衣服在山西，是一个拼凑起来的脚色。"从而造成小说人物的典型意义，不同的读者从小说中照见自己，也就成了自然现象，远的不说，近前的"阿Q"不就是如此吗？所以说，认定小说是讽刺某一个人，那只是读者的感觉，与作者本是没有关联的。所以，鲁迅又说"有人说，我的那一篇是骂谁，某一篇又是骂谁，那是完全胡说的。"②

但是，冰心的小说在虚构的同时，却是使用了几个重要的元素，这就给对号入座者提供了"依据"，也给后人造成了误读。这几个重要的元素是："太太的客厅"这个名词，京城聚会处不少，但用"太太客厅"这个词

---

① 慈慧殿三号，坐落在北京景山后面，是一个大宅门的跨院，院子非常空旷，有一大片荒芜不修、杂草丛生的空地。院子的北面是座特别高大又有廊檐的客厅，十分敞亮，坐二三十人也不显得拥挤。房子是最中国化的传统房子，但墙上挂着达·芬奇的名画《蒙娜丽莎》，在传统风情中又透出一些欧洲艺术风情。住在这里的是北大教授朱光潜和诗人、理论家梁宗岱。朱光潜、梁宗岱在慈慧殿的日子里，这里非常热闹，几乎天天有人来聊天。来者大都是京派人物，也有常在《文艺副刊》上露面的其他人物。他们在这里办了个所谓"读诗会"，每隔一段日子，大家在这里聚一次，拿出自己的新作朗读给别人听，一起讨论，欣赏。"读诗会"很有原来新月社的味道。成员中以两位留法学生为中心，聚会了李健吾、林徽因、金岳霖、梁思成等欧美留学生。其他也多是大学里的教授、学者、学生。在这个读诗会上，最爱争论的两个人，就是梁宗岱和林徽因。林徽因争辩时，态度坚决，言辞激烈，但语调温和、仪态从容；梁宗岱简直就像吵架，争辩到高兴处、激烈处，就忘乎所以，撸拳捋袖，大吼大叫，吵得人两耳轰轰。（杜素娟：《沈从文与〈大公报〉》，山东画报出版社 2006 年 5 月版）林杉在《林徽音传》中，对慈慧殿三号"读诗会"人员，列具为："冰心、凌叔华、朱自清、梁宗岱、冯至、郑振铎、孙大雨、周作人、沈从文、卞之琳、何其芳、萧乾，还有英国旅居中国的诗人尤连·伯、罗、阿立通等人。"（台湾世界书局，1993 年 9 月初版）

② 鲁迅：《我怎样做起小说来》，《南腔北调集》，上海同文书局，1934 年。

作为聚会或沙龙的名称，却是有特指的可能。有文字称，那时京城的知识界，无人不知"太太客厅"，那就是林徽因北总布胡同的客厅。冰心可能是考虑到小说讽刺语言的基调，以一个佣人的口吻炫耀着我们的太太，讲述着我们太太客厅的故事，只有用这个叙述角度与口吻，才与作者的构思相协调，但这个称谓，却是造成了某些特指，由于这个特指，作品中的所有讽刺与调侃、暧昧含情与大方离去，都与"太太"有了关系了。"太太客厅"描写的人物，科学家、哲学教授、文学教授、政治家、诗人等，也与现实中的人物容易形成对应，尤其是诗人，那见面时的描写："诗人微着身，捧着我们太太指尖，轻轻的亲了一下，说：'太太，无论哪时看见你，都如同一片光明的云彩……'我们的太太微微的一笑，抽出手来，又和后面一位文学教授把握。"是很容易让人认出这个诗人就是徐志摩，不仅是举动，"那一片光明的云彩"，也容易让人联想到徐志摩的情诗《偶然》"我是天空里的一片云"的意象。再就是太太女儿的名字，冰心顺手便用了"彬彬"（冰心不止一次在作品中使用过这个名字，她甚至喜欢用自己名字或名字的谐音），也是犯下一忌，因为林徽因的女儿"再冰"，平日也被唤着"冰冰"。好了，一个作品中埋下了这么一些的"危险"元素，麻烦是免不了的。"以发表小说公开讥讽'太太'，孤傲气盛的林徽因绝对不堪，'结怨'之深势在必然，而且波及到后代。"这是陈学勇先生与我商榷时得出的结论[1]。

我曾经写过一篇文章[2]，企图论证冰心与林徽因并未结怨，并非仇敌，并举例说明她们是朋友。陈学勇先生回了我一长文，论述她们结怨与成仇几乎是不可避免的事情，其中重点说到《我们太太的客厅》。我看后长叹一声，不再答辩。一桩几十年前的公案，前后左右、东西南北中，岂是我们说得清楚的？

（王炳根 冰心研究会会长、原冰心文学馆馆长）

---

① 陈学勇：《林徽因与冰心——答王炳根先生》，《林徽因寻真》，第33页，中华书局，2004年版。

② 王炳根：《朋友，仇敌：冰心与林徽因》，《文学自由谈》2003年第3期。

中途点的迷思

——《我们太太的客厅》的叙事与性别

降红燕

摘　要：《我们太太的客厅》是冰心最富于审美魅力的小说之一，体现出冰心对叙事艺术的掌控技巧和女性性别的思考深度。女主人公"众星捧月"的地位表现出极大的主体性，但"太太"身份的设置又体现了女子的妻性归属；"客厅"空间场景的叙事格局是女性在私人空间和公共空间之间穿行游走的表征；故事背景"春天"意象的选择则象征着女性生机勃勃而又艰难坎坷的解放之途。

关键词：冰心　《我们太太的客厅》　叙事　性别

1933 年 9 月 27 至 10 月 21 日，天津《大公报·文艺副刊》连载了冰心短篇小说《我们太太的客厅》。如果以中国现代文学三十年的分期理念看，这无疑是属于中国现代文学成熟期黄金时代的作品。但就冰心个人的创作历程看，则别有意味。一般以为被"五四"运动震上文坛的冰心在现代文学第一个十年期间就已经成就其大名，代表作就是她的散文、小诗以及问题小说，三十年代的创作相对不那么引人注目，甚而有衰落期之断语①。然而，仔细考察可以发现，虽然不及"五四"时期多种文体以及数量质量呈四散喷薄的厚发状态，冰心这一时段的创作依然不可小觑，尤其是小说。

----

① 尹喜泉《衰落期的自我超越》一文探讨冰心 30 年代的小说《相片》和《西风》，本意是为 30 年代冰心小说正名，但同时也明确说"在创作这两篇小说时，冰心正处于创作的枯竭期"。全文见王炳根主编《冰心论集》五，第 112—117 页，海峡文艺出版社，2011 年 8 月版。

从 1929 年到 1936 年，冰心以差不多一年一篇的慢速度发表了《第一次宴会》《三年》《分》《我们太太的客厅》《冬儿姑娘》《相片》《西风》[①] 等小说，《我们太太的客厅》就是其中令人瞩目的一篇。说瞩目是指这篇小说的在当今的接受状况呈现出某种奇特的景观：一方面，无须说一般主流文学史中对冰心三十年代小说的忽略不计，更不用说单独提到《我们太太的客厅》，就是在孟悦、戴锦华的《浮出历史地表：现代妇女文学研究》（1989年），刘思谦的《"娜拉"言说：中国现代女作家心路纪程》（1993 年）以及盛英主编的《二十世纪中国女性文学史》（1995 年）这样一些专门的女性文学史论著中，也似乎是不约而同、有意无意地回避开这个文本；而另一方面则是网络上对这个作品延伸出的八卦的泛滥，有对这篇小说是讽刺现实生活中何许女性名人的"考证"，有对其中出现的一应男性人物形象对应哪位真实文化名人的猜度。当今信息社会网络的发达以及大众对文化名人的隐私窥探的好奇心无疑助长了这种"流言"的传播面。如果说一般读者的反应限于这种初级水平，那么文学研究和批评者则不应该忘记一个基本的常识：这是一篇小说，一个文学作品，应该从文学艺术的审美层面来对其做出阐释和分析。另外目前的接受现象也是激发笔者探究心理的重要因素：应该如何解读这个文本？在这个冰心篇幅第二长（一万四千余字）[②]的小说里，究竟隐含着什么意味？本文拟从叙事与性别的角度，主要采用女性主义叙事学方法对此加以讨论。

女性主义叙事学是经典叙事学和女性主义批评相结合的产物。经典叙事学源自于结构主义理论，其要义在于把分析对象的文本当作一个独立自足的，与作者、读者和社会生活都无关系的封闭存在，专注其形式特点的分析。女性主义文学批评则是一种社会历史文化批评，强调性别政治，专注于在作品文本中探寻女性意识。两者各有优点、长处，也都存在某种弊

---

① 依据陈恕《冰心生平、著作年表简编》，见陈恕著《冰心全传》，第 500—501 页，中国青年出版社，2011 年 8 月版。

② 据学者方锡德考证，长达两万余字的《惆怅》"是冰心正面描写上世纪 20 年代青年知识者的爱情生活的唯一一篇小说，同时也是冰心小说中最长的一篇。"方锡德《五四爱情故事的另一种叙述——以冰心小说〈惆怅〉为中心》，见陈建功名誉主编，王炳根、傅光明主编《聆听大家：永远的冰心》，第 89 页，时代出版传媒股份有限公司，安徽文艺出版社，2010 年 1 月版。

端。20 世纪 80 年代中后期以来，随着文学创作的变化以及文学批评理论自身更新的诉求和需要，走技术主义路线的叙事学与关注性别政治的女性主义两种批评方法相结合，形成了一种新的批评方法——女性主义叙事学，以美国学者苏珊·兰瑟和罗宾·沃霍尔为代表。女性主义叙事学由此也成为后经典叙事学中的一支重要力量，同时为文学研究提供了一种更恰切的批评方法。对于《我们太太的客厅》的解读，笔者就想据此做一点尝试。

一、"太太"身份设置的性别认同

读者接触到一个文学文本，都会面临这样一些问题：这个文本写的什么？怎么写的？作者为什么这样写？这样写有什么意义？而面对叙事性极强的小说文本时更是如此。

在"写什么"的层面上，《我们太太的客厅》可以说是一个读者大众均耳熟能详的老故事。令人关注的是"怎么写"（当然"写什么"和"怎么写"是刘勰所说的文附质、质待文的无法分离的老问题）。文本的第一段话是这样的：

> 时间是一个最理想的北平的春天下午，温煦而光明。地点是我们太太的客厅。所谓太太的客厅，当然指着我们的先生也有他的客厅，不过客人们少在那里聚会，从略。①

简短的三个句子便交代清楚了故事发生的时间、地点、人物，接下来文本的第二段就是叙述者对人物形象"太太"背景也是故事背景的概述介绍。

太太是当时（犯一个经典叙事学所不允许的错误，以文本发表时间来推测，应是指 1930 年代初）当地（即指北平，叙述语言中已明示）一个响当当沙龙的主人，当时当地的艺术家、诗人等很多文化人，在清闲的下午都会到这个文化中心来聚会，留过洋、有文化而又明眸皓齿、能说会道的

---

① 《我们太太的客厅》，《中国现代小说精品·冰心卷》，第 276 页，陕西人民出版社，1995 年 10 月版。

太太是这个沙龙的中心人物，来到这里的"各人都能得够得到他们所想望的一切"①。再接下来，就是这个下午在太太的客厅中故事世界的具体呈现和展开。

人物是一个小说的核心构成要素。"太太"无疑是这个文本的视点人物，文本的聚焦对象。这个下午如常地开始了，陆续到来的有科学家，诗人、文学教授、哲学家、政治学者，都是男性，他们都是太太的欣赏者，其中有两个死忠粉：一个是羞怯木讷的科学家陶先生，安于静坐角隅远远地仰慕着太太的位置；一个是潇洒风流的诗人，善于给太太写情诗并当众朗诵。围绕着太太的不仅有异性宾客，还有同性画家也是诗人的袁小姐，袁小姐"黑旋风似的扑进门来"与"从门外翩然进来"的太太形成鲜明对比。如果不分阶层差异，原名菊花而被太太改成 daisy 的侍女，甚至太太乖巧可爱的女儿彬彬也都成为太太的陪衬。异性和同性的众人以太太为中心，形成了"众星捧月"的格局。太太谈吐得体、举止优雅地周旋于客人之中，全身散发着迷人的魅力。如果不是不速之客露西的到来，这幅图景会像以往一样持续到结束，那么由露西的抢风头引发的太太微妙复杂的心理就不会产生，这种心理促使太太与表面缺乏情趣、不解风情实质上很爱妻子的银行家丈夫的围炉晚餐图景似乎也不会出现。一般读者就沉浸在故事的表层，顺着叙述者的干预追溯到文本写作者冰心的心理，然后对太太和众男性宾客进行对号入座，演绎八卦故事。笔者还在与友人聊天中听到过一种观点，说这是一篇最不冰心的小说，言下之意这篇小说与冰心温婉内敛、明丽典雅的一贯风格相矛盾相冲突。

还是回到文本叙事层。如果从人物所处的位置看，太太占据着主体的地位。月亮比众星明亮，所有的一切人都可以说是太太的仆人，太太可以调遣任何人，吸引着所有人的目光和视线。太太也担得起这个主体位置，因为客厅里首先映入读者眼帘的是书桌，书桌的玻璃板下压着的是太太画的花鸟，还有笔筒和白纸，然后才是太太美丽的画像和照片。太太可不是旧时代的家庭妇女，也不是徒有其表的花瓶，而是如沃尔夫所说的有了

---

① 《我们太太的客厅》，《中国现代小说精品·冰心卷》，第 276 页，陕西人民出版社，1995 年10 月版。

隐的垂杨柳和山石上的小花。时间停留和篇幅最长的是近景加特写，那是有关太太相片和塑像的一段，细描了太太少女时"社交界的一朵名花"的嫩艳："鬓云，眼波，巾痕，衣褶，无一处不表现出处女的矫情。""一个椭圆形的脸，横波入鬓，眉尖若蹙，使人一看到，就会想起'长眉满镜愁'的诗句。"① 随后太太翩然而入客厅，客人们不久也一一亮相，整个故事就在这里发生也在这里收束。以空间叙事学理论看，这是一篇最具原初意义的有关空间的叙事文本，"客厅"这一具体实在的空间就是故事发生的地点和叙事必不可少的场景。

行文至此，笔者突然有一种恍惚，以为这篇小说是冰心一个长篇小说的片段：因为整个文本太像某个长篇小说中的一个场景摹写片段了，也像影视剧中的一场戏，而这场戏就是在客厅场景中拍摄完成的。

按照以往文学理论和批评的观点看，空间不过是小说中的环境描写，而环境描写只能起到配角的作用和功能。身兼作家和批评家双重身份的茅盾早在 1928 年就指出过："小说的环境，仿佛就等于戏曲的布景，绘画的配景，都是行使渲染烘托的职务的。"② 然而，随着文学理论的发展，可以看到《我们太太的客厅》没有那么简单。空间叙事理论认为"空间已不再是简单的时间与运动的参照物，而是与历史、文化、政治、种族、性别、权力、心理、甚至时间等多种因素紧紧地纠缠于一体。空间已被视为叙事中可能涉及的多重因素的交织。"③ "客厅"这一空间就与女性性别文化有紧密的关系。

"客厅"似乎是一个不言自明无须解释的概念，《现代汉语词典》中倒有解释，不过与"太太"有 5 个义项之多不同的是，"客厅"只有简单的一项：接待客人用的房间。在我国目前现代的家居建筑格局中，客厅、卧室、书房、厨房、卫生间和阳台是必备的组成部分，而客厅又是重点（有时候

---

① 《我们太太的客厅》，《中国现代小说精品·冰心卷》，第 277 页，陕西人民出版社，1995 年10 月版。

② 沈雁冰著：《小说研究 ABC》，第 109 页，上海书店 1990 年 12 月版，据世界书局 1928 年版影印。

③ 方英：《理解空间：文学空间叙事研究的前提》，《湘潭大学学报》，2013 年第 2 期，第103 页。

书房也可以履行客厅的功能）。客厅是建在家庭居所内的一个房间，为某个家庭所有，具有一定的私密性。同时客厅又是一个家庭接待客人的地方，其私密性远远不及卧室。因此可以说客厅是连接家庭与外界的一个中介和桥梁，属于一个介于家庭私人空间和外界公共空间的一个半开放空间。笔者缺乏相关的知识背景，不知道客厅在中国民居建筑的历史中是否有过明确出现的具体时代，但是一般而言古代的上等人家都是有专门待客的房间的，称为堂屋。堂屋是民居的正房，一般具有两个功能，一是供奉先人，二就是接待宾客。在中国古代，堂屋基本是男人的活动空间，接待来访客人的一般是男人，女人们的活动范围一般被排除于客厅之外，小姐们在闺阁，顶多在后花园。这与女人们对家庭的依赖构成某种意味深长的奇特对照：家庭可以说是女子活动的主要空间，女儿在父母家，妻子在丈夫家，母亲在儿子家，相应地产生了古代对女子的训诫：在家从父，既嫁从夫，夫死从子。这是儒家伦理宗法法则给女人派定的位置。女人一生的活动空间被限于家庭中，但是偏偏是在家庭成员活动最重要的实实在在的空间（房间）中，女人一般不能涉足。接待客人可以说是男人的专属，客厅也就自然成为男人的天地。

从这个意义上说，《我们太太的客厅》反映出对女子而言社会生活中发生的天翻地覆的巨大变化，过去只能在后花园里和男子偶然相遇即发生爱情的闺阁小姐们可以走出家门，漂洋过海去留学，学得满口外语，能够读懂外国文学诗集，结交男性友人，而且嫁了人之后还可以有自己的书房和单独的客厅，成为这个客厅里众人仰望钦羡的女主人，充分张扬显示出新女性"上得了厅堂，下得了厨房"的现代风姿。由此可见，表现走进客厅，尤其是能够在这个客厅里从容悠游、应对自如尽到一个主人身份的女人，这样的书写叙事中就蕴含着极大的女性性别进步的巨大力量。

但是，正如前边已说，"客厅"只是介于私人空间和公共空间的半开放、半封闭空间，和真正的全开放的空间，比如十七年时期杨沫的《青春之歌》、茹志鹃《百合花》等，更不用说新时期张洁《方舟》，张辛欣在《在同一地平线上》等文本中描述的女主人公们的活动场域相比，"客厅"终归是一个有限的空间。

可见，"客厅"意象不仅仅是一个实实在在的房间，人物活动的物理空间，同时是传达女性人物形象太太微妙感觉的心理空间，也是作家冰心对女性命运思索的承载物，要而言之，这里的"客厅"是女性性别文化的某种象喻。美国女性主义叙事学家罗宾·沃霍尔在谈到英国女作家奥斯汀身后出版的小说《劝导》时曾说："奥斯汀在处理性别和空间的相互作用时，显得既微妙，又注重细节。奥斯汀小说中的场景就如人物的思想和行动一样，在叙述世界的构建中发挥着重要的作用。"① 这一评价也适用于冰心在《我们太太的客厅》中空间与性别的叙事营构。

三、"春天"意象选择的性别解放

前边两部分论述都提到了《我们太太的客厅》的开头一段，其中包含了笔者理解这个文本的两个核心词语"太太"和"客厅"，其实这个开头中还包含着第三个核心词"春天"。

如果有人问《我们太太的客厅》中出现的男性人物，除了太太的银行家丈夫之外还有谁，可能很多人都把注意力集中在进入客厅的那些仰慕太太的"众星"身上。其实不然，在丈夫回家之前，还有一位男性人物来到客厅，那是太太的私人医生周大夫。周大夫本来是要出诊的，路过门口，看见有很多车子，顺便进来看看。周大夫的出场，才说出了太太前天刚刚伤风的情况。本职工作是治病的周大夫因为替太太看病，也算是客厅的特别常客，因此受到沙龙风气的熏陶，这次针对太太的病情也会说出"乍暖还寒时候，最易伤风"这种改写了的诗句。伤风是春季最易犯的一种病症，文本到这里呼应了开头第一句中提到的"春天"。

春季是自然界一年四季中的第一个季节，和前边对"太太""客厅"的讨论相关联，"春天"何尝不是包含着某种女性性别意识形态的绝佳象喻呢？中国的女性解放是一条充满艰辛坎坷的道路，与"太太""客厅"相比，"春天"似乎更能表征女性解放道路的中途点意味，因为春天来了，万物复苏，生命开始生长。但是春天乍暖还寒，还没有到夏天的繁盛葳蕤，

---

① Narrative Theory: Core Concepts and Critical Debates. With David Herman, James Phelan, Peter Rabinowitz, Brian Richardson, and Robyn Warhol. The Ohio State University Press, 2011. p. 92.

更谈不上果实累累的秋天收获。

中国漫长的封建社会对于女子来说犹如寒冷的冬季，解冻的最早呼声是由男性思想者们发出的，这一呼声集中在现代化进程开启的晚清民初时期，五四新文化运动则形成潮流。梁启超、严复、郑观应、金天翮、李大钊、周作人、胡适、鲁迅等都是妇女解放的倡导者。但是"中国妇女问题的被提出发生在相当特殊的历史境遇里，'极苦'的妇女自身并未向民族国家提出争取自身权益的要求，而是男性在着手解决富国强民问题时逐渐将目光投向了女性，并且将妇女问题——禁缠足、兴女学、废妾甚至包括婚姻自主等等视作'国政至深之根本'"①。也就是说，妇女们不是自身主动提出解放，而是男性启蒙者们看到落后的妇女会成为建设现代民族国家的不利因素，于是梁启超等人想通过兴女学等措施将落后妇女变为"上可相夫，下可教子，近可宜家，远可善种"②的"国民母"。妇女真正发出自己的声音，在文学上的表现就是五四女作家们的出现，这是中国现代文学史上的第一代女作家，冰心便是这浮出历史地表群体中的杰出一员。

在现代女作家中，与庐隐、丁玲、萧红、张爱玲等女作家相比，无论是在做女儿时的父母家还是做妻子、母亲的自己家，虽然也经历了抗战时期的颠沛流离（当然还有新中国成立以后50年代丈夫和儿子被划为右派的磨难和伤痛），但冰心都可以算是个人情感婚姻生活最幸福的一个，即所谓"得天独厚"的"天之骄女"③。冰心做女儿时的经历体验，中学时代求学于贝满女中对基督教义的受教领悟，以及对泰戈尔诗作的文化接受合力作用形成了她"爱的哲学"思想，这一思想体现在她的创作中，便是对母爱、童真和自然的着力讴歌和赞美，哪怕在锋芒最突出的问题小说中，冰心都不会表露出咄咄逼人的激烈姿态。做妻子、母亲之后的创作有一些变化，

---

① 刘慧英著：《女权、启蒙与民族国家话语》，第25页，人民文学出版社，2013年3月版。
② 梁启超著：《倡设女学堂启》，《饮冰室合集》（典藏版），文集，第二册，第19页，中华书局，2015年1月版。
③ 孟悦、戴锦华著：《浮出历史地表：现代妇女文学研究》，第59页，中国人民大学出版社，2004年7月版。

但是依然秉承着她一贯的温婉敦厚，在创作中显露的贤妻良母主义就是如此①。

"贤妻"和"良母"是古代中国性别文化中对女子性别角色的一种规训，"男尊女卑""三从四德""女子无才便是德"是框定女性的要义。20世纪初，在继承传统的基础上，我国出现了新的具有现代性内涵的贤妻良母话语，只是在对贤妻良母的阐释中，男性、女性的理解存在差异。男性话语中的"贤妻良母"从男性本位出发，更多考虑的是民族国家的利益和男性家庭的需要。而在女性思想者眼里，家庭不再是附属于社会的次等领域，而是与社会平行的场所，更突出女性在家庭中的主体位置②。冰心则以文学家的身份参与了这种新贤妻良母话语的建构，"新贤妻良母"就是"她试图建立的女人模式、家庭模式和社会模式的设想"③。其小说处女作《两个家庭》中的主妇形象亚茜就是这种新贤妻良母的典型代表。《两个家庭》奠定了冰心小说专注家庭母题书写的贯之一生的特色④，而其中体现出的"东方式的性别自认"⑤方式则是冰心对女性形象的一种认同和界定，这种界定在她自己做了妻子和母亲以后的创作中依然顽强地呈现，尤其是在40年代创作的《关于女人》中，她将叙述者直接定为"男士"，从"我"一个男人的眼光直接讲述女人的故事，不吝笔墨给予女性很高的赞美，只是这样的叙事策略不可避免地又显示出某种局限，"我"是男性，很大程度上体现的其实是男性对女性的评价和要求。

这样来阅读《我们太太的客厅》，就不难理解文本中读者的眼光似乎是在一架摄像机的引领下客观地观看着客厅里发生的一切，却又出现了那么多的叙述者干预（犹如影视剧里的声音旁白），明显地让读者感受得到叙述

---

① 参看刘传霞、葛丽娟：《论冰心创作中的贤妻良母主义》，王炳根主编《冰心论集》(2012)，第126—138页，上海交通大学出版社，2013年6月版。

② 参看王秀田：《20世纪初期女性话语中的"贤妻良母"》，石家庄学院学报2008年第4期。

③ 刘巍：《关于冰心的'新贤妻良母主义'》，王炳根主编《冰心论集》五，第24页，海峡文艺出版社，2011年8月版。

④ 1980年3月，《北方文学》发表了冰心短篇小说《空巢》，获1980年全国优秀短篇小说奖。这是一篇与《两个家庭》具有连续性的文本，两个均关注于家庭书写的小说发表时间相隔六十年。此处参考了刘思谦的观点，见《"娜拉"言说：中国现代女作家心路纪程》，第106—113页，河南大学出版社，2007年9月版。

⑤ 盛英主编：《二十世纪中国女性文学史》上，第78页，天津人民出版社，1995年6月版。

者对太太的揶揄、讥讽之意：太太不是一个贤妻也不是一个良母，而且太太的"月亮"位置受到威胁时，只有丈夫温暖的怀抱才是妻子（太太）的最终归属。

　　然而"太太"毕竟是带着刚愈的伤风接待的客人，"太太"是一个"病体之身"，她与"挑战者"露西构成了又一组对比，"乍暖还寒"的伤风之体和真正春天的健康之躯。文本中有对露西出场的描述："一身的春意，一脸的笑容，深蓝色眼里发出媚艳的光，左颊上有一个很深的笑窝。"① 美国女人大方无忌的谈笑压过了中国"太太"的内敛含蓄。这样的叙事策略未尝没有深意呢？身处于传统和现代、东方与西方夹缝之中的"太太"，未尝没有面临凌叔华笔下芳影（《吃茶》）一样的尴尬，"太太"幽深曲折的复杂细密心思难道不引人尤其是女性读者的悲悯吗？

　　"乍暖还寒"时候的"春天"啊，确实是"最易伤风"的时候。女性性别的解放之途也许永远呈现的是"在路上"的状态，路上的任何一点都是中途点，那么在中途点上的迷惘和思考想来是不足为怪的。

　　一个作家的心理构成和思想意识是极为复杂的，在作品中极力营构典雅、明丽的艺术世界的冰心也一样。唯其如此，才表明作家既是一个平凡又是一个伟大的人的过人之处。

　　在冰心的小说创作中，如果说20年代表现女子被封建礼教道德伦理压迫的一系列小说并没有超出同时代男性作家如鲁迅的《祝福》之类的水平的话，那么30年代几篇着力表现女性心理情感的小说则是对男性作家创作的某种超越，而其中《我们太太的客厅》则是最富于审美艺术魅力的文本。细究起来，其高超的叙事技巧和复杂的性别蕴含的妙合恐也是读者大众"钟爱"这个文本的原因之一吧。

（降红燕　云南大学文学院教授）

---

① 《中国现代小说精品·冰心卷》，第287页，陕西人民出版社，1995年10月版。

幽咽泉流冰下难

——冰心小说中的个人型叙述声音

舒凌鸿

摘　要：结合社会语境和作者情况分析，发现冰心小说权威构建首先是在"男性同盟者"许可的前提下进行的，呼应了社会潮流对女性写作的要求。任何过于女性化，个人化的公开表达，都会受到外界读者的压力，作者的女性身份与叙事文本之间的相关性，也对言说自我的女性文本叙述权威在客观上起到了抑制作用。在冰心个人型叙述声音的小说中，往往通过旁观者"我"讲述"我"所了解的、别人的故事。这种方式并没有减弱读者在阅读作品将其中的叙述人"我"与作者本人视为同一。这源于小说文本叙述策略的特点，这些个人型叙述声音的文本尽管采取一种克制、冷漠的态度，对女性生活进行客观化地呈现，通过这种方式来强化对小说的叙述控制，表达女性的观点。但作品中的叙述者声音是统一的，这种叙述方式减弱了小说文本的多义性和复杂性，从而造成了在读者眼中，作品对作者的过度依附。

　　冰心小说通过建立女性个人型叙述声音发出了来自女性的自我声音，即便缺失了复杂性和多义性，但无可否认她的女性观点却在现实中影响了中国新女性形象的建构。

关键词：冰心　小说　个人型叙述声音　女性意识

五四文学史上，陈衡哲虽是第一个在杂志发表"问题小说"的女性作者，但是真正意义上第一个在小说中谈论社会问题的女性小说家则是冰心。[①] 她的作品深受启蒙意识的影响，在《斯人独憔悴》中描写了封建巨室家庭中的父子冲突；在《庄鸿的姊姊》中由"我"作为观察者，塑造了被封建伦理规范"女子无才便是德"中被湮没了才华，最后郁郁而终的庄鸿的姐姐；在《秋雨秋风愁煞人》中也由"我"细腻地讲述了即将陷入旧式封建纨绔之家的新女性英云的苦痛，对人生、家庭、妇女等社会问题进行了细致的探讨。对于这些问题的探讨，其中以"我"作为叙述人的作品就是属于个人型叙述声音[②]的小说。在冰心小说中，作为旁观者的叙述声音具有明显的作者痕迹。她将小说中的人物故事当成了表达自己个人观点的一种证据。在冰心"我"为旁观者、观察者身份进行故事讲述的小说里，叙述人"我"讲述别人的故事，极其冷静客观地表达来自"我"的观点；另一方面"我"的叙述声音的腔调又极为统一，这带来小说复杂与多义的艺术性的缺失，但由于其孜孜以求，怀着对中国女性生活与命运的深切关怀，从而从女性角度热切地谈出了对女性问题和社会问题的看法。

一、是"语境制约的文本，而不是独立自主的文本"

"声音"（voice）按照经典叙事学的概念，指的是叙述话语里"谁在说话"的问题，在更广的意义上，该术语指的是作者所采用的那些传达了"说话人的价值观"以及"让人感觉到说话人存在"的不同措辞和句式。研究"声音的分布"（谁更有机会说话）和话语"权威"（言语的分量），是一

① 杨义：《二十世纪中国小说与文化》，上海：三联书店，2007年，第98页。

② 美国叙事学家苏珊·S. 兰瑟提出了三种叙述声音模式：个人型叙述声音（personal），作者型叙述声音（authorial）和集体型叙述声音（communal）。她认为女作家采用"公开的作者型叙述"可以帮助建构女性主体性和重新定义女子气质，大多数第三人称写作具有这样的特点。"集体型叙述"则可以通过女性群体的叙述，展现女性群体的女子气质，并以集体的方式获得一种叙述权威。而"个人型叙述"以"我"作为主要叙述人，讲述"我"的故事，"我"所看到的一切，表达"我"的观点，这种方式可以建构某种以女性身体为形式的女性主体权威，第一人称的女性小说多是如此。兰瑟指出这三种叙述都在虚构的世界里，构建自己的权威话语，从而突出某些意义，而让其他的意义保持缄默。（［美］苏珊·S. 兰瑟：《虚构的权威——女性作家与叙述声音》，黄必康译，北京大学出版社，2002年，第7—24页。）

种研究文本叙事政治的方法。① 在叙事学中谈到"声音"就离不开对各种叙述者讲述故事的声音，这更多与作品的形式结构相关。女性作家作品叙述声音往往具有三个特点："1. 是性别权威而不是结构权威；2. 是政治工具而不是形式技巧；3. 是语境制约的文本而不是独立自主的文本"。② 对于叙述人而言，个人型叙述声音的优点在于可以明确为女性角度的发声，在女性声音沉默的时代，具有帮助女性发出女性声音，说出女性自我的作用。使用自传体进行创作，这是公开而直接地表达属于女性的观点。这种方式对于中国 20 年代到 40 年代末的女性作家们是尽量避免使用的，她们多数选择日记体和书信体方式，如：庐隐和丁玲（早期）的小说。这种方式较为隐秘，是面对虚拟读者进行写作，这种私下的话语方式可以避免女性观点受到公众的苛责，但既然是私下的话语，自然也更容易减弱作者观点对读者的影响力。在整个现代文学史上，文学、社会都希望中国女性能够发出革命之音，反抗之声，在这些女性作家笔下，女性个人型叙述声音的确在发声，要么如庐隐、丁玲、冯沅君般作喃喃私语，要么如冰心般隐匿自我，她们都是在深厚的传统文化的冰层底下，哽咽地发出属于女性自我之声。

在冰心个人型叙述声音的小说中，往往通过对女性叙述声音的客观化呈现，是一种克制的、冷漠的态度进行讲述，其中作者极少谈到作者自身的情况，并采用统一于叙述者声音来强化对小说的叙述控制。她的小说体现了对男性启蒙者所提出民族、社会、自由、妇女等问题的关心和思考。但这种思考已不再是一种纯粹的男性启蒙式的思考方式。她意图构建一种新贤妻良母的形象，既遵从于旧伦理，充分尊重父母的意见、相夫教子，同时又注入了新文化的内容，倡导在家庭中男女平等、男女的彼此独立。她最早发表的小说《两个家庭》就是其中最为突出的代表。在《两个家庭》中，亚茜家庭的和谐幸福来源于亚茜对家庭的无私奉献，而与这个幸福家庭形成对比的是陈太太家。陈太太由于不善料理家事，管教小孩，最终导

---

① （美）James Phelan，Peter J. Rabinowitz 主编：《当代叙事理论指南》，申丹、马海良、宁一中、乔国强、陈永国、周靖波译，北京：北京大学出版社，2002 年，第 640 页。

② 申丹、王丽亚：《西方叙事学：经典与后经典》，北京：北京大学出版社，2010 年，第 209 页。

致了家庭的悲剧。这部小说从故事内容到形式都渗透了作者对故事叙述的
强大叙述控制力。

二、"在我目中，可以算是第一了"

冰心的《两个家庭》，以女学生"我"的视角叙述了对幸福家庭的看
法，叙述者仿佛是纯然"客观"在观察两个截然不同的家庭。其中在对家
庭主妇陈太太和亚茜的对比中，照见婚姻与事业之间的关系：幸福的家庭，
贤惠的家庭主妇可以为男性带来事业的成功；不幸的家庭，爱玩乐的主妇
却会给男性带来事业的失败，精神上的抑郁甚至死亡。

这里的叙述者"我"异常冷静地进行叙述，既不站出来评价人物的行
为，也不表达自己的感情，只是提供事实呈现的"画面"，很少直接道出叙
述者的判断，甚至多数的人物行为都是通过人物相互之间的评价和交流来
完成叙述的。小说在呈现两个不同命运家庭的时候，我们除了能够了解叙
述人的女学生身份外，作为叙述人的女学生内心情感、冲突、心理活动都
很少直接呈现。

叙述者"我"不说"我"的故事，而是呈现"我"了解的故事。只说
"我认可谁"，而不说"我不认可谁"，说到底也是一种个人观点的表达。同
时，说的是别人的故事，不是"我"的故事，却有利于强调观点的客观性，
甚至可以避免与真实作者个人生活扯上关系。如在冰心小说《秋雨秋风愁
煞人》中人物叙述者"我"也同样在小说开头和结尾中描写了秋日的萧瑟
风雨，以此点出社会环境的恶劣。《最后的安息》中的叙述者也仅提供画面
呈现，人物心理的揣摩等，虽然没有任何话语进行道德评价，但通篇只有
一种统一声音。借惠姑母亲之口说出童养媳翠儿悲苦命运的缘由："我想乡
下人没受过教育，自然就会生出像翠儿她婆婆那种顽固残忍的妇人，也就
有翠儿那样可怜无告的女子"。[①]《斯人独憔悴》中的叙述者也只对人物行动
作简单的描述，没有任何评述性话语，依然借人物之口说出所有的事实，
由人物完成伦理判断。虽然这些内容对作者的思想意识表达起到强有力的
支撑作用，但如此一来，就导致了小说人物形象的类型化倾向，人物性格

---

① 冰心：《冰心代表作》，周明编，北京：华夏出版社，2008年，第31页。

历，就更容易得出这样的结论。冰心出身军官之家，父爱母慈。结婚后，冰心与丈夫吴文藻相敬如宾，伉俪情深，一生较为顺利。求学期间，深受泰戈尔文学"爱的哲学"和基督教"博爱"思想的影响。从这些情况看，似乎冰心一生都是在蜜罐里成长，并未生活在一个父权及男权压迫的环境中。因此，得出这样的结论似乎也不足为奇。但是深入分析她的作品及思想，发现这种印象的产生与作者进行叙述策略的调整是有密切关系的。

冰心所提出的"新贤妻良母主义"和对母爱的讴歌，在一些运用弗洛伊德主义来研究文学，将性意识作为生命自我根源的研究者看来，冰心的论调的确不能称之为真正意义的女性自我言说。但她"从女性生命体验出发，将母爱嵌入女性本体，不仅把爱作为生命本源，更将爱作为自己生命意义和价值之所在"。① 她所思考的问题都与其所处的时代文化背景紧密相关，她对于自我的思考是基于自己个人的生命体验，是基于对女性精神的自我反省而进行的。由于她的思考与男性启蒙者的思考保持了高度一致，所以很多研究者只看到了她的小说对主流意识形态的归附，而没有看到她小说中从女性角度对新女性形象建构的努力，这种形象既不同于男性新女性形象，也不同于传统文化中的女性形象。

冰心小说里人物"我"与作者的身份较其他女性作者如庐隐、丁玲、冯沅君等人小说更为接近。但冰心自己却对读者认为自己的小说具有显著的个人化色彩而感到困惑。冰心 1919 年在《我做小说，何曾悲观呢?》中谈到她与父母讨论旧同学寄来的一封信。这是一封关于冰心小说风格的信，信中谈到其在《晨报》上所读到的冰心小说，虽"极好，但何苦多作悲观语，令人读之，觉满纸秋声也"。父亲也担忧其思想逐渐走向消极一方，冰心辩道："我并没有说我自己，都说的是别人，难道和我有什么影响。"母亲则笑着说"难道这文字不是你作的，你何必强辩"。实际上冰心小说虽然表面上谈论社会问题，但实际上都来自一个具有明显作者身份特征的女性叙述者的个人讲述。冰心自己也反省了自己的创作，认为自己所写的"秋声"之景与自己所见有关。因此她每次写小说，因眼前的萧瑟之景，"不免带些悲凉的色彩，但却不承认有"悲观"色彩。冰心甚至为了让父母安心，

---

① 盛英：《冰心性别意识辨析》，载《天津师范大学学报》（社会科学版），2004 年，第 3 期。

不再担忧其"精神渐渐趋到消极方面去"，也做一点"春温"和"柳明花笑"的文章。① 这种"柳明花笑"的写作方向改变正是由读者的反馈而造成的。从某种意义上，冰心对自己写作上的调整，实际上也证明了冰心迫于社会压力对女性真实自我进行隐匿一种企图。而读者能够感觉到冰心小说与冰心本人接近，与冰心小说中叙述人"我"与作者身份十分接近有密切关系，以及叙述声音的统一性相关。

对冰心而言，她既认同自己与作品中叙述者的统一性，② 同时又充满了疑虑和担忧。因此，在她的以"我"为主要叙述人的个人型叙述的小说中，总是想方设法在叙述者干预中保持距离感，并在小说叙述者"我"对小说人物及故事内容上，采用了一种控制情绪的干预。这就在小说形式上，就造成了叙述者"我"与作者之间一种表面上的疏离性关系。冰心小说叙述者一直在文本中克制自己的真实感情，采取种种手段避免故事叙述人"我"与作者之我的依附关系。所以，冰心为读者将其本人与作品进行密切关联而感到不解。可是对小说文本进行细致的分析，仍然可以得叙述者"我"与冰心本人观念基本一致的观点，这就造成了叙述人"我"与作者之"我"在观念上相同的依据。而冰心在早期写作小说时都用"冰心女士"的身份来署名，叙述人"我"的女学生身份和冰心的身份也是相符的，这些都是造成"五四"时期，读者把小说中的"我"与冰心本人联系起来的重要原因。

在冰心后来的小说创作中，还常常借用男性叙述者"我"来讲述自己的见闻与故事，实际上也可以看成是作者为了避免自己与小说产生依附性的一种尝试。冰心可以说是现代女性作家中最喜欢用男性角度讲述故事的小说作家。她运用男性视点进行创作的小说作品很多，如《空屋》中，第一人称男性"我"讲述"我"和虹建立一个理想家庭的梦想破灭的过程，《去国》中男性英士的限制性叙述视角，《超人》主要从何彬视点的观察，

---

① 冰心：《我做小说，何曾悲观?》，吴重阳等编：《冰心论创作》，上海：上海文艺出版社，1982 年，第 55—56 页。

② 冰心谈论自己的作品时，她说到这些作品都真实的反映了她自己当时当地的思想和感情，是自己心有所感的作品。是她"心泉流过的痕迹"，可以从作品看到中国社会的变迁。（载冰心：《〈繁星〉自序·冰心选集》，北京：三联书店，1981 年。）

都是以男性视角进行故事的讲述。《爱的实现》、《离家的一年》、《寂寞》都是如此。从 1940 年到 1943 年间，先后创作了《关于女人》为题的 14 个系列的小说，其中叙述人也是以男性身份进行讲述，并且在结构上，文风上也从"柔细清丽"向"苍劲朴茂"转变。[①]

《关于女人》与过去作品有很大差异，这个男性叙述者是女性想象的理想男性形象，有少许可以容忍的缺点，与真实生活中的男性有很大差距。冰心笔下的男性形象既模糊又缺乏男性特征。这与冰心对个人型叙述声音的选用不无关系。这个叙述人"我"既要讲述故事，又要参与事件的进程，直接面对读者表达来自男性的观点与感情。这类叙述者的好处在于感情的表达较为顺畅，主观性强，作品情感的表现力更强。但是，由于其过强的主观性，再加上叙述者视野的限制，同时也限制了小说故事的叙述空间。当叙述者是一位女性，与作者自身性别一致，这样的表达虽然也会受到限制，但毕竟是女性的"我"写"我的生活"或"写我旁边人的生活"，自然较为顺畅。小说写作的深度和广度离不开作者对生活的真实体验和思考，这不仅需要一定的时间去领悟，同时也需要一定的机会去了解。当女性作家运用男性叙述者"我"进行讲述时，既需要对男性的心理有深刻的了解，也需要作家对男性有较为广泛的接触，这在"五四"及之后的知识女性的生活中显然是难以实现的。

简而言之，冰心的个人型叙述声音的小说，虽然作者还无法避免本人与作品的依附关系，也部分造成了小说艺术性的缺失，造成了小说人物不够丰满，小说内涵概念化、表面化的倾向。但这些小说只是在表面上体现了对主流意识形态的依附关系，更多则是来自女性自身真实体验的一种认同，而不是简单的依附，是站在了与男性平等的角度所进行的认同，并借此表达了女性作家自己对各种女性问题的思考。

四、被抹掉的"历史的女性及其公共权力"

在中国现代小说发展的过程中，个人型叙述声音形成的"五四"时代，

[①] 叶圣陶：《男士的〈我的同班〉》，见范伯群编：《冰心研究资料》（乙种），北京：北京出版社，1984，第 404 页。

不仅是中国颠覆封建礼教秩序的时代，也是真正意义上中国"女性"的诞生期。在"人道主义"、"个性解放"大旗吸引之下，一批女儿勇敢地走出家庭，争取自由，并用手中的笔发出了属于时代的女性呼声。女性作家个人型叙述声音的出现一方面客观上起到了直接发出女性声音，让社会大众了解女性群体的作用。如庐隐、丁玲、冰心等作家的作品。但是细究之下也会发现，在这些女性写作的文本中，女性写作者在社会大潮的影响之下，虽然也像男性作家一样将立足点放在书写人生和社会问题上。但是由于女性所承受的压迫既来自封建父权制，同时也来自男权中心主义的社会结构，这些写作的新女性们由于其生活阅历和所处文化环境的限制，写作内容限于同性的经验、爱情经历和自己个人生活的思索。写作的内容总是逃不出妇女生活的影子，生活周遭的领域如家庭、爱情往往成为女性作家们最擅长的内容。女作家面临自身经验书写的强烈愿望和适合女性的时代语汇贫乏之间的巨大差距。

在新文化兴起的时代大环境中产生的新女性虽有不同于传统的新思想，然而她们的思想观念与日常生活，如爱情、婚姻、家庭、事业等，依然受到复杂的传统男权和父权文化思想的深刻影响，在其小说叙事话语中也未能摆脱残留于文化思想上的父权和男权意识。这时期的两性文化与语言的差异，常常导致女性作家的话语书写受到传统文化语言的影响。在没有现成的女性写作经验借鉴的基础上，女性作家在无意识中还继续重复着对父权制与男权制语言的模仿。这也造成了以个人型叙事为代表的中国"五四"女性文学无法完全从传统男性文学限制中解脱出来的困境。

中国女性作家小说个人型叙述声音的小说创作中，以日记书信体的创作最为突出。"一个女主人公用书信体文本私下向一位受述者讲述个人的、往往也是自己的爱情故事。这种叙事模式把女性的声音导向一种自我包容或息事宁人形式，它最大限度地减弱了言论自由动摇男权社会的能量"。这种叙述声音虽然可以让女性直接发出自己的声音，可以"减少男权法律与启蒙政治之间的张力，缓和个人意愿和全体制约之间的紧张关系"，但是它仅仅只能形成一种虚构意义上的权威，并不能真正形成对社会、历史、文化的一种真正影响力，实际上"历史的女性及其公共权力"已经被悄悄地抹掉了。[①] 正如兰瑟所言：

> 无论是叙事结构还是女性写作，其决定因素都不是某种本质属性或孤立的美学规则，而是一些复杂的、不断变化的社会常规。这些社会常规本身也处于社会权力关系之中，由这种权力关系生产出来。作者和读者的意识、文本的意义无不受这种权利关系的影响。[②]

冰心的《两个家庭》中的个人型叙述声音，是以"我"讲述"别人故事"，而不是"我的故事"。但是，其中这个"我"的叙述声音与作者关系密切，所讲述故事也是为了更好地传达这个与作者关系紧密的"我"的观点。讲述别人的故事，表达自己的观点这种创作方式，也并没有减弱女性作者所承受的外界压力。这既是因为这种叙述声音的形式本身所带来的，同时也是中国女性文学发轫之初的文化语境造成的。

冰心的小说，结合社会语境和作者情况分析，发现这种权威构建首先是在"男性同盟者"许可的前提下进行的，呼应了社会潮流对女性写作的要求。任何过于女性化，个人化的公开表达，都会受到外界读者的压力，作者的女性身份与叙事文本之间的相关性，也对言说自我的女性文本叙述权威在客观上起到了抑制作用。但是，冰心小说还是继续通过建立女性个人型叙述声音发出了来自女性的自我声音，即便缺失了复杂性，但无可否认她的女性观点却在现实中影响了中国新女性形象的建构。

女性发声是"幽咽泉流冰下难"，但即使是幽咽之泉，也是流动之泉，勇敢之泉，终有一天会破开，从冰层的深处。

（舒凌鸿　云南大学文学院副教授）

---

① （美）苏珊·S. 兰瑟：《虚构的权威——女性作家与叙述声音》，黄必康译，北京大学出版社，2002年。第31页。

② （美）苏珊·S. 兰瑟：《虚构的权威》，黄必康译，北京：北京大学出版社，2002年，第5页。

《小橘灯》：散文还是小说？

——与乔世华先生商榷

练建安

辽宁师范大学文学院乔世华先生近期发表了《透视冰心散文创作经——从〈小橘灯〉的文体属性谈起》[①]，冰心文学馆、冰心研究会《爱心》于 2015 年冬季卷转载。此文认为《小橘灯》的文体属性是"散文。"此论引起反响，冰心文学作品爱好者纷纷来信或来电"请教"：《小橘灯》是散文吗？

乔文认为："近年来，冰心研究界倾向于将《小橘灯》看作小说，但一些事实证明冰心更愿意将其视作散文，而冰心一系列散文创作经验谈文章也证明了这一点。这反映出冰心持有更宽泛的散文观，她认同散文的适度虚构。散文能更充分、更自由地表达心性，当是冰心喜欢散文写作的原因。"

那么，《小橘灯》是小说还是散文？

一、《冰心全集》等大量书籍认为《小橘灯》是小说

卓如编《冰心全集》第 10 册附录有《冰心生平著作年表简编》，其中记载："1957 年 1 月 31 日，《中国少年报》发表短篇小说《小橘灯》。"[②] 卓如编《冰心年谱》记载："1 月 19 日，作小说《小橘灯》。载《中国少年报》

---

① 乔世华：《透视冰心散文创作经——从〈小橘灯〉的文体属性谈起》，《文化学刊》2015 年第 10 期。

② 《冰心生平著作年表简编》，卓如编：《冰心全集》第 10 册，海峡文艺出版社 2012 年 5 月版，第 394 页。

1957 年 1 月第 318 期。"① 此外，浙江文艺出版社《冰心小说》、太白文艺出版社《冰心小说》、当代世界出版社《冰心经典作品选》等大量书籍，都认为《小橘灯》为小说。不胜枚举。

二、冰心家属及专家认为《小橘灯》是小说

北京外国语大学英语系教授、冰心女儿吴青的丈夫陈恕著《冰心全传》说："《小橘灯》是冰心 1957 年 1 月 19 日为《中国少年报》所写的一篇短文。那时正是春节将届，在这篇短文的开头和结尾都提到春节，也讲到春节期间常见的灯。很多人认为它是叙事散文，也有不少人认为是儿童小说，两种看法都不无道理。但从它的环境描写、情节设计、结构安排，特别是人物塑造来剖析，说它是小说，似更合乎实际。从这个角度看，它为我国当代儿童小说创作提供了可贵的经验。"②

冰心研究专家王炳根先生说："多少次我被人问道，《小橘灯》是小说还是散文？有的把它编入小说，有的把它编入散文。我非常明确地说：是小说。为什么是小说？因为小说是虚构的，这个故事是虚构，有冰心的视野，有冰心的感受，或者说她曾经看到过这么一个孩子。虚构是小说最重要的艺术特征，虚构还在于这篇小说的象征意义，'小橘灯'具有象征意义，如果真要用橘皮去做一个小橘灯（冰心还教人做过小橘灯），一定不怎么理想。你们可以试一试，拿一个橘子来掰成两半，把一段蜡烛插在中间，怎样能让它在风中不被吹灭？"③

三、冰心先生似态度"模糊"

乔文说："冰心并没有明确说明《小橘灯》的文体属性。但是一些事实证明，冰心更倾向于把《小橘灯》看作散文。季涤尘为编《散文特写选》（1949－1979）一书向冰心征询意见，冰心在 1978 年 8 月 12 日答复信件中表示：'我的散文，实在没有可取之处，勉强选上三篇，供你们参考。'"④

---

① 卓如：《冰心年谱》，海峡文艺出版社 1999 年 9 月版，第 145 页。
② 陈恕著：《冰心全传》，中国青年出版社 2011 年 8 月版，第 281 页。
③ 王炳根著：《王炳根说冰心》，海峡文艺出版社 2011 年 12 月版，第 129 页。
④ 《致季涤尘》，卓如编：《冰心全集》第 8 册，海峡文艺出版社 2012 年 5 月版，第 165 页。

冰心所选的这三篇散文依次是《小橘灯》《樱花和友谊》和《我站在毛主席纪念堂前》。海峡文艺出版社在出版由尤廉选编的《中国女作家散文选萃》（现代卷）一书时，其中就选入包括《小橘灯》《一只木屐》等在内的冰心 9篇散文，尤廉曾为此征询过冰心意见，冰心在 1992 年 11 月 17 日回信中对所收录的篇目表示认同。① 所以，如果就是因为考虑到《小橘灯》所记述的事件有虚构的地方，以及考虑到小橘灯是一种象征，就认定《小橘灯》是小说，就没能尊重冰心本人对《小橘灯》文体认定的情感倾向了。而且，冰心裁定《小橘灯》为散文的事实看似不起眼，实际上是一个值得深究的文学话题，其反映出来的不仅仅是冰心本人的散文观、散文创作经的问题，更关乎到了众多散文写作者在处理素材上的自由灵活度的问题。

事实上，冰心先生又将《小橘灯》称之为"短文"或"儿童文学"。1978 年 7 月，人民文学出版社出版《小橘灯》新版，1978 年 4 月 29 日，冰心先生作《〈小橘灯〉新版后记》，其中说："新版《小橘灯》里的四十六篇短文和诗，都是我在新中国成立后一九五三年——一九六五年之间的作品，主要是为儿童写的。"② 《中学语文教学》1979 年第 2 期发表了冰心先生 1979 年 3 月 12 日晨写的《漫谈〈小橘灯〉的写作经过》，文章开宗明义："《小橘灯》是我在一九五七年一月十九日为《中国少年报》写的一篇短文。"③ 《小橘灯》是名篇，很多冰心先生书籍直接以《小橘灯》为书名，1960 年 4 月，作家出版社出版了《小橘灯》，冰心先生于 1959 年 12 月 26 日作《〈小橘灯〉后记》，冰心先生说："我同意作家出版社给我出儿童文学作品的集子，可是当我看了看这本集子的目录，我又自己觉得惭愧起来，这些质既不高量又太少的东西，实在是够不上现代的儿童文学水平的。"④

---

① 《致尤廉》，卓如编：《冰心全集》第 8 册，海峡文艺出版社 2012 年 5 月版，第 482 页。
② 《漫谈〈小橘灯〉新版后记》，卓如编：《冰心全集》第 5 册，海峡文艺出版社 2012 年 5 月版，第 357 页。
③ 《漫谈〈小橘灯〉的写作经过》，卓如编：《冰心全集》第 5 册，海峡文艺出版社 2012 年 5 月版，第 468 页。
④ 《〈小橘灯〉后记》，卓如编：《冰心全集》第 4 册，海峡文艺出版社 2012 年 5 月版，第 284 页。

四、"虚构"是问题的关键

王炳根先生说:"我非常明确地说:是小说。为什么是小说?因为小说是虚构的,这个故事是虚构的,有冰心的视野,有冰心的感受,或者说她曾经看到过这么一个孩子。虚构是小说最重要的艺术特征,虚构还在于这篇小说的象征意义。"其中,"虚构"是主题词,是问题的关键。

根据文学常识,就小说和散文而言,"虚构"是两者之间的一个重要的分界线。艾布拉姆斯、杰佛里·高尔特·哈珀姆所著的《文学术语词典》说:"短篇小说是一种简短的散文体虚构作品。"① 格非所著的《小说艺术面面观》说:"当传奇小说最终被虚构小说所代替之后,小说家再现、复制现实或描述个人存在的种种关系的企图成了重要使命之一,因此,他必须对现实和存在作必要的考察。"② 曹文轩著《小说门》,其第三章为《虚构》,其中说:"这是一个与经验相对应的概念。它与经验之间,是一种紧张关系。从表面看来,虚构与经验是向着两个方向前行的,而实际上,在一个出色的小说家那里,它们是难分难解的。正是它们的紧张,从而造成了一种美丽的张力。经验支撑了虚构,而虚构最终使经验得以升华,使它摆脱了平庸与无趣。"③ 上述为随机引述,共同点是强调了小说的"虚构"。散文定义如何?我们还是引述艾布拉姆斯、杰佛里·高尔特·哈珀姆《文学术语词典》的定义:"散文,这一包容性术语指代所有口头的或书面的话语,这些话语没有形成诗韵行或自由诗行模式。"④ 散文的范围非常宽泛,一度时期,"无韵之文"均视作散文。现代散文之"真实"或说"非虚构",是创作者必须遵循的规则。

乔文中引述了大量的冰心先生创作谈,以说明《尼罗河的春天》《一只木屐》为"虚构"散文或其中有"虚构成分"。我们知道,冰心先生出席了

---

① (美)艾布拉姆斯、杰佛里·高尔特·哈珀姆著:《文学术语词典》,北京大学出版社 2014 年 11 月版,第 731 页。

② 格非著:《小说艺术面面观》,江苏文艺出版社 1995 年 10 月版,第 60 页。

③ 曹文轩著:《小说门》,作家出版社 2002 年 7 月版,第 85 页。

④ (美)艾布拉姆斯、杰佛里·高尔特·哈珀姆著:《文学术语词典》,北京大学出版社 2014 年 11 月版,第 637 页。

两次亚非作家会议，曾随吴文藻先生作为中国驻日军事代表团成员进驻日本多年，因此，在此大历史真实的基础上，写散文时作一些细节的虚构，是艺术加工。这就涉及文艺创作法中的一种惯例了，叫"大事不虚，小事不拘"。

"大事不虚，小事不拘"，即大的历史事件必须真实，小的细节可以艺术创作。具体来说，大事要有一分证据说一分话，做到无一字无出处，不能信口开河；小事、细节则可展开想象的翅膀，合理地虚构情节，只要符合逻辑，合乎人物性格即可。大事与小事的界限，大事不虚的程度，小事不拘的限度，在实际把握中有高下之分。乔文引述的冰心先生与巴金先生等"散文创作谈"，从一个侧面说明，他们是散文圣手。

五、《小橘灯》文本分析当为小说

一般认为，小说有"三要素"，即人物、情节、环境。我们从《小橘灯》来看此"三要素"。冰心先生在《漫谈〈小橘灯〉的写作经过》说：

《小橘灯》是我在一九五七年一月十九日为《中国少年报》写的一篇短文。那时正是春节将届，所以我在这篇短文的开头和结尾都提到春节，也讲到春节期间常见到的"灯"。……我把"我的朋友"的住处，安放在乡公所的楼上……这个小姑娘是故事中的中心人物，她的父亲是位地下党员，因为党组织受到破坏而离开了家，她的母亲受到追踪的特务的殴打而吐了血。……说那时"我们大家也都好了！"也就是说：不久，全国一定会得到解放。……"我的朋友"是个虚构的人物，因为我只取了这故事的中间一小段，所以我只"在一个春节前一天的下午"去看了这位朋友，而在"当夜，我就离开那山村"。我可以"不闻不问"这故事的前因后果，而只用最简朴的、便于儿童接受的文字，来描述在这一个和当时重庆政治环境、气候，同样黑暗阴沉的下午到黑夜的一件偶然遇到的事，而一切的黑暗阴沉只为了烘托那一盏小小的"朦胧的橘红的光"，怎样冲破了阴沉和黑暗，使我感到"眼前有无限光明"。[①]

---

① 《漫谈〈小橘灯〉的写作经过》，卓如编：《冰心全集》第5册，海峡文艺出版社2012年5月版，第468—469页。

由此可见，环境：有虚构成分。时间，确定为春节期间，为了突出"灯"的象征。"我把'我的朋友'的住处，安放在乡公所的楼上……"，此"安放"，即为虚构。情节的虚构，最为可信的还是王炳根先生所言"'小橘灯'具有象征意义，如果真要用橘皮去做一个小橘灯（冰心还教人做过小橘灯），一定不怎么理想。你们可以试一试，拿一个橘子来掰成两半，把一段蜡烛插在中间，怎样能让它在风中不被吹灭？"人物："我的朋友"是虚构的，那么，王春林、小姑娘、小姑娘之母又何尝不是虚构的呢？"我们大家也都好了"的日子，他们何尝不可以联系上呢？冰心先生何尝不可以如同"寄小读者"一样，再写续篇呢？乔文说：冰心在 1983 年 4 月 22 日致卓如的信件中就曾对这种机械的做法表示过些微的不满："这里有个剧本，是改编《小橘灯》的电视剧，我看了觉得把我放进去，没有什么意思！而且'我'是'谢冰心'。"① 这不是说明散文的虚构，说明的是小说叙事者"我"同样是虚构的艺术形象。

陈恕先生提出须"从它（《小橘灯》）的环境描写、情节设计、结构安排，特别是人物塑造来剖析"。这是中肯之论。在下笔力不逮，留待异日一试。

初步结论：《小橘灯》体裁为短篇小说。

笔者才疏学浅，以此拙文就教于乔世华先生等诸位方家，野人献曝，盼不吝赐教。

（练建安　中国作家协会会员文博副研究员）

---

① 《致卓如》，卓如编：《冰心全集》第 8 册，海峡文艺出版社 2012 年 5 月版，第 222 页。

"传统"性别话语如何对当下发言？

——从冰心《关于女人》谈起

孙桂荣

摘　要："传统"与"现代"不是绝对的，冰心看似"传统"的女性话语是中国妇女传统美德与现代女性自立自强精神相结合的产物，在婚姻家庭和民族国家的双向度上践行着女性的社会性别角色。在当代性别话语谱系中，冰心对妻性母性的关注因为与新时期以来的女性写作关注点有了一定距离而造成了后世的争议之声。本文以其作品集《关于女人》为例，认为冰心看似没有后现代、后殖民等"时髦"女性主义思潮引发当代女性学界的注意，但越是中国性别话语日渐多元、各类消费主义思想甚嚣其上、女性主义越来越激进的现时代，却恰恰有重新提倡它的必要。

关键词：性别　传统　现代　冰心　贤妻良母　后现代主义

以新现象、新技术来表征或命名当下社会是目前一种很通行的做法，像新世纪、E时代、大数据、传媒时代、网络社会等语词在当下颇为流行，并以高度发达的媒介传播而来的文化现代性与多元性而自诩。在性别话语层面，当下更强调对传统性别机制的颠覆与对抗性，"她世纪""女汉子""性少数""我的身体我做主"、酷儿文化等往往成为性别现代性与女性（权）主义的象征，在追新逐异的时尚文化中有着异乎寻常的吸引力。与之相反的则是，"传统"（tradition）似乎成了文化守成主义（甚至文化保守主义）的代名词，女性传统的真善美、传统的妻职母职、传统的性别操守，即使不是被某些人弃之若敝屣的话，也在传媒时代成了一个不被重视的话题，退居到了暗淡的边缘角落。然而，"现代"一切皆新/好，"传统"一切旧/坏吗？"传统"性别话语中是否亦有女性主义的性别蕴含，其在当下时代价值几何？本文想从冰心抗战期间以《关于女人》为题发表的一组短文谈起。

《关于女人》的"传统"与"现代"

从中国知网发布的对《关于女人》的》研究论文来看，学界一般以挖掘其所塑造的女性人物真善美传统为主。像鹿琳的《讴歌真善美——读冰心的〈关于女人〉》、韩莹莹的《献给女人的一首爱与美的颂歌——冰心〈关于女人〉浅议》、刘文菊与谢文开的《一曲抗争女性的赞歌——再读冰心的〈关于女人〉》等，从题目上就可以看出作者的论述重心。还有些论文是通过对《关于女人》中女性人物形象塑造来论述冰心笔下的女性观，像骆卫华《论冰心〈关于女人〉的妇女观》将该作品集中的女性人物从"淡雅稳健的朴素美""内外统一的理想美""静柔含蓄的性格美""国家为重家庭为重的伦理观"等几个层面，并将之概括为"充溢着民族精神，浸透着民族审美情趣和伦理观念的妇女观"[①]。这些都无不是聚焦于《关于女人》所表达的女性人情美与伦理美，将冰心创作纳入到弘扬民族传统的领域中。

值得注意的是，国内研究界从晚近女性主义思潮中解读冰心《关于女人》的并不多，有人甚至将其界定为"中国女性主义前文本"[②]，这也从另一个侧面表明了中国学界往往是在本土民族的"传统"视域下界定冰心女性意识的。这种现象与西方的海外汉学研究形成了一定对比。英语世界中《关于女人》的研究散见于毛尘（音译）的《家国内外：再语境化的冰心》、严海萍《中国女作家与女性主义想象》、McDougall Bonnie 的《五四叙述中消失的女人与男人：对茅盾、冰心、凌叔华、沈从文短篇小说的后女性主义分析》等论文或论著中（这些在国内尚没有英译本，目前并不为国内学界关注）。或许与海外学者更频繁接触西方理论相关，这些著述无一例外都旗帜鲜明地扛起了 feminism（女性主义）的大旗。像《家国内外：再语境

---

① 骆卫华：《论冰心〈关于女人〉的妇女观》，载《郑州纺织工学院学报》1992 年第 3 期。
② 程懿：《〈关于女人〉：一个独特的女性主义前文本》，载《宜春学院学报》2008 年第 1 期。

化的冰心》通过分析《关于女人》前两个篇章《我最尊敬体贴她们》和《我的择偶条件》的文本细读，从叙述修辞学角度分析了冰心对男权文化的颠覆性与反抗性，认为《关于女人》运用了比限定于传统"更具象征性和模糊性"的叙述声音，以"男性化叙事和客观化叙事解构了文学想象中的性别稳定性"，并由此"制造了深受拉康和巴赫金影响的朱丽娅·克里斯蒂娃所说的与现代小说相关的'复调'声音。"① 而《中国女作家与女性主义想象》则将冰心的女性写作同当时有人提出来的"典型闺秀派"（typically feminine）相区别，认为它们比"第一眼看上去的要复杂"，以"我弱小但我也会因此而强悍"（"I am weak and therefore I am strong"）的方式表明了自己的女性主义立场。②

的确，女性主义视角下的深层解读会让我们发现冰心的《关于女人》并非仅如彰显了女性真善美的"民族传统"这么简单。西方后现代主义学者曾认为，"差异与他者性或对立面的生发……从来不是完全从外在而来，也不是极端反对的……差异的界域是不可知的、恒变的、分裂的。"③ "传统"与"现代"这两个看似逆向并行的概念也应做如是观。从冰心在抗战时期写于山城重庆的《关于女人》这一组文章来看，女性勤勉、善良、无私，恪守为人妻母之道固然是中华民族的"传统"性别观，但她们在妻职母职中对自我价值的实现（如《我的母亲》中的母亲）与挖掘的生活之美（如《我的学生》中的 S），却无不闪耀着"现代性"的人性光辉；她们在国难当头的忍辱负重行为固然彰显着中国女人吃苦耐劳的"传统"操守，但在困难时期所表现出的英勇担当与睿智聪慧又挑战了男性权威，并具有了"妇女能顶半边天"的现代"女汉子"精神（如《我的同学》中的 L 女士等）。因此，对于冰心《关于女人》体现出来的性别观念，笔者愿将其界

---

① Chen，Mao. "In and Out of Home：Bing Xin Recontextualized"（Chapter 5）. In：Williams，Philip F. （editor）. Asian Literary Voices：From Marginal to Mainstream（Archive）. Amsterdam University Press，2010. ISBN 978－90－8964－092－5. p. 66.

② Yan Haiping，Chinese Women Writers and Feminist Imagination，1905－1948，Routledge，London and New York，2006，P80，Introduction1.

③ 何米·巴颌语，转引自宋素凤《多重主体策略的自我命名：女性主义文学理论研究》，山东大学出版社 2002 年版，第 178 页。

定为中国妇女的传统美德与现代女性自立自强精神相结合的产物，在婚姻家庭和民族国家的双向度上践行着女性的社会性别角色。

当代性别话语谱系中的冰心

学界对冰心的研究往往拘泥于其文本生成的民国语境中，其实在当代话语谱系中探究其殊异个性更有意味。冰心一直被认为是传统温婉派的代表，茅盾在 20 世纪 30 年代的《冰心论》中曾用"新贤妻良母主义"来形容冰心，《关于女人》中《我的母亲》一文也直接提到了这一点，"关于妇女运动的各种标语，我都同意，只有看到或听到'打倒贤妻良母'的口号时，我觉得有点逆耳刺眼……我希望她们所要打倒的，是一些怯弱依赖的软体动物，而不是像我母亲一样的人"。《关于女人》的时代背景（1940 年代、抗日战争相持阶段）使冰心妇女观的提出有一个鲜明的历史语境：一，当时大多数中国女性尚没有走出家门成为职业女性的机会，或者即使接受教育的女性能够在社会上找到一席之地，也因为抗战期间时局不稳等诸多因素而被迫退回家庭（比如《我的邻居》中的 M 太太，《我的学生》中的 S），这使得为人妻母的身份对女性来说尤其重要；二，抗战期间民族矛盾、家国意识异常突出，使得女性反抗压迫与权威、张扬自我的很多行为需要通过民族国家认同的方式体现出来（比如《我的奶娘》中的奶娘、《我的同班》中的 L 女士等。这两点在冰心的年代均有着坚实的时代与现实基础，但却同后来的女性文学界主要关注的问题有了不少的距离，这些都造成了冰心性别观在后世亦不乏争议之声。

在第一个层面上，冰心的言说与后来女性写作以"消解爱情（婚姻）神话"来为彰显反抗男性权威的女性主义立场似乎相去甚远。在新时期文坛上，消解婚爱神话不仅是女性学界的一个重要向度，而且在各个时段或思潮中的具体表达方式亦各有不同。张洁、张辛欣等 1980 年代的女作家对爱情（婚姻）神话的消解是通过书写现代婚爱关系的脆弱、男人的不堪、极力张扬女性在社会事务中强悍拼搏的"女强人"气质体现的；王安忆、池莉等的日常化叙事是对现代婚姻中利弊权衡的功利主义挖掘与批判，探讨在真爱难求的时代女性的自立自足之道的；林白、陈染等的女性私人化写作则将女性身处的男权文化进行放大性书写，不惜以自我边缘化与幽闭化的极端姿态表明对男权社会的不合作；新世纪以来的酷儿文化更是通过瞩目于女同性恋者、变性者、性工作者等"性少数"人群表达对主流婚爱关系、异性恋机制的决绝反抗。显然，在这些内容上越来越激进、形式上不断"花样翻新"的女性写作的衬托与参照下，冰心的性别话语显得似乎越发有着"传统"之嫌。的确，一代一代的女作家都会在摆脱"审美疲劳"的文学创新性原则之下，努力使自己寻求新的话语空间，在女性立场的具体表达上也不例外——对男权文化的挑战"尺度"越来越激进和激烈，因为只有这样，才能在人才辈出的文学园地脱颖而出。然而，正如人文社会领域不同于科学研究的最大之处在于"新"的未必就一定是"好"的一样，女性话语的价值并不能同文学艺术的创新性价值进行简单类比，也不能以抗拒男权文化的激烈程度论英雄，而是需要从大多数女性的生存现实及对人类文明的长远影响层面进行综合分析。具体到冰心的《关于女人》，我们说其所呈现的女性观即使在远离那个时代的今天仍有一定代表性。如同尽管不时有亲子关系破裂的恶性事件出现，母爱依然是迄今为止人类发展史上最亲密最温暖的关系一样，即使在传媒时代的当下，从成年女性的生存状态来看，已婚而非单身或离异，异性恋而非同性恋，为人母而非选择丁克之家，仍是大多数女性的生存常态。在此意义上，如果将激进女性主义所扬言的在男权废墟上重建女性文明看作是理想主义的性别"应然"图景的话，在妻职母职中与男性一道参与社会的建设才是与大多数女性更加休戚相关的性别"实有"景观。而在此意义上重视家庭的价值，认可女性的自我实现同样可以从家庭建设中体现出来就不仅是一种囿于时代因素的权宜之机，还有着修复紧张的两性关系，构建性别和谐的女性主义意味。英国当代著名女作家菲·维尔登在 20 世纪 90 年代接受采访时说："妇女解放的意义是巨大的，但是战场现在转移到了另一个领域……我们如何不成为牺牲品，或者说如何不感觉自己是牺牲品，如何不去因为自己的困境而责备他人，如何为自己做点事，如何设法过上以家庭为单元，由男人、女人和孩子所组成的家庭生活，尊重所有人的权利，而不仅仅是妇女的权利"[1]。

---

① 唐岫敏、（英）坎迪丝·肯特：《冲突与和谐——当代英国女作家菲·维尔登访谈录》，载《百花洲》，2004 年第 1 期。

（一）物质与经验层次上的性别政治，也许其在话语层面上仍然走不出父权制公共秩序的边界，但是作为个体女性"此在"的现实生存状态而言，它却是政治实践性最强的一种性别话语，而且这种政治目标在今天尚远未像某些人所认为的那样已被女性理所当然的拥有和实现。或许，"任何一种知识或范式的产生，都会突出一些元素，抑制另外一些范畴"①，性别领域也不例外。新时期以来女性解放的路子迈得越来越大，调子越来越高，从冲破毛泽东年代的性别压抑到探索女性特殊性的"做女人"，从"我的身体我做主"、尽情释放女性欲望的身体写作，到穿越到另一个时空中做"妻主"的女尊、女强，被某些人看成是女性主体性由初级形态到高级形态步步深入的线性过程，而贤妻良母则成了老掉牙的陈词滥调。不过，正如"做女人"与身体写作恰恰落入了男权文化陷阱、女尊女强更多像是一种文化艺术里"纸上的风光"一样，在现实的男权格局中越陷越深的恰恰是女性。据说，凯特琳·克雷蒙曾对西苏直言，人不能在语言与欲望的层次上搞革命②。后现代主义对主流话语具有很强的解构、颠覆性，但在建构性上却并不尽如人意。冰心所倡导的女性关爱自我和他人、在社会洪流中实现女性价值的性别话语，因为符合社会发展常态和时代发展规律，尽管是"老生常谈"，但却是在长远和真正意义上最具现实性的。作为一个名满天下的女作家，冰心本人无论在事业业领域还是在家庭领域都是成功而美满的，这应该是对其所倡导女性话语现实有效性的最好诠释。

（二）在意识形态的硬性规定已有所松动、更加强调人性话语的今天，女性真、善、美的"妇德"诉求相对不容易由宗法礼教、精英倡导等主流话语的外围"召唤"产生，而充实自我、完善自我、顺应自我妻性母性的内在主体诉求就会多一些。③ 有女性学者指出，"在社会已最大限度地提供与男性等同政治权利的今天，女性要获得真正的女性平等和显示她们生存

---

① 孙桂荣：《非虚构写作的文体边界与价值隐忧——从阿列谢耶维奇获"诺奖"谈起》，载《文艺研究》2016 年第 6 期。

② 转引自转引自宋素凤：《多重主体策略的自我命名：女性主义文学理论研究》，山东大学出版社 2002 年版，第 215 页。

③ 详见孙桂荣：《性别诉求的多重表达——中国当代文学的女性话语研究》，人民文学出版社 2011 年，49—50 页。

的价值，她们所面对的已不再是封建道德观念的外在束缚，也不是男性世界的意识压力，而主要的是她们自己的觉醒和自主意识的复萌"①。我们需要警惕这种观点对男性权威的过分乐观性解读，不过女性"自主意识的复萌"的确是目前女性彰显自我的一个非常重要的侧面，里面不仅有各种前卫的女性主义探索，还包括了冰心所倡导的礼赞母爱、呼唤女性从最"通俗的""积极的""普通的"层面（如"普及教育""改良家庭"，关注"妇女职业""家事实习""儿童教育"等)② 做起的女性主义精神，作为同样重要的一个女性主体性侧面，它们不应该在形形色色的女性激进主张中被淹没。

（三）冰心所代表的"传统"性别话语更是警惕消费主义的必需。中国全面进入市场经济社会以来，"男女不一样"的差异认同成了一种新的覆盖面极大的性别话语，尤其由于消费主义的甚嚣其上，对性别生理、心理的"差异"理解往往导向一种本质主义和经验主义，如大众传媒、广告，乃至于某些文学艺术中频频出现的"女人味""小女人"等问题，它们在当下的流行绝非仅仅意味着对原先"女性雄化"现象的反动，还与消费主义、享乐主义、女性性别意识中某些功利性与依附性的东西相联系。冰心曾在其"问题小说"《两个家庭》《我们太太的客厅》等对此进行过批判。《关于女人》以正面弘扬各阶层女性爱国、爱家，有效利用包括家庭在内的社会资源，并在各自位置上有所作为的方式，表达妇女议题，无论过去、现在，还是将来，都是提升女性生命价值、改变男权社会中女性弱势身份的一条重要途径，其关注大多数妇女生存状态的普遍性更是后来那些热衷于"话语革命"的女性主义派别所难以比拟的。

（孙桂荣　山东师范大学文学院副教授）

---

① 彭子良：《新时期女性意识构成初探》，载《当代文坛》，1988 年第 3 期。

② 冰心：《"破坏与建设时代"的女学生》，载《冰心全集（第一卷）》，海峡文艺出版社 1994 年版。

试论冰心乡情散文的史学价值和文学价值

石华鹏

摘　要：1980 年代，80 岁的冰心迎来了创作生涯的"第二春"，收获了她足以垂范后世的散文精品：乡情散文。这一时期的乡情散文，远离了"写满忧伤的成长愁绪"，告别了"隐含政治话语的还乡经历"，走进了真正属于一个作家的"返璞归真的乡情叙事"。冰心年轻时的小诗和散文为她赢得了文学史的地位，晚年时的乡情散文为她赢得了永远的文学地位。前者论述已经相当充分，后者才刚刚起步，本文试图分析她乡情散文具有的史学价值和文学价值。

关键词：乡情散文　澄明　深粹　史学价值　文学价值

一

一百年前的 1917 年，中国现代文学的大门缓缓开启。以北京《新青年》杂志为阵地的"文学革命"的发生，终结了近三千年的辉煌的中国古典文学，文学以新的面目出现在中国大地上。在这样一个重大的文学历史时刻，在这样一个波澜壮阔的文学舞台上，在一群著名教授、思想家、作家汇聚而成的文学激流中，出现了一位年轻女孩的身影。这位女孩漂亮清丽，涉世未深，带着她温柔感伤、充满哲思的文字，如雨后彩虹一般，惊艳了现代文学深邃的天空。这位女孩叫冰心，她是中国现代文学史上最早成名的女作家。也是从那时开始，她迈上了近一个世纪的文学之路。

"文学革命"发生时，冰心 18 岁，她只是一个大学生。1919 年，冰心在《晨报》上发表第一篇散文《二十一日听审的感想》和第一篇小说《两个家庭》。1920 年，在革新后的《小说月报》上发表散文《笑》，《笑》是冰心的成名作之一，是现代文学史上较早引人注目的美文小品。1922 年，《往事》发表于《小说月报》。1923 年，诗集《繁星》《春水》出版。

五年不到，年仅 23 岁的冰心便成名文坛。冰心的成名与她当时清丽而感伤、温柔而忧愁的写作风格有关。当时的新文学强调个性，创作方法现代而多样，除了有鲁迅等作家的思想启蒙、改造国民性等理性精神凸显的批判文学之外，还有"为人生而艺术"的感伤文学的流行，冰心以外还有宗白华、郁达夫等代表作家。有学者说"在新文学第一个十年，笼罩于整个文坛的空气主要是感伤的"。① 许多青年思想觉醒之后，找不到出路，苦闷、孤独、感伤。冰心的系列文章《往事》以及一些哲理小诗，正好契合了青年读者的内心世界，大受欢迎。

冰心年少成名，而且她当时的名气很大，像今天的韩寒、郭敬明。当时周作人是大教授、名作家，据说冰心散文的影响力超过周作人，当然他们的创作路数和读者群不同。冰心的"粉丝"主要是青年读者，当时编辑《现代十六家小品》的阿英说："在青年的读者之中，是曾经有过极大的魔力……青年的读者，有不受鲁迅影响的，可是不受冰心文学影响的那是很少。"② 阿英的这种说法着实让人惊诧不已，冰心的影响太大了。冰心自己也曾在文章中说到过她的名气，"我在出国前已经开始写作，诗集《繁星》和小说集《超人》都已经出版。这次在船上，经过介绍而认识的朋友，一般都客气地说'久仰、久仰'……"③ 朋友们说"久仰、久仰"说明都读过冰心的文章或者知道冰心的名声。冰心名气大还有一个依据是，她的书出现了盗版。一个朋友来问冰心"你出了新书也不送我一本？"冰心问是哪一本？朋友说是《冰心女士第一集》。冰心愕然，觉得很奇怪！冰心以后还听

① 钱理群、温儒敏、吴福辉：《文学思潮与运动（一）》，《中国现代文学三十年》，北京大学出版社 1998 年 7 月版。
② 阿英：《谢冰心小品序》，《现代十六家小品》，上海光明书局 1935 年 3 月出版。
③ 冰心：《我的老伴——吴文藻（之一）》，《冰心诗文选》，福建少年儿童出版社 2016 年 1 月版。

说二三集陆续的也出来了。从朋友处借几本来看，内容倒都是她自己的创作。而选集之芜杂，序言之颠倒，题目之变换，封面之丑俗，让冰心看了很不痛快。上面印着上海新文学社，或是北平合成书社印行。其实北平上海没有这些书局，是北平坊间的盗印本。[①] 这个小故事说明两点，一是冰心的名气大，二是冰心的文章很受欢迎。

二十几岁的冰心给中国新文学吹来一股清新隽永、忧伤哲思之风，冰心的文学史地位由此确立。

今天，21 世纪过去将近五分之一，距冰心第一篇文章发表近 100 年，距冰心在 1990 年代封笔近 30 年。那些定格于十卷本共 400 余万言的《冰心全集》中的文字，在今天的读者中又将经历什么样的命运呢？是洛阳纸贵，是平静存在还是渐渐淡忘？是需要我们调研和思考的复杂问题。

冰心在现代文学史上的地位不可或缺，无可动摇，这是盖棺定论的事情，但是一个事实告诉我们，文学史上的卓然地位并不意味着在后世读者中也具有相应的地位，有的作家在文学史上巍然屹立，但终究敌不过时间的淘洗，倒塌在后世读者面前。沈从文曾感慨："现在过去了二十多年，我和我的读者，都共同将近老去了。"[②] 今天看来，尽管沈先生老去了，但他的读者正年轻，人们依然在读着他的小说，依然沉浸在他不朽的文学世界里。与此相反的，比如郭沫若先生，他的诗集《女神》开一代诗风，文学史地位崇高，但今天已经很少有人再读那些诗作了。那么，我们重新审视文学史之外的冰心先生的作品是有必要的，时间的距离赋予了我们足够的理性和客观的视野：她和她的文字在 21 世纪的读者心中，其命运又是如何的呢？

我以为，给她带来莫大荣誉和名声的小诗《繁星》《春水》以及"寄小读者系列（记游部分）"，今天的青年读者已经不大阅读和喜欢了，这些文字传达的信息知识和思想情感与今天的青年读者有了隔阂，他们有了新知识的来源途径和情感的宣泄渠道，不再依靠那些稍显平面化和说教性质的文字。当然，因为中小学教材选入的缘故，青年读者不得不被动地为了考

---

① 冰心：《我的文学生活》，《冰心文集》第三卷，海峡文艺出版社 1994 年 12 月版。
② 沈从文：《选集题记》，《沈从文小说选集》，人民文学出版社 1957 年 10 月版。

试而去阅读。而我以为，真正让冰心不朽，真正能征服时间这位最残酷的文学评判者的是冰心的散文，严格说是她的乡情散文，尤其是 1980 年代之后——被称为二次创作高潮——创作的乡情散文，这些文字闪耀着永恒生命力的光芒，照亮一代又一代读者的内心，因为乡情是永恒的，超越时间，超越地域，超越人种。尽管创作这批散文时冰心已年届八旬，但人世的沧桑和生活的磨砺赋予她惊人的创作力，思想、写作、生命一切归于本真，她回到自己的内心，用最恰当、最感性的语言明白无误又深刻地描述了这种乡情。尽管时间过去了这么久，这些乡情散文一直在打动着我们。

这样，她一生的创作有了一种呼应，年轻时的小诗和小品文为她赢得了文学史的地位，晚年时的乡情散文为她赢得了永远的文学地位，那种被后世读者不断阅读和记忆的崇高地位。前者论述已经相当充分，而后者才刚刚起步，所以我愿意开个头，试图来分析她的乡情散文的长久魅力，即她乡情散文的史学价值和文学价值。

二

所谓乡情散文，是指叙写故乡、亲情的散文。故乡的风土人情，家族的血脉亲情，一切让人饱含深情、难以忘怀的故土亲情之人事，都是乡情散文叙写的对象。

何处为故乡、何处有亲情呢？苏轼有诗云："晨钟暮鼓闲看云，心若安处即故乡。"冰心有两个故乡：一个是她的"灵魂故乡"——山东烟台。3岁到 11 岁，冰心在烟台的海边度过了童年时光。冰心 1911 年离开烟台后，1917 年和 1935 年曾回去过两次，后来再未回去过，但烟台一直未曾离开过她的心，她说"烟台的大海是我童年的摇篮"，也曾满怀深情地写道，"烟台是我灵魂的故乡，我对烟台的眷恋是无限的。"[①] 烟台也一直未曾离开过她的笔端，她写烟台的散文有《我的童年》《忆烟台》《父亲的"野"孩子》《烟台是我们的》等；另一个是她的"父母之乡"——福建福州。冰心在《我的父母之乡》中写道："福建福州永远是我的故乡，虽然我不在那里生

---

① 慕湖：《冰心的"灵魂故乡"》，《烟台日报》，2016 年 1 月 11 日。

长，但它是我的父母之乡！"① 冰心在福州出生，七个月后离开，之后漫长的岁月中她只回到福建两次，但她的亲人们全在福建，可以说她的心一辈子都未曾离开过福建，一辈子都跟福建亲人来往。她写福建写亲情的散文甚是丰富，有《童年杂忆》《我的父母之乡》《我的祖父》《我家的对联》《我的父亲》《漫谈过年》《我的小舅舅》等，每篇都是上等之作。

烟台是冰心的成长之地，有蔚蓝的海，有她的人生启蒙故事；福州是冰心的记忆之地，有碧绿的江，有她的许多亲人、亲情。海与江成为冰心两个故乡的记忆帷幕，拉开这帷幕，帷幕之后的世界成为她一辈子写不尽的创作素材，一辈子欲罢不能的情感和回味。小说家余华说："要想成为一个艺术家，只要拥有一个童年就够了。"② 迟子建也说："一个作家的童年经验，可以受用一生。"③ 而冰心先生拥有了两个故乡两个童年，真是写作之幸事。

冰心乡情散文的创作大致可以分为三个时期。

第一个时期：1922 年到 1945 年，代表作《往事（一）》《往事（二）》《关于女人之我的母亲》；第二个时期：1950 年代，代表作《还乡杂记》；第三个时期：1979 年到 1990 年，代表作《我的童年》《童年杂忆》《我的父母之乡》《我的祖父》《我家的对联》《我的父亲》《漫谈过年》《我的小舅舅》《我的老伴——吴文藻》《故乡的风采》等。

这样划分三个时期，其主要依据有两个：一是创作特色和作者的思想倾向；二是代表作品的发表时间。纵向来分析三个时期的创作特点，我们会发现作者的乡情散文有一条明晰的变化线索：写满忧伤的成长愁绪→隐含政治话语的还乡经历→返璞归真的乡情叙事。

1920 年代，冰心年少成名，才华毕现，这一时期叙述成长往事的乡情散文尽管在现代语言的贡献上可圈可点，但少女青春萌动的"惆怅"和"凄清"仍显得有些牵强和夸大，情绪满满而事实欠缺，所以文章有些空泛。比如《往事》里边，"悲哀""惆怅""神伤""凄清"等类似的话语反

---

① 冰心：《我的父母之乡》，《冰心诗文选》，福建少年儿童出版社 2016 年 1 月版。

② 转引自 http：//www.wtoutiao.com/p/66cdat.html.

③ 迟子建：《童年经验让我受用终身》，《中华读书报》，2011 年 5 月 30 日。

复出现："母亲的爱，和寂寞的悲哀，以及海的深远：都在我的心中，又起了一回不可言说的惆怅！""我的心因觉悟而沉沉的浸入悲哀！""闪闪的光影，从竹帘里透出，觉得凄清。""我倚枕百般回肠凝想，忽然一念回转，黯然伤神……""九个月来，不免有时遇到支持不住的事，到了悲哀婉转，无可奈何的时节，我就茫然四顾"① ……这般深情地哀婉书写，实则表达着少年成长的困顿，而这虚妄的困顿正应和了古人所说的："少年心事当拿云，谁念幽寒坐呜呃"，"少年不识愁滋味，为赋新词强说愁"。其实少年是识愁滋味的，只是太空洞轻泛。对于这些文字，冰心在晚年时自己也说："我的这些短文或诗，自己看来，都觉得写得很幼稚、肤浅，生活圈子也太狭隘。"② 这个时期的叙述成长的乡情散文迎合了当时的青年读者，而不会征服永远的青年读者，所以说其永恒的文学性有些欠缺。

　　1950 年代，冰心的乡情散文代表作是《还乡杂记》。1955 年 1 月 19 日至 12 月 20 日，冰心作为全国人大代表回福建故乡视察，视察结束回北京后，冰心写下了近三万字的长篇散文《还乡杂记》，刊发于《人民文学》1956 年 6 月号。1950 年代的中国文学，呈现出主流叙事的基本特征，贯彻执行党的文艺方针政策，强调歌颂人民，歌颂党，文学服务于国家主流意识形态，具体方法是通过"号角式的时政性理论、旗帜式的主旋律创作与长矛式的运动化批评来实现"。③《还乡杂记》是一部"旗帜式的主旋律创作"作品，它符合当时的政治环境和文学环境，它也是冰心在社会主义文学时期的主动选择，不可否认她是发自内心的要用文学之笔来为人民、为党"欢呼和颂赞"。在文学为政治服务的时代，一些名作家的创作命运会向两个不同的方向行驶，一是用文字投身政治，继续创作，比如冰心；一是封笔转行，离开文学，比如沈从文。所以我们今天来看《还乡杂记》，会发现政治性突出的主旋律特色十分明显："不断的警报的笛声，和敌人的炮火，并没有打乱他们的日程和计划，他们和祖国各个角落的亿万人民，在同一脉搏之中，并肩齐步地进行着社会主义建设和社会主义改造"，"我在

① 冰心：《往事》，《冰心诗文选》，福建少年儿童出版社 2016 年 1 月版。
② 冰心：《漫谈散文》，《冰心文集》第七卷，海峡文艺出版社 1994 年 12 月版。
③ 欧娟：《主流意识形态阵地——1949—1955 年〈人民文学〉的主流叙事》，《海南师范大学学报哲学社会科学版》，2007 年第 3 期。

故乡所见所闻的一切，都使我惊奇，使我骄傲，使我兴奋，使我快乐，使我想大声歌唱，使我想抓住每一个人，激动而又轻悄地对他说：'……你们等着吧，总有一天，这些奇迹，会显现在大家的面前，引起亿万人的欢呼和颂赞！'"① 接连不断的大词、兴奋的叙述节奏构成了典型的政治话语叙述。今天重读，《还乡杂记》除了留给我们一份时代文学的印迹记忆之外，它已感染不了我们、打动不了我们，因为从文本中我们很难读到真诚和独立的见解。尤其是《还乡杂记》中写到了"少年农场""少年园艺场""少年工厂"，小学生不上学，花大精力去办工厂、农场、园艺场，而且这些"场""厂"的成果又有多少是真的呢。这些不真实，不符合科学的做法在文章均获得了赞扬和歌颂。《还乡杂记》虽然写的是故乡的人事，但作者并没有启动内心深处那份真正对故乡的眷念之情和舐犊之爱，一切都被高亢的政治话语覆盖了。这篇属于那个时代的乡情散文，终究难以走出时代，而被后世接受。

1980 年代和 1990 年代，冰心迎来了创作生涯的"第二春"，收获了她足以垂范后世的散文精品：乡情散文。这一时期的乡情散文，远离了"写满忧伤的成长愁绪"，告别了"隐含政治话语的还乡经历"，走进了真正属于一个作家的"返璞归真的乡情叙事"。以下两部分，我们将走进冰心晚年的乡情叙述世界，去感受文学不朽的魅力。

三

冰心晚年创作的大量乡情散文，因其所述人事皆出自较为显赫的旧世大家族，历史久远，且叙述真实细腻、亲切传神，这批散文便具有了某种史学价值。它们不是浩浩荡荡的国之大史——在家国一体的旧世，一个大家族总与国家有着千丝万缕的牵连——它们是历史海洋中的几朵浪花，是历史森林深处的几片树叶。浪花虽小，树叶虽薄，但它们蕴含了大历史所忽略的小细节，暗藏了宏大叙事所遮蔽的生命活力。冰心的乡情散文就是这样一部有着别样风情的小历史。

为什么说冰心的乡情散文是一部小历史，具有史学意义呢？原因有

---

① 冰心：《还乡杂记》，《冰心诗文选》，福建少年儿童出版社 2016 年 1 月版。

两个。

首先，冰心自己就是一部历史。冰心生于 1900 年，卒于 1999 年，经历了整个 20 世纪，见证了清末、民国、新中国的更替变迁。她的祖父是清朝举人，毕生讲学；她的父亲是民国海军将领；她的丈夫是新中国的著名教授、社会学家，她自己的一生堪称 20 世纪中国知识分子和作家的缩影。当她用她那支纯粹的笔来回忆、来叙写自己的故土、自己的亲情、自己经历的这一切的时候，一部饱含深情、充满活力的 20 世纪个人史、家族史便诞生了。

其次，陈寅恪先生曾提出"诗史互证"的观点，认为诗文与历史是相互印证的，文学中有历史，有活灵活现的历史，历史中有文学，有暗藏真实的文学。所以用陈寅恪的观点来，冰心的乡情散文也是历史的一种，具有史学价值。

那么，这些乡情散文的史学价值究竟体现在哪些方面呢？我以为在以下三个方面。

提供了政治历史学史料。读《我的童年》《童年杂忆》《我的母亲》等，当文中涉及一些政治历史事件时，我不禁会想起司马迁《史记》中的"七十列传"，通过描述重要人物的言行和事迹来切入历史。冰心在平静朴实地回忆故土、亲人时，却活灵活现地"复活"了几段历史，让遥远、冰冷的历史有了家常式的亲切和生命的温度。

比如《我的母亲》里有一段涉及黎元洪被软禁在中南海的历史，冰心写道："我记得民国初期，袁世凯当总统时，黎元洪伯伯是副总统，住在车厂胡同（黎伯伯同我父亲是北洋水师学堂的同班同学，黎伯伯学的是管轮，我父亲学的是驾驶）。父亲却没有去拜访过。等到袁世凯称帝，一面把黎伯伯封为武义亲王，一面却把他软禁在中南海的瀛台里。这时父亲反常到瀛台陪他下棋谈话。我总听见母亲提醒父亲说：'你又该去看看黎先生了。'她听父亲说瀛台比我们家里还冷，也提醒父亲说：'别忘了多穿点衣服。'"[①]虽然冰心写母亲的心细体贴，但却带出了黎元洪被软禁的历史，透露出另一个信息：冰心父亲可以时常去陪黎元洪下棋，说明软禁还是较为宽松的。

---

① 冰心：《我的母亲》，《冰心诗文选》，福建少年儿童出版社 2016 年 1 月版。

再比如,《我的童年》里写了海军学校发生的一次政治风潮。"大概在这一年（1910 年）之前,那时的海军大臣载洵,到烟台海军学校视察过一次,回到北京,便从北京贵胄学堂派来了二十名满族学生,到海军学校学习。在一九一一年的春季运动会上,为着争夺一项锦标,一两年中蕴积的满汉学生之间的矛盾表面化了! 这一场风潮闹得很凶,北京就派来了一个调查员郑汝成,来查办这个案件。他也是父亲的同学。他背地里告诉父亲,说是这几年来一直有人在北京告我父亲是"乱党",并举海校学生中有许多同盟会员——其中就有萨镇冰老先生的侄子（?）萨福昌……而且学校图书室订阅的,都是《民呼报》之类,替同盟会宣传的报纸为证等等,他劝我父亲立即辞职,免得落个'撤职查办'。父亲同意了,他的几位同事也和他一起递了辞呈。"① 这段历史很有意思,清廷已经不稳了,民国的风潮暗流涌动,波及本属清廷的海校学生中。

还有《烟台是我们的》等文中从另一个角度写了中日甲午海战的部分片段;《我的老伴——吴文藻》涉及"七七事变""反右""文革"中知识分子的遭遇等历史事件,等等,冰心乡情散文里或显或隐、或明或暗的政治历史史料是很丰富的,它们为中国的大历史提供了生动的小细节和别样的小视角。

提供了社会学史料。在山东烟台的烟台上有一座英式小楼,白墙红瓦,清草翠绿,这里是冰心纪念馆。冰心纪念馆并非一直就有,它是由原东海关税务司官邸改建而成,建筑已有 100 多年历史,曾是冰心玩耍之地。纪念馆的建立选址、路小学少先队员绘制的冰心童年在烟台的足迹路线图,以及烟台博物馆征集到"烟台海军学堂全图"等,都是依据冰心在《我的童年》中描述的情形来复原建设、绘制和验证的。来到烟台后,冰心一家先后在会英街的海军采办厅、海军医院、海军练营、海军学堂等地方居住过,每一处住所都邻近大海。她的文字记录着她在烟台的"家"——烟台山下,与朝阳街交错的会英街,海军采办厅是冰心住的第一个地方,"我记得这客厅有一副长联'此地有崇山峻岭茂林修竹,是能读三坟五典八索九丘'。这是我开始识字的一个课本。""不久,我们又搬到烟台东山北坡上的

---

① 冰心:《我的童年》,《冰心诗文选》,福建少年儿童出版社 2016 年 1 月版。

一所海军医院去寄居。从廊上东望就看见了大海。""不久，我们翻过山坡，搬到东山边的海军练营旁边新盖好的房子里……是离海最近的一段。"① 如果说没有《我的童年》中对这一地方的详细描摹，那么今天的人们将无法看到烟台山一百年前的情形，一块平常之地因为有了这一段不平凡的历史，地域文化的意味便散发开来。这归功于《我的童年》，它提供了社会学方面的史料价值。

再比如，《祖父和灯火管制》一文中写到了福州第一家电灯公司："就在这一年（一九一一年），也许是第二年吧，福州有了电灯公司。我们这所大房子里也安上了电灯，这在福州也是一件新鲜事，我们这班孩子跟着安装的工人们满房子跑，非常地兴奋欢喜！我记得这电灯是从房顶上吊下来的，每间屋子都有一盏，厅堂上和客室里的五十支光，卧房里的光小一些，厨房里的就更小了。我们这所大房子里至少也五六十盏灯，第一夜亮起来时，真是灯火辉煌，我们孩子们都拍手欢呼！"福州电气公司向全城供电是在1911年，不是冰心记忆的第二年，冰心所住的三坊七巷是最早安装电灯的。电气公司是刘氏家族经营的，被福州百姓称为"电光刘"。冰心这篇回忆祖父的文章，从侧面记叙了当时电灯开通时的盛景。为我们了解当时的社会经济情况提供了史料。

冰心多篇散文谈到自家的对联，福州家里、北京家里的都有谈到，这些对联也是我们了解当时社会文化的窗口。

提供了民俗学史料。冰心的乡情散文涉及的民俗民风很多，大部分是闽地风俗，内容甚是丰富。《我的父母之乡》写了传统的南后街灯市；《我家的对联》写了端午节"续命丝"；《我的小舅舅》写了民歌"耿间祭"；《漫谈过年》写了春节山东的"耍花会"，特别是金钩寨的花会；《童年杂忆》写了乌石山上的吕祖庙；等等。

其中最有趣、最有民间特色的是《我有另一个名字》中写到的"寄生""过关"习俗。冰心写道："我生下来多病。姑母很爱我的父母，因此也极爱我。据说她出了许多求神许愿的主意，比如说让我拜在吕洞宾名下，作为寄女，并在他神座前替我抽了一个名字，叫"珠瑛"，我们还买了一条

---

① 冰心：《我的童年》，《冰心诗文选》，福建少年儿童出版社2016年1月版。

牛，在吕祖庙放生——其实也就是为道士耕田！每年在我生日那一天，还请道士到家来念经，叫做"过关"。这"关"一直要过到我十六岁，都是在我老家福州过的，我只有在回福州那个时期才得"恭逢其盛"！一个或两个道士一早就来，在厅堂用八仙桌搭起祭坛，围上红缎"桌裙"，点蜡，烧香，念经，上供，一直闹到下午。然后立起一面纸糊的城门似的"关"，让我拉着我们这一大家的孩子，从"关门"里走过，道士口里就唱着"××关过啦""××关过啦"，我们哄笑着穿走了好几次，然后把这纸门烧了，道士也就领了酒饭钱，收拾起道具，回去了。"① 这一段写出了一个"小孩好玩、大人认真"的习俗，"小孩好玩"说明这一习俗是带有迷信性质的，"大人认真"说明了过去人们精神信仰的一种，"认真"的神秘被"好玩"的应付所消解了。其实，取另一个名字寄拜在吕洞宾名下，达到消灾祛病的目的，是一种让人深思的习俗，它延伸到中国古老的文化内里去了。

这些例证充分说明了冰心乡情散文的史学价值，这是否意味着我们在享受冰心文学魅力的同时，又感受到了文学额外的史学馈赠呢。

四

我们该谈到冰心乡情散文的文学价值和文学意义了。

八十八岁时，冰心说："我的生命是从八十岁开始的。"② 这是饱经人世和写作的沧桑之后，冰心说出的一句意味深长的话。要开始，就得收藏或者告别，她要收藏或者告别什么呢？复杂的思想、动荡的时代、纷扰的人事、不安的内心……无论是什么，生命重新开始至少意味着忠诚于自我、忠诚于内心的选择，过自己想要的生活，写自己想写的文字。我们无法判断她的俗世生命是否从八十岁开始，但我们可以判断她的第二次写作生命是从八十岁开始的。八十岁之后，冰心留下了丰富的回忆故土、故人的乡情散文，这些散文的艺术成就并不亚于她年轻时的《繁星》《春水》《寄小读者》，也不亚于她中年时的意识形态突出的文字，回到生命本真的第二次

---

① 冰心：《童年杂忆》，《冰心诗文选》，福建少年儿童出版社 2016 年 1 月第一版。

② 张慧贤、张慧舒、张慧格：《生命从八十岁开始——访中国著名作家冰心》，《瞭望》周刊海外版，1987 年 5 月 11 日。

写作，因为有了八十年人生价值的深微透悟，有了生命境界的超然洒落，有了炉火纯青的语言表达，从而有了全新的写作收获。冰心在八十八岁接受采访时，回忆她"第二次写作生命"的"畅快"感受，她说："十几年来，我还没有这样畅快挥写过，我的回忆像初融的春水，涌溢奔流。这就使我睡眠也少了，'晓枕心气清'，这些回忆总是使人欢喜而又惆怅地在我心头反复涌现。"① 这的确是一种自由快乐的写作状态，日常回忆充满诗性，"心气清"的人生态度，把曾经复杂的人生和写作引入了澄明之境。这是否能理解为冰心晚年系列乡情散文所具有较高文学价值和文学意义的深层原因呢？

评价一个作家的作品是否具有出色的文学价值和意义，我以为有两个参照系，一个是这些作品是否拥有了鲜明的、独创性的、有一定影响力的美学特征；另一个是这些作品是否拥有了征服一代又一代读者的感染力。前者是作品本身和文学史的价值，后者是阅读影响力的价值。

应该说，冰心晚年的乡情散文已经具有了鲜明的带有个人风格的美学特征。如果要概括这些乡情散文的美学特征，我以为是两个词：澄明，深粹。

何为澄明？德化的白瓷，和田的玉，南非的钻石，北极的冰，都可称为澄明，但这只是澄明外在的形态，真正的澄明是如朱光潜所说的"秋潭月影，澈底澄莹"，是深流的澄莹，是朦胧摇曳的澈底。澄明既是一种生命境界，也是一种文字境界，只有当生命进入清澈明了的境界之后，才有可能出现写作上的澄明境界。"生命从八十岁开始的"冰心老人悟透了物质世界的一切，她只享受"涌溢奔流"般的"畅快挥写"，她用"使人欢喜而又惆怅地"回忆来书写，写出她记忆中的故土、亲人，写出她最真的精神世界。随便挑出一段文字读一读吧："我的小舅舅杨子玉先生，是我的外叔祖父杨颂岩老先生的儿子。外叔祖父有三个女儿，晚年得子，就给他起名叫喜哥，虽然我的三位姨母的名字并不是福、禄、寿！我们都叫他喜舅。他是我们最喜爱的小长辈。他从不腻烦小孩子，又最爱讲故事，讲得津津有

① 张慧贤、张慧舒、张慧格：《生命从八十岁开始——访中国著名作家冰心》，《瞭望》周刊海外版，1987 年 5 月 11 日。

文。我在网上读到了一些今天的读者关于冰心散文的留言，这些普通读者说出的是真心感受，比如叫殇城的网友留言："她将人生所有的感受，从容地舒展开来，让时人细细品尝，她源于那真切的心灵，对生活充满挚爱的心灵，于是，语言文字，从这里出发，汇成浩瀚的大海。这里奔流与汇聚的路途中，没一缕清亮的智泉，洗条着一棵被世俗尘染的心。"[①] 叫华雨的网友留言："很喜欢冰心的散文和诗歌，那时候的人写的东西真是纯净得透明，我不太喜欢现在很多人的文，简单、干净、温暖、澄明，就是冰心的风格。"[②] ……这或许是很多读者阅读心声的代表吧。

冰心的乡情散文和她的读者将会永远年轻。

（石华鹏　《福建文学》执行副主编）

---

① 转引自 https：//book. douban. com/subject/1028540/
② 转引自 https：//book. douban. com/subject/1028540/

凝练如诗，舒展如文

——论冰心散文诗语言的艺术魅力

张 翼

摘 要：冰心散文诗的语言融合散文语言的舒展自然与诗歌语言的精巧凝练，注意语言外在节奏感和音律美的同时，更专注于语言的内在韵美，追求内在情思旋律与语言流动的配合，体现其语言节奏对内容的重视。冰心善于捕捉情感的内在律，通过语言的欧化和口语的灵活运用，自由不拘地把现代生活的瞬时意绪抒发出来，不露痕迹地将繁复的内在意识与深刻哲理予以暗示，涵容现代性的生活体验与精神困境。冰心的语言文白融化、散中带骈、文中有诗，兼有中西之长，既涵盖散文诗语体的共性，又体现作家语言风格的个性。

关键词：冰心 散文诗 语言 艺术 特征

五四时期，冰心的名字第一次出现《晨报》副刊时，便成为文坛上一颗冉冉升起的新星。她以连续发表的《两个家庭》《斯人独憔悴》《去国》等问题小说初露头角，以抒情小诗集《繁星》《春水》获得诗人的美名，几乎同时，又以《往事》和《寄小读者》为总题的两大散文系列，显示了散文创作的才华，奠定了她作为杰出青年女作家的地位。新文学伊始，沈从文、茅盾、郁达夫、阿英等人对冰心在小说、小诗、散文方面的成就与特色都给予概括和肯定。新中国成立后，对冰心问题小说、春水体小诗、冰心体散文方面的研究成果斐然，但对其散文诗的创作却较少关注和肯定。究其原因，一方面是作家本人尚未形成散文诗文体创作的理论自觉，从未提及自己这方面的创作感受；另一方面，散文诗介于自由诗与散文之间，文体边界不容易界定，导致它时常被归入散文创作中而忽略其艺术特性。笔者认为冰心作为一位优秀的文体家，忽略其在散文诗方面的创作成绩将无法客观、全面的评价其对新文学的贡献，也无法细致勾勒出散文诗作为新文体在现代文学中创立、发展的完整脉络。本文试从语言层面切入探讨冰心散文诗创作方面的突出成就与独特的艺术魅力。

一、兼具散文语言的舒展自然与诗歌语言的精巧凝练

散文诗的修辞炼句既有诗歌语言的精巧、凝练，又具有散文语言自然舒展、形象明快的特点。这使它不仅可以对细节、物象、事件作细致生动的描述，还适宜灵动地再现内心深处朦胧、欲说还休的心理状态。冰心的散文诗作品很好地体现了其所追求的"欲语又停留"的含蓄之美和自然畅达的率真个性，把自身的生命体验与外部世界深蕴的生命意味合为一体，构成其独特的语体个性。

冰心的散文诗之所以充满魅力与其"文中有诗"的语言特点分不开。她的描写有流水行云式的从容自在，畅达而婉约，缠绵而俊爽。同时，她还善于在文中引用、化用古诗词，追求诗情画意，语句凝练精美。发表于1921 年 1 月《小说月报》第 12 卷第 1 号的成名作《笑》，是新文学初期引人注目的一篇散文诗，当然，也有不少文选把它当作清新典雅的美文范本。

《笑》仅用几百字就展现了作者在苦雨孤灯下受到自然美景触发后的心理流动过程及其思考的完成，典型地表现了散文诗的抒情特点：以突发的感触为出发点，将微妙的心灵反应和瞬间领悟展示出来，书写物我同游的想象或幻想。作品开头展现一幅清丽的画面：雨声渐渐的住了，窗帘后隐隐的透进清光来，推开窗户一看，呀！凉云散了，树叶上的残滴，映着月儿，好似萤光千点，闪闪烁烁的动着。——真没想到苦雨孤灯之后，会有这么一幅清美的图画！

冰心对客观景物进行形象描绘时，自然巧妙地将古典诗文中有生命力、表现力的文言词汇融合进去，创造深邃优美的意境，使画面清新秀丽中透出古朴典雅之美。"清光""凉云""残滴""萤光千点""月儿""苦雨""孤灯"等这些古诗文中的词语恰到好处地描绘了雨后的美景，且注重词语的修饰，传达出鲜明的个体感受：云凉而滴残，雨苦而灯孤。从文言词汇吸收营养以丰富语言的方法使散文诗的语言具有诗句的清丽凝练与优雅蕴藉。

清美和谐的自然美景与苦雨孤灯下人的寂寞、孤独形成对比，不禁引发心灵的波动，面对幽辉里浮现的安琪儿画像不由浮想联翩："这笑容仿佛在那儿看见过似"，此时，作者的"外在动作"消失了，而"心灵动作"开始了：拉开默想的心幕，冰心用自然舒展的语言描绘了两幅画面：先是五年前雨后的古道旁，绿树笼罩湿烟，新月挂在树梢，一个孩子"抱着花儿，赤着脚儿，向着我微微的笑"。继之是十年前农家门前，麦垄新黄，果叶嫩绿，月出海面，一个老妇人"抱着花儿，向着我微微的笑"。先是低吟童心的纯洁天真，后质朴地轻唱慈祥温柔的母爱。最后绾结全篇："这时心下光明澄静，如登仙界，如归故乡。眼前浮现的三个笑容，一时融化在爱的调和里看不分明了。"

作品超越时空和虚实，融合仙界和故乡，心契上天使者与世间凡人。冰心将灵魂抒情性的动荡完整地呈现在散文诗中，内心初始孤寂，继而感动，终于从忧郁的苦闷走向了圣洁的宁静。人性之美的清光也照亮读者的心头，只要有伟大的爱心，就会有永恒的微笑。文学艺术的价值不在于反映现实的具体苦难，生活已给我们够多的艰辛，诗的使命更在于给苦难中孤苦无告的人以希望和慰安。冰心所宣扬的"爱"与"美"，作为一种面对苦难的方式，是鉴于苦难是客观事实，既然无法回避它的存在，就要以积极的态度在更高的价值层面超越它，即以爱与美的"价值真实"克服人世苦难的"事实真实"。冰心对"忧郁"和"烦闷"的思考实质上指向人为什么存在和存在于何处这两个古老而永恒的终极问题，是发自于存在深渊的最深层，不是每个时代，每个人都能轻易提出的。只有身处时代的苦闷，感受到来自生命本体的紧张与分裂，才会提出生命本体的存在之思。正是对这些问题的思考，使她的作品展现了那个时代中国人深层的存在状况，表达了时代最深切的痛苦，在文学之展示存在的本质意义上，具有不容忽视的文化意义，其受到当时青年人的最热烈响应，亦在情理之中。阿英曾言："青年的读者，有不受鲁迅影响的，可是，不受冰心文字影响的，那是现得那么明显，它的韵律是内在的，只能靠感觉才能体会它的存在。这种内在的韵律，郭沫若称之为"情绪的自然消涨"，"诉诸心而不诉诸耳"，是具有内在音乐精神的"裸体的美人"。① 散文诗的语言节奏主要是内在节奏，包括情绪节奏和言语因素的独特组合。诗人穆木天在《谭诗——寄沫若的一封信》中也曾谈到散文诗的旋律："读马拉美（Stépha ne Mallarmé）的《烟管》（la Pipe），他的调子总是诗的律动。散文诗是旋律形式一种，如可罗迭尔（Claudel）的节句（Versct）为旋律的形式之一种一样。我认为散文诗不是散文，poème en prose 不是 prose，散文诗是旋律形式之一种，是合乎一种内容的诗的表现形式。"②

冰心的散文诗注意语言外在节奏感和音律美的同时，更专注于语言的内在韵美，追求内在情思旋律与语言流动的配合，体现其语言节奏对内容的重视。她专注于外在语音对思想内容的呼应与回响，正如英国诗人亚历山大·蒲伯所说的那样"声音应是意义的回声"③。冰心以顺乎内心情感的律动来组织语言，让语言的情韵之美从心灵对题材的精微感觉中去自然流淌，让情感在无拘无束的语言中获得自在和谐的表达。试看冰心在《往事二·之三》中的吟咏：

今夜林中月下的青山，无可比拟！仿佛万一，只能说是娟娟的静女，虽是照人的明艳，却不飞扬妖冶；是低眉垂袖，璎珞矜严。

流动的光辉之中，一切都失了正色：松林是一片浓黑的，天空是莹白的，无边的雪地，竟是浅蓝色的了。这三色衬成了宇宙，充满了凝静，超逸，与庄严；中间流溢着满空幽哀的神意，一切言词文字都丧失了，几乎不容凝视，不容把握！

今夜的林中，决不宜于将军夜猎——那从骑杂沓，传叫风声，会踏毁了这平整匀纤的雪地；朵朵的火燎，和生寒的铁甲，会缭乱了静冷的月光。

今夜的林中，也不宜于燃枝野餐——火光中的喧哗欢笑，杯盘狼藉，会惊起树上稳栖的禽鸟；踏月归去，数里相和的歌声，会叫破了这如怨如

① 郭沫若：《论诗三札》，《郭沫若全集》十五卷，北京：人民文学出版社，1990，337—338 页。
② 陈淳、刘象愚主编：《穆木天文学评论选集》，北京：北京师范大学出版社，2000，139—140 页。
③ 聂珍钊：《英语诗歌形式导论》，北京：中国社会科学出版社，2007，139 页。

慕的诗的世界。

今夜的林中，也不宜于爱友话别，叮咛细语——凄意已足，语音已微；而抑郁缠绵，作茧自缚的情绪，总是太"人间的"了，对不上这晶莹的雪月，空阔的山林。

今夜的林中，也不宜于高士徘徊，美人掩映——纵使林中月下，有佳句可寻，有佳音可赏，而一片光雾凄迷之中，只容意念回旋，不容人物点缀。

我倚枕百般回肠凝想，忽然一念回转，黯然神伤……

冰心除了让双声叠韵等外在纯音上的节奏来配合语言的流动，还靠句式、语调、语速等形式帮助传达内部情感的节奏旋律，较多在句法上采用复沓、排比、对称、反复等修辞手法，使"言之长短"与"声之高下"配合着内在情思而婉转流淌。一连四个"今夜的林中……不宜于……"的否定句式为下文山重水复之后遥见的柳暗花明——"今夜的青山只宜于这些女孩子，这些病中倚枕看月的女孩子"做铺垫！巧妙的排比兼对比手法，将"将军夜猎"的情景与夜林的"平整匀称"、"静冷"作比较，一连四个对比，凸现了自然环境与人世生活的和谐融合的重要性。前四个"……不宜于……"又合成一个整体与后面的"只宜于……"形成反比，句子与句子间通过广泛的意义联结，强调此情此景只适宜细腻温柔又微带忧愁的少女情怀萦绕其间。"往者如观流水——月下的乡魂旅思，或在罗马故宫，颓垣废柱之旁；或在万里长城，缺堞断阶之上；或在约旦河边，或在麦加城里；或超渡莱茵河，或飞越落矶山；有多少魂消目断，是耶非耶？只她知道！"更是任自己的思想驰骋神游，符合现代人瞬间变化的复杂意绪。凭借语言外在的音乐性又如何能从"天国泥犁"泛入"七宝莲池"，再去"参谒白玉帝座"，最终回归"万能的上帝"！这里不乏有精致的文言的情韵之美，但更多涌动的是幽微、复杂的现代意识流、情绪流，必须以内在节奏的秩序为主导的"内在律"才能应对裕如。散文诗的语言也是作者自觉地艺术加工，但是，这种"自觉"受着内心情感节奏的支配，是心灵伴随客观事物产生的和谐共鸣。冰心的内在节奏在笔下自然溢出，引领着或长、或短、或偶、或奇的字句，其中的对称、排比、反复、反问等修辞手法使用也不严谨，不以诗行为单位，而以情绪为单位。"这一切，融合着无限之生，一确地表达或传达给读者，需要对细节和场景的描写，对周遭事物关系的交代，但又不能拘泥于现实物象或场景，而是以此为桥梁，通过书写客观景象的心理体验来展开复杂的内心世界，暗示出作者丰富灵动、精微深奥的心灵世界。

冰心对情节的概括性交代和对莲花的抒情性描写，既不是单纯抒情性的，也不是故事性的展开，而是情理交融，带着很强的哲理性。她的语言较之散文的语言无疑更经济、含蓄、紧凑。散文诗浓缩情节，强化情绪，用短小的篇幅包容深广的内容，比之散文更为精粹、凝练。散文诗的叙述是点式或片段式，甚至是诗意的叙述，而散文则多是过程性叙事、再现性的叙述，叙事本身就可以是主要目的。冰心的散文诗中，叙事往往只是手段，不作平面化的叙事，更注重意象的营造和象征的妙用。或者，只将引入的情节作为桥梁，通过它抒发情怀，启发哲思。叙事只是手段，抒情、哲理才是目的。冰心的散文诗不追求情节的完整，既依傍叙述，又超越叙述，不是着重铺叙事件的过程，不完整详尽地描写，事件、景物或人物只是一掠而过或某种概括性点染，唯有蕴含作者生命体验的细节："雨点不住的打着，只能在勇敢慈怜的荷花上面，聚了些流转无力的水珠"才是书写的关键。荷叶为莲花独自抵御暴风雨吹打的描写构成具有暗示性色彩的意象和象征化的情境，深情地揭示了作者生命体验中母爱处变不惊、不畏强暴、柔韧刚强、自我牺牲的精神品性。这一意蕴冰心后来在《关于女人》等散文里也有相似的题旨阐发，但与这篇散文诗相比，缺少了这种浓郁的抒情意味和普遍的哲理性概括。

法国诗人波德莱尔在《异教派》中所强调："文学应该到一种更好的氛围中锤炼它的力量。"[①] 冰心通过象征性的语言艺术赋予作品知性的内涵，蕴含智性之美。历史说的是个别的，诗写的是普遍的，因而诗更接近于哲学。朱光潜先生认为，诗虽不是讨论哲学和宣传宗教的工具，但是它的后面如果没有哲学和宗教，就不易达到深广的境界。冰心的散文诗多层次、多角度地力求实现这一要求，诗意地抒发情感，深刻地揭示哲理。她的叙

---

① （法）波德莱尔：《波德莱尔美学论文选》，郭宏安译，北京：人民文学出版社，1987：第50页。

事与写人并不限于和抒情融合，更多的是为了揭示普遍的哲理。例如《往事一·十四》中姊弟关于大海的对话：

涵说："假如有位海的女神，她一定是'艳如桃李，冷若冰霜'的。"我不觉笑问："这话怎么讲！"

涵也笑道："你看云霞的海上，何等明媚；风雨的海上，又是何等的阴沉！"

杰两手抱膝凝听着，这时便运用他最丰富的想象力，指点着说："她……她住在灯塔的岛上，海霞是她的扇旗，海岛是她的侍从；夜里她曳着白衣蓝裳，头上插着新月的梳子，胸前挂着明星的璎珞；翩翩地飞行于海波之上……"

楫忙问："大风的时候呢？"杰道："她驾着风车，狂飙疾转的在怒涛上驱走；她的长袖拂没了许多帆舟。下雨的时候，便是她忧愁了，落泪了，大海上一切都低头静默着。黄昏的时候，霞光灿然，便是她回波电笑，云发飘扬，丰神轻柔而潇洒……"

这一番话，带着画意，又是诗情，使我神往，使我微笑。

楫只在小椅子上，挨着我坐着，我抚着他，问："你的话必是更好了，说出来让我们听听！"他本静静地听着，至此便抱着我的臂儿，笑道："海太大了，我太小了，我不会说。"

我肃然——涵用折扇轻轻的击他的手，笑说："好一个小哲学家！"

涵道："姊姊，该你说一说了。"我道："好的都让你们说尽了——我只希望我们都像海！"

杰笑道："我们不配做女神。也不要'艳如桃李，冷若冰霜'的。"

他们都笑了——我也笑说："不是说做女神，我希望我们都做个'海化'的青年。像涵说的，海是温柔而沉静。杰说的，海是超绝而威严。楫说的更好了，海是神秘而有容，也是虚怀，也是广博……"

姐弟圈坐，仰望星河，通过三个弟弟对大海的不同感受与描绘，体现各自不同的个性和追求，更重要的是用暗示性语言创造复杂多义的意象，把读者从生活的普通物象"大海"引向哲理的"人生"思考层面。散文诗的开头，两次提到嫌海太单调，因此搁笔，默然无语。通过与弟弟们的对话，展现大海的温柔而沉静、超绝而威严的性格和虚怀而广博的胸怀、品性。作品对海的描写极为简洁，点到即止。冰心笔下大海的风姿与品性，其实是作者心中的理想人格，表面写大海，实为寄托人生感受和理想追求。从最初嫌海"太单调了"，而引发讨论，到结尾"反复地寻味——思想"作结，启迪人们去发现、挖掘生活中的美和潜在的无限力量，扩大了作品的内涵容量，也增加了寓意的哲理性，给读者更多的暗示和思考空间。

鲁迅的散文诗语言也富含深意，其中缠夹大量文言虚字，如《希望》中短短的篇章插入许多转折性虚词——8个"然而"和5"但"，造成语言节奏的"迂缓结鸠"[1]，形成沉郁冷峻的语言风格。相比，冰心即使富有哲思的语言也显得清丽畅达，虽在思想的深广度上不能与鲁迅相比，但易为读者接受。冰心发挥丰富的想象创造美好的艺术境界，在优美的意境中提出对人生问题的思考，对存在价值的探寻。《山中杂感》这样描述，"岩石点头，草花欢笑。造物者呵！我们星驰的前途，路站上，请你再遥遥的安置下几个早晨的深谷！"语言的清丽优美并不影响她对存在意义的追寻："陡绝的岩上，树根盘结里，只有我俯视一切。——无限的宇宙里，人和物质的山，水，远村，云树，又如何比得起？然而人的思想可以超越到太空里去，它们却永远只在地面上。"在美好的情境中，作者抒发了体验自我生命力和探索浩瀚宇宙的自豪感。

冰心的散文诗往往能在如诗似画般的抒情美感里从容传达内心世界的玄妙和理性感悟。如《霞》中，由英文《读者文摘》上的句子而引发思考：一个生命入到了"只是近黄昏"的时节，落霞也许会使人留恋，惆怅。但人类的生命是永不止息的。地球不停地绕着太阳自转。东方不亮西方亮，我窗前的晚霞，正是美国东海岸的慰冰湖水上走去……。散文诗至此戛然而止，余味悠长，倾诉对美好自然珍爱之情的同时也揭示其蕴藏的人生智慧。冰心散文诗所写的人、事、物多数是象征意义上的，目的是为引发作者的情思，这些人物、事件或景象的"点"或"面"都与作者内心某些意绪相通，一经触动，就引起了强烈的主观情绪的波动。如《往事一·一》里，通过朋友提及"来生"而引发对生命历程与价值的思索："假如生命是乏味的，我怕有来生。假如生命是有趣的，今生已是满足的了！"她的作品

---

① 李欧梵：《铁屋中的呐喊》，尹慧珉译，石家庄：河北教育出版社，2000，60页。

不仅折射出人们内在心灵绝对真实、美好的光辉，还通过搭建情感的云梯，通往理性世界，承担起将烦闷、压抑、饱受摧残的生命上升到澄明、理想之境的精神使命。沈从文这样概括她的影响："冰心女士的作品，以一种奇迹的模样出现，生着翅膀，飞到各个青年男女的心上去，成为无数欢乐的恩物，冰心女士的名字，也成为无人不知的名字了。"①

冰心觉得自己的笔力宜散文而不宜诗，后来她在《我的文学生活》《关于散文》《谈散文》《漫谈散文》诸篇里都一再说明喜爱散文的理由是散文比诗自由灵活，更便于即兴抒写心中的真情实感，及时感应人生的变幻多姿，充分葆有美感的鲜活生趣。冰心并不是不喜欢或不善于诗歌创作，最早的小诗集《繁星》《春水》曾风靡一时，后来她也发表了不少的自由诗。只是小诗的篇幅太短，而自由诗的形式束缚太多，而散文诗保存诗的内容而采用散文的体式，用诗意的语言更好的表达出作品的内容和韵味，既吸收了自由诗表达主观心灵和情绪的功能，又有散文自由舒展、抒情颂物的功能。冰心不自觉中创作了许多优秀的散文诗作品，只是散文诗的外在体式与散文相似，导致她的散文诗常混在散文中并没有区别对待，也鲜有研究者专门论及其艺术成就。众多周知，冰心早年阅读了泰戈尔的散文诗集《吉檀迦利》《园丁集》《新月集》等，还亲自翻译了泰戈尔的散文诗集，并坦诚自己的写作受到泰翁的影响。多数人只看到她提及的《繁星》《春水》的写作受到泰戈尔的启发，其实，她的散文诗创作也深受影响，被徐志摩认为是神形毕肖的泰戈尔的私淑弟子，最得泰氏思想和艺术的精髓。此外，她还翻译了黎巴嫩哲人纪伯伦的散文诗集《先知》。可见冰心对散文诗这种体式的认同与喜爱。冰心深谙"因情立体，即体成势"（《文心雕龙·定势》）的创作规律，顺应情思涌动而设体蓄势，语言自然流布，根据不同的内容与情思创作了小说、小诗、自由诗、散文、散文诗等不同的文学体裁，不愧为涉猎广泛的文体家。

（张翼　福建警察学院副教授）

---

① 沈从文：《论冰心的创作》，《冰心研究资料》，范伯群等编，北京：知识产权出版社，2009，196 页。

早期新诗话语场域中的"小诗"

——以冰心为考察中心

伍明春

　　"小诗"曾是早期新诗写作潮流中的一个"热词",因而也构成早期新诗话语场域结构中的一个突出部分。作为新文学的一位重要参与者,冰心在五四时期的新文学创作成绩颇为丰富,涵盖小说、诗歌和散文等多种文类。冰心的新诗写作又以"小诗"著称,《繁星》《春水》是其代表作,影响了几代读者,至今仍是中小学语文课外阅读的推荐书目之一。

　　在既有的相关研究论著中,大多数论者往往要么仅仅把小诗作为五四新文学创作整体成就的一小部分而一笔带过,要么把小诗当作是新诗的"芽儿"而简要阐释其意象、语言、影响来源等方面内容,鲜有把当时的小诗写作当作一个整体,深入挖掘其内部的艺术生态与外部语境的关系。关于冰心小诗的研究就是一个显著例证。不少论者都倾向于把冰心小诗当作一个孤立的对象加以论述。本文试图把以冰心诗作为代表的小诗置于早期新诗话语场域中,尽可能全面地梳理、还原、辨析当日的真实语境,考察其在早期新诗寻求合法性过程中的特殊作用。

小诗与新诗话语危机

　　自 1917 年胡适在《新青年》杂志发表第一批白话诗作品之后,早期新诗一度受到追求新潮的青年读者们的狂热追捧。但这种阅读和写作的热度很快就渐渐消退下去,新诗坛出现了朱自清所说的"中衰"之势。究其深层原因,主要在于早期新诗作品艺术性的匮乏。而在早期新诗被普遍唱衰的情势之下,以冰心、宗白华等人为代表性作者的小诗的出现,为早期新诗艺术话语寻求突破提供了一种新的可能。

周作人可以说是五四时期小诗写作的一位最有力的推动者。周作人不仅亲力亲为，翻译、介绍了不少希腊、日本的小诗作品，为本土写作者提供了文本方面的参照，还从理论层面细致梳理小诗独特的艺术来源，使之与早期新诗的写作实践实现某种对接："中国的新诗在各方面都受欧洲的影响，独有小诗仿佛是在例外，因为他的来源是在东方的：这里面又有两种潮流，便是印度与日本，在思想上是冥想与享乐。"① 不仅如此，周作人还颇为精当地概括了小诗作为一种诗歌写作的基本艺术特征："我们在日常生活中，随时随地都有感兴，自然便有适于写一地的景色，一时的情调的小诗之需要。不过在这里有一个条件，这便是须成为一首小诗——说明一句，可以说是真实简练的诗。本来凡诗都非常真实简练不可，但在小诗尤为紧要。所谓真实并不单是非虚伪，还须有迫切的情思才行，否则只是谈话而非诗歌了。"② 在周作人看来，所谓"真实简练"的艺术要求，落实到具体文本层面，就是"小诗的第一条件是须表现实感，便是将迫切感到的对于平凡事物之特殊的感兴，迸跃地倾吐出来，几乎是迫于生理的冲动，在那时候这事物无论如何平凡，但已由作者分与新的生命，成为活的诗歌了。"③ 这种重视现实性的艺术主张，和五四新文学主潮可谓遥相呼应。

上述周氏关于小诗的翻译介绍和理论鼓呼，在当时的青年作者中产生了不小的影响，其中最为显著的，恐怕是他的得意门生冰心。后来冰心在《我是怎样写〈繁星〉和〈春水〉的》一文中隐约提及这层师承关系："泰戈尔的《飞鸟集》是一本诗集，我的《繁星集》是不是诗集呢？在这一点上我没有自信力，同时我在写这些三言两语的时候，并不是有意识地在写诗，（我上新文学的课，也听先生讲过希腊的小诗，说是短小精悍，像蜜蜂一样，身体虽小却有很尖利的刺，为讽刺或是讲些道理是一针见血的等等。

---

① 周作人：《论小诗》，作于 1922 年，引自周作人著、止庵校订：《自己的园地》，河北人民出版社 2002 年，第 45 页。

② 周作人：《论小诗》，作于 1922 年，引自周作人著、止庵校订：《自己的园地》，河北人民出版社 2002 年，第 47 页。

③ 周作人：《论小诗》，作于 1922 年，引自周作人著、止庵校订：《自己的园地》，河北人民出版社 2002 年，第 48 页。

而我在写《繁星》的时候，并没有想到希腊的小诗)"① 显然，冰心更认同自己的小诗写作主要受到泰戈尔《飞鸟集》等作品的影响，她曾在诗前小序中这样叙述《繁星》的写作背景："一九一九年的冬夜，和弟弟冰仲围炉读泰戈尔（R. Tagore）的《迷途之鸟》（Stray Birds），冰仲和我说：'你不是经常说有时思想太零碎了，不容易写成篇段么？其实也可以这样的收集起来。'从那时起，我有时就记下在一个小本子里。"② 冰心在这里一方面交代了其小诗写作的缘起和影响来源，另一方面也隐约地道出小诗的某种形式特征。

有意思的是，冰心早在 1923 年写的《中国新诗的将来》一文中，就曾夫子自道，以《春水》中的一首小诗为例，开始反思自己的小诗写作存在的各种问题："为做这篇论文，又取出《繁星》和《春水》来，看了一遍，觉得里面格言式的句式太多，无聊的更是不少，可称为诗的，几乎没有！"进而推及关于新诗写作艺术普遍性问题的思考："偏于理智判断的；言尽而意索然，一览无余的；日记式，格言式的句子，只可以叫作散文，不能叫作诗。"③ 冰心在这篇文章里还专门谈到新诗与外国诗歌的关系，冰心在当时就十分清醒地认识到，新诗应建立起一种艺术上的自主性，鲜明地指出："'中国的新诗'，不应以神似译品为止境。明了清楚，本是新诗的长处，我们要小心不要使它反而成为空泛拖沓，成了它的短处。"④ 最后一句话尤其值得注意，实际上体现了冰心对"新诗老祖宗"胡适新诗观念的一种反拨。与之相呼应，冰心也从艺术性的角度出发，认为自己的小诗写作艺术水准不高："现在，我觉得，当时我之所以不肯称《繁星》《春水》为诗的缘故，因为我心里实在是有诗的标准的，我认为诗应该是有格律的——不管它是新是旧，音乐性是应该比较强的。同时情感上也应该有抑扬顿挫，，三言两语就成一首诗，未免太单薄太草率了。因此，我除了在二十岁前后，一口

---

① 冰心：《我是怎样写〈繁星〉和〈春水〉的》，《语文学习》1981 年第 1 期。

② 冰心：《繁星·自序》，卓如编《冰心全集》第一册，福州：海峡文艺出版社 2012 年，第 236 页。

③ 冰心：《中国新诗的将来》，卓如编：《冰心全集》第一册，福州：海峡文艺出版社 2012 年，第 523 页。

④ 冰心：《中国新诗的将来》，卓如编：《冰心全集》第一册，福州：海峡文艺出版社 2012 年，第 526 页。

气写了三百多段'零碎的思想'之外，就再没有像《繁星》和《春水》这类的东西。"① 冰心在这里所说的"诗的标准"，更多的是体现为中国古典诗歌的艺术标准。以中国古典诗歌的艺术标准来衡量刚刚萌芽的新诗，后者的幼稚与孱弱不言自明，其结果，就是冰心的新诗写作自此戛然而止。

作为小诗写作的另一位重要作者，宗白华更倾向于把其写作的影响来源归结为中国的传统诗歌："唐人的绝句，像王、孟、韦、柳等人的，境界闲和静穆，态度天真自然，寓秾丽于冲淡之中，我顶喜欢。后来我爱写小诗、短诗，可以说是承受唐人绝句的影响，和日本的俳句毫不相干，泰戈尔的影响也不大。只是我和一些朋友在那时常常喜欢朗诵黄仲苏译的泰戈尔《园丁集》诗，他那声调的苍凉幽咽，一往情深，引起我一股宇宙的遥远的相思的哀感。"② 尽管承认了泰戈尔的影响，该文中还提及歌德小诗的影响，但宗白华在这里要表达的，主要还是刻意地强调其诗歌写作的古典诗歌资源。这个姿态是颇具意味的，不仅体现了宗白华本人为争取当时新诗坛话语权而提出的某种诉求，也表明早期新诗写作话语的多元性和来源的复杂性。

无论受到何种中外艺术资源的影响，一个不争的事实是，冰心、宗白华之后，包括俞平伯、汪静之、潘漠华、冯雪峰、徐玉诺等更多作者参与到小诗的写作中来，使小诗话语一时蔚为早期新诗的重要话语类型。

冰心小诗的话语特征

周作人曾将小诗置于早期新诗的话语场域结构中，为小诗的话语特征作了如下定位："近年新诗发生以后，诗的老树上抽了新芽，很有复荣的希望；思想形式，逐渐改变，又觉得思想与形式之间有重大的相互关系，不能勉强迁就，我们固然不能用了轻快短促的句调写庄重的情思，也不能将简洁含蓄的意思拉成一篇长歌：适当的方法唯有为内容去定外形，在这时

---

① 冰心：《我是怎样写〈繁星〉和〈春水〉的》，《语文学习》1981 年第 1 期。

② 宗白华：《我和诗》（此文作于 1923 年），宗白华：《流云小诗》，合肥：安徽教育出版社 2006 年，第 5—6 页。

候那抒情的小诗应了需要而兴起正是当然的事情了。"① 在这里，周作人为小诗的内容和形式两方面的特殊艺术要求作了一种初步的规划，也点出了小诗与其他新诗体例之间的相互补充关系。以此论来观照冰心的小诗写作，应该说是恰当的、有效的。

冰心开始小诗写作，是在其小说、散文作品已经在文坛获得一定声名之后。毋庸置疑，当作者在新文坛上获得某种文化身份（文化资本）之后，冰心小诗的接受效应自然也得到加强。另一方面，冰心的《繁星》《春水》两部小诗集在出版单行本之前②，分别发表于 1922 年 1 月 1 日至 1 月 26 日的《晨报副镌》和 1922 年 3 月 21 日至 31 日，4 月 11 日至 30 日，5 月 15 日至 30 日，6 月 2 日至 30 日的《晨报副镌》。颇具影响力的《晨报副镌》以如此集中的版面来力推一个年轻诗人的作品，在纸媒一家独大的当日，此举无异于一场效益颇高的造星运动。就其最初的动因和后来产生的效应二者比较而言，冰心的小诗写作可谓"无心插柳柳成荫"。

在一篇回忆性文章中，诗人卞之琳尽管认为郭沫若的《女神》给他带来新诗阅读的某种"震撼"感，但也明确承认冰心小诗对他最初新诗写作所产生的启蒙作用："接触到白话文是上二年制高级小学才开始的，语文课本里选到的个别新诗并不令我喜爱。还是在一次我从乡下到上海，到商务印书馆看看，从玻璃柜里挑出一本儿童读物《环游地球记》的同时，我还买了'冰心女士著'的《繁星》。这是我生平买的第一本新诗，也是从此我才开始对新诗发生兴趣。"③ 像卞之琳这样在少年时代就受到冰心小诗启蒙的"小读者"，在五四时期可以说是不乏其人。

从主题上看，冰心小诗有意无意地疏离当时新诗中常见的政治、革命和社会主题，而是集中表现细腻的个人感受，为早期新诗坛带来一股清新的风气，譬如：

---

① 周作人：《论小诗》，作于 1922 年，引自周作人著、止庵校订：《自己的园地》，河北人民出版社 2002 年，第 44 页。

② 《繁星》后来结集为文学研究会丛书之一，1923 年 1 月由上海商务印书馆出版；《春水》后来结集为文艺丛书之一，1923 年 5 月由新潮社出版。

③ 卞之琳：《完成与开端：纪念诗人闻一多八十生辰》，《卞之琳文集》（中卷），合肥：安徽教育出版社 2002 年，第 153 页。

我们是生在海舟中的婴儿，
不知道
先从何处来，
要向何处去，

（《繁星·九九》）

心是冷的，
泪是热的；
心——凝固了世界，
泪——温柔了世界。

（《繁星·一〇八》）

父亲呵！
我怎样的爱你，
也怎样爱你的海。

（《繁星·一一三》）

一般的碧绿
只多些温柔。
西湖呵，
你是海的小妹妹么？

（《春水·二九》）

浪花愈大，
凝立的磐石
在沉默的持守里，
快乐也愈大了。

（《春水·一一二》）

只两朵昨夜襟上的玉兰，
便将晓风和朝阳
都深深地记在心里了。

（《春水·一三三》）

这些诗大多从日常场景或日常意象出发，抒发了作者一种带有某种宗

191

当我浮云般

自来自去的时候，

真觉得宇宙太寂寞了！

《春水·七一》

在模糊的世界中——

我忘记了最初的一句话，

也不知道最后的一句话。

《春水·七四》

未生的婴儿，

从生命的球外

攀着"生"的窗户看时，

已隐隐地望见了

对面"死"的洞穴。

《春水·一六九》

"旅客""我""花""浮云""婴儿"等小词构成的意象群，和"人类""宇宙""天地""世界""梦"等大词组成的意象群，遥遥相对，互动相生，为读者营造出一个个隽永鲜活而又富有哲思的诗歌情境。

重识小诗的文学史价值

如何从文学史的视角评价小诗在早期新诗话语场域中的位置，是一个值得深入研究的命题。笔者认为，这种评价应遵循不拔高也不贬低的原则，即把小诗写作还原到早期新诗乃至整个五四新文学运动的生态环境中，尽可能全面、客观地考察其在诗艺探索方面的得失。在这方面，朱自清的研究为我们树立了一个很好的榜样。早在小诗盛行的 1922 年，置身于早期新诗写作现场的朱自清，就十分清醒地发出了直陈小诗（朱文中称作"短诗"）写作"太滥了"的厉声警告：

现在短诗底流行，可算盛极！作者固然很多，作品尤其丰富；一人所作自十余首到百余首，且大概在很短的时日内写成。这是很可注意的事。

这种短诗底来源，据我所知，有以下两种：（一）周启明君翻译的日本诗歌，（二）泰戈尔《飞鸟集》里的短诗。前一种影响甚大。但所影响的似乎只是诗形，而未及于意境与风格。因为周君所译日本诗底特色便在它们的淡远的境界和俳谐的气息，而现在流行的短诗里却没有这些。后一种影响较小；但在受它们影响的作品里，泰戈尔底轻倩、曼婉的作风，却能随着简短的诗形一齐表现。而有几位作者所写理知的诗——格言式的短诗，更显然是从泰戈尔而来。但受这种影响的作品究竟是少数；其余的流行的短诗，在新的瓶子里到底装着些什么呢？据我所感，便只有感伤的情调和柔靡的风格；正如旧诗、词和散曲里所有的一样！因此不能引起十分新鲜的兴味；近来有许多人不爱看短诗，这是一个重要的缘故。长此下去，短诗将向于疲惫与衰老的路途，不复有活跃与伶俐的光景，也不复能把捉生命的一刹那而具体地实现它了。那是很可惜的！所以我希望现在短诗的作家能兼采日本短诗与《飞鸟集》之长，先涵养些新鲜的趣味；以后自然能改变他们单调的作风。那时，短诗便真有繁兴底意义了。①

　　朱自清在这里从形式、意境、风格等关键词入手，分析了当时小诗写作存在的诸多问题，并尝试性地提出了摆脱早期新诗写作困境的解决方案：兼采日本小诗和泰戈尔的《飞鸟集》之长，为早期新诗中的小诗写作所用。尽管这个方案有待写作实践的检验，但其可操作性是比较突出的。在朱自清看来，当时不少小诗习作者只看到小诗外在形式的便利性，而完全忽略了诗歌写作的难度，根本无暇顾及小诗这一形式本应具备的艺术规范："现在的作家却似乎将它看得太简单了，淡焉漠焉，没相干的情感，往往顺笔写出，毫不经意。这种作品大概是平庸敷泛，不能'一针见血'；读后但觉不痛不痒，若无其事，毫没有些余味可以咀嚼——自然便会厌倦了！作者必以为不过两三行而已，何须费心别择？不知如无甚意义，便是两三行也觉赘疣；何能苟且出之呢？世间往往有很难的事被人误会为很容易，短诗正是一例。因为容易，所以滥作；因为滥作，所以盛行，所以充斥！但我们要的是精粹的艺术品，不是仓促的粗制品；虽盛虽多，何济于事？所以

---

　　①　佩弦：《短诗与长诗》，《诗》第 1 卷第 4 号，1922 年 4 月 15 日。

冰心论集 2016

—— 宗白华：《断句》

一时间，
觉得我的微躯
是一颗小星，
莹然万星里
随着星流。
一会儿
又觉着我的心
是一张明镜，
宇宙的万星
在里面灿着。

—— 宗白华：《夜》

与冰心小诗相对单一的思想来源（主要来自基督教）相比，宗白华对以歌德为代表的德国浪漫派文学和以罗丹为代表的欧洲近代艺术的接受，构成了他当年小诗写作的斑驳底色，使他的小诗作品所呈现出更为丰富的艺术意味。

余论：小诗写作仍在继续

事实上，直到当下，仍有不少人在写"小诗"，譬如，近年移动互联网技术催生的、不少人拥趸的"微诗"（一般规定每首诗的行数为四行以内），尽管在诗歌语言、意象、情境等方面，当前的小诗写作与当年冰心等人的小诗大异其趣，但至少在"极简主义"的形式基因上，二者之间存在着一脉相承的内在关联。

（伍明春　福建师范大学协和学院文化产业系主任、教授）

冰心诗歌的社会文明价值观之今探

万莲姣

关于冰心，学界研究之多，不用赘言。我若想对冰心诗歌能说上一点自己的东西，恐怕最直截了当的办法只有一个，那就是直接面对她的诗歌本身，说出自己读出了什么样的审美意味。恰如艾柯的文本观[①]所示：文本是一架懒惰的机器，期待所有读者的大量合作；作者已把读者当成文本的组成部分写进了文本，并设计出了合作的路径，作为文本的一种策略加以建构。艾柯依托其符号学框架建构了他的读者理论。在这一框架下，他对"作品"这一传统的文学概念进行了重新界定，把"作者"和"读者"都视为文本策略。他在《开放作品诗学》第二章从作者和接受角度对"作品"进行了界定，大意是说，人们视之为作者的"作者"，努力生产出了自己创造的东西，即一种具备诸多可能性的作品，每个读者都可根据作者的生产来重新制作原文（按我的理解，其中当然包含文学批评）。作者、文本和读者形成了一个关系场，在不确定中开启对文本进行阐释的新模式。作品不是静止不动的，而是运动中的作品。作者并不知道其作品命运怎样，将如何结束。

因此，本文意欲从冰心诗歌内蕴的社会文明价值观着眼，略述一二，试着勾勒出这位纵贯 20 世纪百年的知识女性的诗思，同 21 世纪的当下中国大陆的社会主义核心价值观（特别是社会层面的"自由、平等"等）有什么样的现实交集。虽然，驾鹤西去的冰心已经不知她的"作品"命运怎

[①] 朱自清：《导言》，《中国新文学大系·诗集》（影印本），上海文艺出版社 2003 年，第 4 页。

　　例如：其诗关于人伦之爱的母爱，气象万千，博大无垠，引人浮想联翩：一个好的家国社会，其实也就是类似如此的温馨母爱。人们之所以义无反顾爱自己的祖国、爱故乡、爱父母兄弟姐妹，就是因为能够感受到这样一种遮风避雨、不加思索的自然或社会伦理之爱，爱屋及乌，情愫天然。

　　如：

《母亲》
母亲呵！
天上的风雨来了，
鸟儿躲到它的巢里；
心中的风雨来了，
我只躲到你的怀里。

《纸船——寄母亲》
我从不肯妄弃了一张纸，
总是留着——留着，
叠成一只一只很小的船儿，
从舟上抛下在海里。
有的被天风吹卷到舟中的窗里，
有的被海浪打湿，沾在船头上。
我仍是不灰心的每天的叠着，
总希望有一只能流到我要它到的地方去。
母亲，倘若你梦中看见一只很小的白船儿，
不要惊讶它无端入梦。
这是你至爱的女儿含着泪叠的，
万水千山求它载着她的爱和悲哀归去。

　　　　　　　　　　八，二十七，一九二三太平洋舟中。

　　又如，关于人生奋斗、奉献等，冰心的诗歌也倾注了不乏永续社会动能的审美诗思。她不分男女性别，不论成败，不谈厚薄，只一心一意将无论男女老少的所有人的社会奋斗、发展、奉献的过程，都视为真善美的。反衬如今中国大陆不少人受大众传播中的负面的影响，把穷养儿子、富养女儿俗化到几近性别、贫富、得失对立的势态。殊不知，冰心其人和她的诗，早在 20 世纪初就已经前瞻了富养和穷养人生的本质：每个人都要有机会接受良好的教育，努力拼搏，这样方能眼界开阔，自立自信，优化人生，有爱心，有担当，有勇气。

《成功的花》
成功的花，
人们只惊羡她现时的明艳！
然而当初她的芽儿，
浸透了奋斗的泪泉，
洒遍了牺牲的血雨。

《嫩绿的芽儿》
嫩绿的芽儿，
和青年说：
"发展你自己！"
淡白的花儿，
和青年说：
"贡献你自己！"
深红的果儿，
和青年说：
"牺牲你自己！"
（七六）
寂寞增加郁闷
忙碌铲除烦恼——
我的朋友！
快乐在不停的工作里！

而由这样的每个自强自立的"自己"组成的社会，有种健朗向上的公民社会期许在。既促发国家向上、政府尽责、个人尽力，又能使社会发展良性循环。如女排球员郎平离国多年后又回国服务中国女排，她的离国，只是一个公民自然地主张自己的权利，从举国体制的弊端中出逃，而绝不是有人骂她的祖国的"叛徒"！她对祖国的爱与时俱进，从未改变过，敬业的她接掌中国女排担任主教练，是她自己的确也想要证明 20 世纪 80 年代中国改开初期所凝结的"女排精神"，历久而依然熠熠生辉——类似于精神的贵族化，绝非人生暴发户，而是由荣誉、责任、勇气、自律等一系列人生价值微量元素聚合而成的人性尊严和自由品格，等等，这样的"自己"，已然将文化的教养、社会的担当、自由的灵魂"三合一"。

三、冰心诗歌的社会文明价值观的现实针对性及其反思

既然冰心的诗思审美地呈现出了"另一个自我，另一个世界"清新气息，有着中外互渗的社会文明价值观新元素，如自由、平等、博爱之类，那么，其现实意义在当下尤为凸显：一是有助于发育社会平等意识，二是有益于增进社会公共精神。

一个社会对待弱者的态度，决定了她的社会文明的程度。就如同"墙上咖啡店"的故事，一般顾客，自愿为付不起一杯咖啡的未定者在墙上预留一杯免费的咖啡钱；或像日本地铁盲道设计者设计出看似"霸道"的盲道给正常人添了麻烦却有益于残障人士，正常人无论男女老少亦能通过社会规训自动接受这种平等逻辑，等等。一个好的社会，其核心价值形态理应随时随地呈现出这个社会如何筑底人际美好的基石，而不仅仅停留在懂得（表演）关心和扶助弱者，而且更要实实在在地、制度化地给予弱者应有的人格和尊严，不让弱势群体在"社会马拉松"的竞技状态中淘汰出局。

文学是人学，前述冰心诗思的审美元素指向了社会文明的自由、平等、公正之类的价值形态。而知易行难，作为"运动中的作品"其"活着"之难在于：文学诗性审美是不能故意切断每个人与历史变迁、与社会结构的多重关系的，即好的文学艺术绝不是成王颂歌、心灵鸡汤之类，而是要将个人带到一个自由平等公义同专制特权歧视随时随地都处于较量中的真实的人际社会空间里。这样看起来，如果说 20 世纪中国新文学作家的男性代

表鲁迅，是行动者鲁迅，是奉行"行动的哲学"①，"主要是将'吃'的意义运用到'吃人'的中国社会中去，'吃人'不是物理意义上的把人撕裂、吞食。此处的'吃人'具有明显的象征意味，吃人戏剧化再现当时整个社会人与人之间的冷漠和同胞之间的荼毒，这种现象不仅发生在有特权的上级对下级的无情盘剥，而且在受压迫的底层人民之间也数见不鲜。"②，那么，女性作家代表冰心的"爱的哲学"，恰似一枚硬币的另一面，她是以"爱的哲学"象征意味执于审美地呈现一个好的社会人际预期。对于人间正邪、明暗、神魔等随时随地冲撞的社会运动结果，冰心诗歌情有独钟，蕴含着温柔，在神性的指引下，打开了一个开放共享的好的人际空间。这样的诗思审美空间，虽然也许并不如鲁迅文学深刻，但因为浸透了善良和优美人性，同样令人向往有加，具有永续文明的动能。有其诗为证：

（一）
繁星闪烁着——
深蓝的太空
何曾听得见它们对话？
沉默中
微光里
它们深深的互相颂赞了。

——人与人也是这样自由平等的相互关系。

（九八）
青年人！
信你自己罢！
只有你自己是真实的，
也只有你能创造你自己。

---

① 胡梅仙《行动者的鲁迅和鲁迅的行动哲学》，《湘潭大学学报》（哲社版）2016 年第 5 期。
② 黄宗喜《詹姆斯的第三世界文学理论及其反思》《湘潭大学学报》（哲社版）2016 年第 5 期。

——人是社会中自主的主体。

（一〇七）
我的朋友！
珍重些罢
不要把心灵中的珠儿
抛在难起波澜的大海里。

——因为正是社会中人，所以"一个人不受限制去做可能的某事"的自由有所限制。

《清晨》
晓光破了，
海关上光明了。
我的心思，小鸟般乘风高举。
飞遍了天边，到了海极，
天边，海极，都充满着你的爱。
上帝啊！你的爱随处接着我，
你的手引导我，
你的右手也必扶持我，
我的心思，小鸟般乘风高举，
乘风高举，终离不了你无穷的慈爱，阿门。

——上帝面前，人人平等，凡人都具有无限的可能性。这样的诗思显示，无论如何，个人的发展海阔天空，人类社会奉行"没有永远的敌人，也没有永远的朋友，只有永远的利益"这种唯物观，那将是一种令人绝望的地狱镜像。在此，冰心诗思具有与行动者鲁迅等量齐观的价值观意义。

应该说，但凡能够作为一切价值基础的价值，才是普惠的，人类相共通的。五四女儿冰心的上述几首诗正体现了这种人类自由的真谛。繁星间的互赞，体现的是有尊严的个体间的平等。"自由"的三个维度：自主的主体，限制，可能性含而不露沉淀于诗思哲理之中，分明提醒了社会，对于自由价值的认可，可推动社会向好的方向前行，自由是现代多元社会的一种制度价值，如果一个社会能自觉地认可"自由"的这一"根"的、"普遍"的意义，确立人是自由主体的意识，这样形成的社会变化将是意味深长的，五四女儿、世纪老人冰心深谙这个道理。

而经历过"文革"灾难的冰心，当初写下如下哲理小诗时，她是在写给永恒的时间？青年人，珍重的描写罢，时间正翻着书页，请你着笔！（一七四）而"聪明人"提着"自信"的灯，行进在黑暗里。过去里有现在，现在里有未来，但这世界是"不住地前进"，一路做梦，一路怀疑，夜半的黑暗中，幸有上帝在训诲，感恩上帝，不受春风的欺哄，因为弱小，所以沉默。一旦度过时艰，上帝是爱的上帝，宇宙是爱的宇宙。自由，爱，公义，在冰心的诗思里，从来就没有远离。

> 墙角的花！
> 你孤芳自赏时
> 天地便小了。
> （四三）
> 春何曾说话呢？
> 但她那伟大潜隐的力量
> 已这般的
> 温柔了世界了！
> 我要挽那"过去"的年华
> 但时间的经纬里
> 已织上了"现在"的丝了！
> （八二）
> 我的朋友
> 不要让春风欺哄了你
> 花色原不如花香啊！
> （八七）

比较冰心与巴金的挽郭文

乔世华

拉开新时期散文创作序幕的是诸多经历了"文革"浩劫重新回归文坛的老作家的挽悼文章，这些挽悼文也都被看成是"伤痕文学"的重要组成部分。冰心与巴金在"文革"结束之后都写有不少悼念故交的文章，如冰心写有《追念振铎》（1978）、《悼郭老》（1978）、《老舍和孩子们》（1978）、《怀念老舍先生》（1978）、《追念黎锦熙教授》（1979）、《追念罗莘田先生》（1979）等；巴金则写有《衷心感谢他——怀念何其芳同志》（1978）、《怀念金仲华同志》（1978）、《永远向他学习——悼念郭沫若同志》（1978）、《纪念雪峰》（1979）、《怀念萧珊》（1979）、《怀念老舍同志》（1979）、《悼方之同志》（1979）、《赵丹同志》（1980）、《悼念茅盾同志》（1981）等。

郭沫若是 1978 年 6 月 12 日 16 时 50 分去世的，6 月 15 日首都和各地报纸刊登了其逝世的消息，同时登出了以当时党和国家领导人华国锋、叶剑英、邓小平等组成的郭沫若治丧委员会名单，巴金名列这 74 人名单之中。6 月 18 日下午，在人民大会堂隆重举行了由叶剑英同志主持、近两千人参加的郭沫若同志追悼大会，冰心是以政协全国委员会常务委员身份与会的。从巴金《永远向他学习——悼念郭沫若同志》（《巴金全集》15 卷）标明的写作时间来看，该文是 6 月 14 日和 15 日两天完成的，而后发表在 1978 年 7 月 15 日《文艺报》上。冰心是在 6 月 20 日清晨写作的《悼郭老》，随后发表在《人民文学》1978 年第 7 期上。从获悉郭沫若去世讯息到写作悼念文章以及文章被权威媒体刊登等相关信息来看，这两篇各都只有两千多字的挽悼郭沫若的文章都应该是受有关方面邀约而写的。

　　挽悼文通常要遵循这样的写作套路：追忆逝者的生平事迹以及与逝者的交往经过，抒发对逝者的崇敬惋惜之情，对逝者做出相应的评价等。具体到 1978 年的写作语境来说，在挽悼文中对刚刚过去的"文革"发起控诉和批判，对现时政治清明的肯定以及在结尾表达决心"化悲痛为力量"、投身现代化建设展望美好未来，可谓顺理成章。

　　从巴金《永远向他学习——悼念郭沫若同志》的记述来看，巴金在郭沫若去世前一星期曾到北京医院探望郭，但未能见上一面。二人并没有更具体交往的实质性内容，都是在公开会议场合有交集，如一起参加过 1950 年第二届保卫世界和平大会、1955 年亚洲国家会议和 1966 年亚非作家会议等。而 1966 年 8 月在上海参加亚非作家会议，则是巴金最后一次与郭沫若的见面，郭沫若"洪亮的声音"、"和善的笑容"是让巴金感到依恋的，而那时巴金已经对将要降临于自己头上的政治风暴有所感应了："对自己未来的遭遇已有一种预感，我不知道自己还能不能再听到他那洪亮的声音，再看到他那和善的笑容"，并且"为这个而苦恼着"。显然，巴金已经在挽悼郭沫若的文章中融入了自我对"文革"风暴的感受。包括郭沫若在内的诸多人的精神感召令巴金受到迫害能够支撑下去："在痛苦难熬的日子里，我想到许多我所敬爱的人，我想中国还有他们在，我就应当好好地活下去。这些人中间就有郭老。"至于郭沫若在"文革"中的命运也是巴金所关注的：

　　在"批林批孔"的初期，我看到一本所谓《学习材料》的油印本子，上面尽是"四人帮"围攻敬爱的周总理和污蔑攻击郭老的反革命言论。叛徒江青一再威胁郭老、国民党特务张春桥张牙舞爪地说他找过郭老两次，"谈不通"。短短的一句话让我又一次接触到郭老的火热的赤子之心。我真担心他的安全。可是面对着四人帮的阴谋陷害，郭老始终"岿然不动"。"四人帮"这伙跳梁小丑也奈何他不得。他却亲眼看见了"四人帮"的覆灭，而且对准这伙狐群狗党的要害投出了他那锐利无比的投枪："大快人心事，揪出'四人帮'。"

　　郭沫若对巴金的影响更多是精神感召："在我的脑子里郭老永远是精神

饱满、生气勃勃的，永远是意气风发、豪情满怀的"，"我每一次同他接触，虽然时间不同，情况不同，可是我觉得他那颗赤子之心从未改变。"一旦触及"文革"记忆，巴金便表现出强烈的反省精神和反感情绪来，通过记述郭沫若对"四人帮"倒行逆施的抵御、在"大快人心事"后写《水调歌头》对自己产生的精神鼓舞作用，既肯定了郭沫若的政治功绩，也以"跳梁小丑""狐群狗党"等情感色彩鲜明的语汇把自己的声音表达了出来，融进了自己厌恶"文革"、反感"四人帮"的感情，对"四人帮"的命运做出预言："我多么激动地反复吟诵这首《水调歌头》，短短几十个字就画出了群魔的鬼脸。他们永世也翻不了身！"在挽悼郭沫若时，一触及"文革"的回忆，巴金就显得情感不可遏制，颇有借他人之酒杯浇自己心中块垒的意思，因此文章基调也显得压抑悲愤一些。

冰心在《悼郭老》中记述自己与郭沫若交往中更具体一点的事情：他们是在 40 年代抗战时期的重庆相识的，在一个夏天下午，郭沫若和老舍等来到歌乐山上冰心住处与她清谈了半日，过了几天，郭沫若托老舍送来自己写的一张赠冰心的条幅："怪道新词少，病依江上楼。碧帘锁烟霭，红烛映清流。婉婉唱随乐，殷殷家国忧。微怜松石瘦，贞静立山头。"这一条幅既是他们私人交往当中最值得记忆的一件事，同时也是控诉"文革"的重要道具："这十年来，我所珍藏的友人赠书、赠字、赠画，丧失殆尽，郭老这张条幅也在其中！在我追怀悼念一位良师益友的时候，就会忆起我的每一件失去的珍藏的诗画，这对于我都是不可弥补的损失！"但该文中涉及"文革"不开心的记忆仅此一处，冰心只是点到为止，并不延宕开来放任个人情感，而是显得比较克制内敛。

1949 年以后，郭沫若一直担任重要领导职务，去世时担任中国共产党中央委员会委员、全国人民代表大会常务委员会副委员长、政协全国委员会副主席、中国科学院院长、中国文学艺术界联合会主席等，可谓位高权重。从冰心和巴金的挽悼文章可以看出，他们二人在 1949 年以后与郭沫若私下里的交往不多，更多都是在公开场合里的。在郭沫若的追悼大会上，由邓小平同志致悼词，悼词在第二天的《人民日报》上全文发表。而巴金、冰心二人在郭沫若悼念活动中所秉有的官方身份，也决定了他们的挽悼文章必然在基本面要呼应着党中央对郭沫若的"盖棺论定"。事实上也正是如此。

譬如，邓小平《在郭沫若同志追悼会上的悼词》中提到："郭沫若同志是中国共产党的优秀党员。他一生热爱党，热爱祖国，热爱人民，对党的事业忠心耿耿，对伟大领袖和导师毛主席、对敬爱的周总理怀有深厚的无产阶级感情。他的笔，始终与革命紧密相连；他的心，和人民息息相通"，"坚持无产阶级党性原则，全心全意地为中国人民和世界人民服务。他是马列主义、毛泽东思想的热情宣传者和忠诚捍卫者"。（邓小平《在郭沫若同志追悼会上的悼词》，《人民日报》1978 年 6 月 19 日）冰心在文中就有类似措辞和表达："他的感情是坚贞的、纯一的。他热爱祖国，热爱人民，热爱拯救祖国人民的中国共产党，热爱毛泽东主席，热爱中国人民的好总理周恩来同志，以及每一个为人民的自由幸福而献身的革命前辈。他以马克思主义和毛泽东思想的光辉，投射在他涌溢的热情之上，写出了许许多多诗、词、论文、剧本……来团结、歌颂了中国和世界的劳动人民，来抨击、反对了全世界劳动人民的敌人。"冰心肯定郭沫若的文学创作、发言、书法"把团结人民，教育人民，打击敌人，消灭敌人的革命政治内容发挥得恰到好处"。巴金虽没有对权威认定直接引用或者加以改头换面的表述，但也抓住了悼词中对郭沫若"卓越的无产阶级文化战士"这一身份认定做文章，强调的是郭沫若"战士、诗人、雄辩家"的文化特征，对郭沫若为世界人民服务方面投以更多笔墨："他始终精神焕发地活跃在亚非几十国作家的中间。他坚持战斗，坚持学习，也从未放松国际统一战线的团结工作。不少文化界、知识界的同志跟他一起参加过各种国际会议。在反帝、反殖的国际斗争中，他始终坚持毛主席的革命路线，团结最大多数，受到普遍的尊敬。"

又如，邓小平《在郭沫若同志追悼会上的悼词》中如是评说郭沫若："抱病参加全国科学大会，欢呼我国科学的春天的到来。逝世前不久，他还在全国文联全委扩大会议上作了书面发言，向文艺工作者提出殷切希望"，"郭沫若同志的一生，是革命的一生，战斗的一生。他是全国人民，特别是科学文化教育工作者和广大知识分子学习的榜样。"冰心和巴金都在文中对郭沫若的上述业绩做出了积极回应。巴金挽郭文章的题目应该直接得益于此启发，在文中肯定了郭沫若的榜样作用："他给我们树立了一个光辉的榜样，'卓越的无产阶级文化战士'他是当之无愧的。"《悼词》中提到的郭沫若晚年两篇文章，巴金和冰心都有所提及并有引用和评价。巴金提到"一九七八年我最后读他的《科学的春天》"，"一九七八年他热情高呼：'让我们张开双臂，热烈地拥抱这个春天吧！'"还引用郭沫若在文联全委扩大会上的发言并表达自己的决心作为文章结尾：

> 他豪情满怀地要求我们："粉碎了'四人帮'，我们精神上重新得到一次大解放。一切有志于社会主义文艺事业的文学家、艺术家，有什么理由不敞开思想，畅所欲言，大胆创造呢！"我要永远记住他的话，永远向他学习。

冰心的评价显得更积极、更热情，甚或有些夸张：

> 郭老和我们永别了！但他是在写"大快人心事，揪出'四人帮'"之后，是在为全国科学大会写出了《科学的春天》那篇响彻云霄的向科学进军的号角的闭幕词之后，是在为中国文联常委会扩大会议写出了《衷心的祝愿》的闭幕词之后，才快意地与世长辞的。他勉励我们要好好学习博大精深的毛泽东思想，要牢记敬爱的周总理对文艺界的培育与关怀，他要我们"敢于坚持真理，同人民群众心连心，按照党和人民的要求，放开笔来写，拿起笔来投入战斗，把'四人帮'设置的种种精神枷锁踏在脚下，深刻地、光彩夺目地反映我们的伟大的时代"。

随后冰心是以郭沫若精神不灭、生者继承遗志、表达决心的方式来结尾本文，有重复加强调，并与文章开篇"他并没有陨落，他永远不会陨落。他永远在广漠的宇宙中，横空飞驰"的表达相照应：

> 郭老！您的精神，永远在人类之头昭在。您就欢乐豪放地在无边无际的宇宙中迎风飞驰吧！我们这些还在祖国土地之上的您的景仰者，定将努力拿起笔来投入战斗，把'四人帮'设置的种种精神枷锁踏在脚下，深刻

地、光彩夺目地反映我们的伟大的时代！

　　受邀在对故去的郭沫若进行回忆时，冰心、巴金面前显然是有着官方文件作为参照的。他们挽悼郭沫若时的官方身份，也不可能令他们畅所欲言，其文中对郭沫若的认识态度有多少属于真实想法，还很难说。此外，悼文写作时间的长短、情感的调配、性别气质等方面的差异，也都可能会影响到他们行文和感情的调配。从此种情况亦可见出重获写作自由之后作家们小心措辞的一面，冰心与巴金的悼文既有对时代声音、共同话语的附和与遵循，也有挣脱那个时代挽悼文风的尝试与努力，字里行间隐约透露出来的个人讯息耐人寻味。

（乔世华　辽宁师范大学文学院副教授）

第一声诘问：谁之罪

——《冰心创作传论》之四

刘岸挺

1919 年 9 月 18 日，未满 19 岁的冰心，发表了她的处女作《谁之罪》。第一篇小说就向社会存在发出了尖锐的诘问，显示了五四时代精神赋予冰心的朝气与锐气。这种朝气与锐气，历经近一个世纪的风云，直到作家晚年还壮盛地保持着，并在新的历史时期迸出新的热力与光彩。这成为冰心显著的精神特征。

《谁之罪》收入次年晨报社出版的《小说》（第一集）时改为《两个家庭》。这篇小说采用了自叙体，以小说中的"我"作为故事的讲述者，通过"我"的观察，描述两个结构相同而生存状态迥异的家庭：一个是"我"舅母家的邻居青年夫妇陈华民一家，另一个是"我"堂兄"三哥"和堂嫂亚茜一家。两家的人员组成相同：夫妇、孩子及保姆，两个丈夫都在外就业，活动空间是社会，而两位主妇都做"全职太太"，活动空间是家庭。可是两家的生活方式、生活状态完全两样。

聪明英俊、雄心壮怀的陈华民和"三哥"在大学一同毕业，一同留学英国，一同回国就业，陈华民的职位还高于"三哥"，薪金也多些。但是"满想着一回国，立刻要把中国旋转过来"的陈华民，回国后"政府只给他一名差遣员的缺，受了一月二百块钱无功的俸禄"。他感到社会环境不如人意，国不像个国，英雄无用武之地；家更不像个家，妻子不理家政，不管孩子们，终日在外应酬，打牌作乐，挥霍浪费，倒过来还责怪丈夫"不尊重女权""不平等"，完全误解歪曲了"妇女解放"。这样的社会环境和家庭氛围，使抱负远大的陈华民心灰意冷，陷于消极苦闷之中。他郁郁寡欢，借酒浇愁，颓唐自戕，身体一天天坏下去，家庭经济也越来越陷于困顿。他沉痛地向"三哥"倾诉道：

"我回国以前的目的和希望，都受了大打击，已经灰了一半的心，并且在公事房终日闲坐，已经十分不耐烦。好容易回到家里，又看见那凌乱无章的家政，儿啼女哭的声音，真是加上我百倍的不痛快。我内人是个宦家小姐，一切的家庭管理法都不知道，天天只出去应酬宴会，孩子们也没有教育，下人们更是无所不至。我屡次劝她，她总是不听，并且说我'不尊重女权''不平等''不放任'种种误会的话。——因此经济上一天比一天困难，儿女也一天比一天放纵，更逼得我不得不出去了！既出去了，又不得不寻那剧场酒馆热闹喧嚣的地方，想以猛烈的刺激，来冲散心中的烦恼。"

不久，精神颓废的陈华民患肺病去世，他的家庭也随之解体。

与陈华民一家形成鲜明对照的是："三哥"一家"处处都很洁净规则"，井井有条。堂嫂亚茜和蔼文静又不失活泼，精明强干，治家有方，把小家庭整治得像个小乐园，孩子聪明礼貌，活泼大方，佣工干净伶俐，识字懂礼，全家和睦温馨，夫妻志趣相投，不仅生活上相互体贴，事业上也相互理解支持，"红袖添香对译书"。"三哥"享受着家庭的快乐，无后顾之忧，因而虽同样处于"实在令人灰心"的"时势"中，却不为时势所挽，不像陈华民那样颓丧绝望，自暴自弃。

陈华民无疑是 20 世纪初期中国社会的苦闷青年，对于事业的热切希望和英雄无用武之地的苦闷，使他活得痛苦，而家庭生活的不如意，更把他赶往酒店豪饮自我麻醉一路。与其说他死于三期肺病，不如说他死于精神"时症"。小说由陈华民之死提出"谁之罪"的严峻问题。很清楚，病态社会是造成陈华民不幸悲剧人生的主要根源，而家庭环境的恶劣也在悲剧的发展趋势上起了推波助澜作用。并且家庭生活恶化的根源，仍在社会存在的不合理。在否定了不合理社会同时，小说通过两个家庭的对比，如茅盾《冰心论》所说："一方面针砭着'女子解放'的误解，一方面却暗示了'良妻贤母主义'——我们说她是'新'良妻贤母主义罢——之必要。"（茅

冰心在文中主要批评了女性自身对于女性解放的误解。她不赞成那些模仿欧美、言行嚣张的所谓新女性，她"大声疾呼"的是"'目的''思想'渐渐地从空谈趋到实际"，"'言论''行为'渐渐地从放纵趋到规则"，"'态度'渐渐地从浮嚣趋到稳健"，"破坏也是她们，建设也是她们"的"第三时期的女学生"。她希望她们"发愤自强"，"要竭力的造成中国女子教育的新基础，要引导将来无数的女子进入光明"。她为此有针对性地提出思想、态度、行为三方面十条具体建设性改良意见，这也就是她的新女性标准。归纳起来，主要有：

1. 服饰"有节制"——公共场所着装色彩稳重雅素，样式平常简单，不用或少用首饰，反对不中不西、不新不旧、妖冶飞扬、惹人注目。

2. 高雅的出处行为——防备"喧嚣华靡"场所如剧场、游艺园的"不正当的刺激"，选择"正当的""趣味的""高尚的"娱乐活动，课外消遣以阅读"有价值的"报刊为主，来活泼思想，补益知识，修养身心。交良友，参加"秩序的""精神的"培养"庄严优美"感情的社交活动如音乐会、学术演讲会、恳亲会等"与社会接近"。

3. 高远的审美情趣——"随时随地注意研究宇宙万物"，从春花秋月、江霞山泉、宇宙间的"天然之美""华妙庄严"中，生成"极其可爱"的"天籁""人籁"，"引导我们的'思想''文字'，渐渐的趋到活泼神妙的境界"。

4. 关心国家大事——新女性"更要时时注意到世界的'新潮流''新知识''新发明''世界和国家的大事'和'欧美近代女子教育的趋势''我国妇女界今日的必需'"，并且做出自己的判断。

5. 积极务实，建立事业，服务社会，——"避去""'好高骛远''不适国情'的言论"，"积极的""实用的""稳健的""通俗的""从根本上做起"，如以家事实习、人生常识、儿童心理、妇女职业等内容来教育妇女，积极"治本"，以"收实效"。

这可以视为冰心的女子解放宣言，它阐述了冰心的女性观，其特点是：理性务实。这正是"多研究些问题"的态度，负责任的态度。提出问题，并试图解决问题。这篇论文可以算是《两个家庭》的"新贤妻良母主义"的理论纲要，而《两个家庭》又是这篇论文中所表述的女性观的形象演绎。

五四社会问题大讨论中，关于妇女问题讨论最为热烈，《新青年》一创刊就把妇女问题作为向封建礼教发动进攻的重要突破口之一。陈独秀的《妇人观》，陶履恭的《女子问题》，胡适的《贞操问题》，鲁迅的《我之节烈观》先后发表，给封建旧道德致命的打击。在对旧道德的否定中，关于为人妻为人母的"贤妻良母"标准也遭到颠覆。可是慧心只眼的冰心，对于"贤妻良母"却有自己的看法。"破坏"的目的在于"建设"。冰心的独到见解，表现了冰心冷静深刻的理性精神、独立思考的自由风格与富于建设性的人生态度。

《两个家庭》对于陈太太误解女子解放的针砭，对于接受了新思潮而又不放弃妇女的家庭责任的亚茜的称赏，反映出冰心看问题，是从生活出发，从实际出发，非常理性非常智慧的。并且，她善于独立思考，敢于在五四妇女解放的喧嚷中坚持自己的见解，表现了她不同流俗的勇气与人格精神。实践证明她的见解是正确的。

在艺术上，《两个家庭》成功地运用了"对称"艺术。我国传统文学艺术中的对称意味着平衡和谐，而冰心小说中的对称艺术却表现了生活的不和谐和人物心灵世界的失衡，在这失衡与错位中，美感产生了，"谁之罪"的追问是必然的。

在技巧上，冰心全用"对比法"来写两个家庭，故事内容上对比，写法上也对比。视觉形象与听觉形象的对比交叉描述，正面描写均为所见，写得细致生动；侧面叙述都是所闻，小说中的"我"是"听"得多，"看"得少："听见"小孩哭，"听"表妹学舌，"听"三哥叹息，"听"陈华民冷笑呜咽。这不仅避免了呆滞刻板，显得详略有致，摇曳生姿，而且也机智地"藏拙"——如果全用正面铺叙，缺少生活阅历的少女冰心未见得能写好。因为她并不熟悉陈华民那样的家庭生活，她只能从外部看那个家庭，只能看见它的外观，所以写"三哥"家以正面描写为主，而写陈家以侧面叙述为主。

技巧层次的对比形成作品叙述的表层形式对称，冰心小说这个一般性写作技巧的特色是很明显的，也早为评论界注意。但是，其叙事层面的特点却为论者所忽略。

在叙事上，冰心运用"对照法"别具特色，对照生成了对称叙事的审

美意蕴。首先，小说的对照性结构再现了作品人物的生活语境。两个主人公活动在双

重交叉、具有对照意义的两种空间：社会—家庭与两个家庭之间。就社会—家庭这个空间系列而言，两人的存在空间一样，区别只存在于两个小家之间。在两个空间，陈华民都是失败者，"三哥"不能说是成功者，但他是有希望的。结构产生意义。作品通过两个主人公的立交式生活空间，展示了他们的生存状态，他们的人生，揭示出人的人生道路与改变是由其生存语境决定的。然而这种对照性结构所包含的信息量似乎不是单一的，它引导我们听到了更多的声音。造成这不合理的人生，是谁之罪？罪责要让陈太太承担吗？那么陈太太的结局又由谁负责？答案是显然的，却不是直接的；是唯一的，又不是唯一的。这个结构开放着，形成了一个"场"，传达出丰富的信息。

其次，小说由叙述者"我"串联几个场景讲述两个家庭的故事，场景间也呈现为对照关系：陈家哭闹的孩子们，争吵的下人，珠围翠绕、娇惰烦躁的陈太太；"三哥"家活泼大方的儿子，伶俐识礼的佣妇，巧笑静穆的亚茜。不同场景中有几句看似不经意的对话：亚茜说"请你替我说几段故事给小峻听"，"我从来不说那些神怪悲惨的故事，去刺激他的娇嫩的脑筋。就是天黑，他也知道那黑暗的原因，自然不懂得什么叫作害怕了。"陈华民说："孩子们也没有教育"，"三哥"说："亚茜每天晚上还教她念字片"，母亲说："总是她没有受过学校的教育，否则也可以自立"。这些生存场景和点睛之言都传达着相同的话语：隐藏的叙述者即作家对于教育的关注、对于家国关系的深层思考。

《大学》说："古之欲明明德于天下者，先治其国；欲治其国者，先齐其家；欲齐齐其家者，先修其身；欲修其身者，先正其心；欲正其心者，先诚其意；欲诚其意者，先致其知；致知在格物。物格而后知至；知至而后意诚；意诚而后心正；心正而后身修；身修而后家齐；家齐而后国治；国治而后天下平。"论述了教育、修身、齐家、治国之间的互制互动逻辑关系。

20世纪早期著名教育家李登辉力倡女子教育，认为：改良女子教育，使现代女子得享高等教育，是培养儿童良善之基础。人类进化，男女同负

其责，但女子有兼顾家庭之必要。若专重与男子相同之普通学科，则势必家务废弛，有顾此失彼之害。关于现代青年之基本教育，英国谚语说："摇动摇篮之手可以治天下"，言个人德智体育三大要素之养成全赖母教。培养健全国民基本教育之职，既属于母亲，而子女幼时所受影响，关系其一生事业甚大，则母教问题之重要，实为任何问题所不及。若以男女教育相提并论而欲获良好结果实不可能。对于女子，如何适当教育成为贤妻良母，较之使其成为政治科学专家，重要得多。

这些先进的观念与精辟的观点，也正是冰心小说的对照性结构所表达的信息和理念，它显示了冰心关注社会与人生的独特视角、理智深邃的思考与博大的人文情怀。

第三，小说的叙事者也是多个对应的，"我"叙述所看到的世界，小说世界中的人也在叙述自己生存的世界；他们又都叙述着各自所见所处的世界给予他们的心灵感受：陈华民倾诉着但并不愿难为陈太太，陈太太误解陈华民不尊重女权但她待人和气并非恶人，"三哥"与陈华民讨论着人生种种而不得其解，母亲与"三哥"慨叹着才干学问连英国学生都妒羡的青年俊才的人生变故，而这一切又是隐藏在"我"后面的叙述者即作家所关注所思考所追问的。多个叙述者发出了多重声音，都在问：谁之罪？

从作家的处女作，往往可以看出作家其后创作的一系列特征，他的独特视角，独到见解，独树一帜的表现方法。从《两个家庭》，我们看到影响着冰心以后创作的几个主要特征是：1. 关注人类的生存状态的独特视角、现实主义创作态度和深厚的人文精神；2. 敏锐的问题意识和独立的理性风格；3. 精湛的对称艺术与精粹的文学语言。

（刘岸挺　扬州大学文学院教授、《扬州大学学报》编审）

冰心 1940 年代创作谈研究

江震龙　迟伟红

摘　要：冰心在 1940 年代写的《序》《自序》《后记》《自传》等文章中涉及创作谈问题，她在重庆作过三次比较集中系统的关于创作谈的演讲，这些创作谈主要从写作条件、写作内容和写作技巧三个层面展开。写作条件：多走多看、多听多练，选择环境、有利写作，养成人格、形成风格，制造环境、培养兴趣。写作内容：生活经历、观察体验，国民性格、时代特点，呈示问题、解剖社会，童年回忆、灵感抒写。写作技巧：顺应自然、不拘一格，客观冷静、忠实描写，修炼字句、声韵优美，精确明了、地方特色。冰心 1940 年代的创作谈，是在阅读古今中外名著、总结自己创作经验和评价新人写作得失的基础上建构起来的，虽然没有系统的理论体系、严密的逻辑推理，但是具有鲜明个性、科学实用、可以操作。

关键词：冰心　1940 年代　创作谈　条件　内容　技巧

相对于整个冰心研究现状来说，研究 1940 年代的冰心是个相对薄弱的环节。我们发现：冰心 1940 年代创作谈研究更是显得薄弱，因此很有必要对它进行研究。

一

现在已知冰心最早发表的创作谈，是 1919 年 11 月 11 日登载在北京

《晨报》第 5 版上的《我做小说，何曾悲观呢?》该创作谈针对"一位旧同学寄给我""一封信"引发同学、母亲、父亲作为读者接受的角度指出：冰心已经发表的小说"多作悲观语，令人读之，觉满纸秋声也"；"所做的小说，总带些悲惨，叫人看着心里不好过"；"只怕多做这种文字，思想不免渐渐的趋到消极一方面去"。冰心则从自己的写作环境、小说写景、写作目的和多样风格四个方面给予了回应与阐释。可以说这是冰心就读者所提出的某个问题，发表了"答读者问"式的创作谈①。

　　我们依据卓如编的《冰心全集·第一册·文学作品（1919—1923）》、《冰心全集·第二册·文学作品（1923—1941）》②，统计出冰心在 20 世纪二三十年代大约发表了十五篇涉及创作谈的文章③，它们虽然涉及回应与阐释自己的小说创作并不悲观、列举成为作家的条件、阐释文学作品的特质、利用环境修改作品布局、强调作家人格修养重要、辨证认识文学批评的价值与作用、主张文体的白话文言化和中文西文化、肯定新诗的蓬勃现在与灿烂将来、解密悲剧的发动力、总结自己的文学生活、呼唤女性以写作为职业、诉说自己的写作习惯与原则等诸多问题，但是它们中的每一篇创作谈又都基本上是对于某一个与创作有关的问题进行谈论，因此冰心的这些创作谈单篇文章，并不具备建构起冰心在 20 世纪二三十年代综合性和系统性的创作谈。

　　到了 1940 年代的重庆时期，冰心的创作谈出现了新的特征。冰心因为

---

①　冰心接着在 1920 年 1 月 29 日发表于北京《晨报》上的短篇小说《一篇小说的结局》中，形象地表现和印证了如女士本来想写一篇结局母子团聚的快乐小说，却因为写小说的结局时写作自然环境的"凄黯可怜"造成该小说的结局变成子亡母悲的悲剧小说。

②　卓如编：《冰心全集·第一册·文学作品（1919—1923）》《冰心全集·第二册·文学作品（1923—1941）》，海峡出版发行集团、海峡文艺出版社，2012 年 5 月第 3 版。

③　《我做小说，何曾悲观呢?》《文学家的造就》《文艺丛谈》《提笔以前怎样安放你自己?》《蓄道德能文章》《论"文学批评"》《遗书》《中国新诗的将来》《论文学复古》《中西戏剧之比较——在学术讲演会的讲演》《寄小读者·四版自序》《我的文学生活》《娜拉的出路·序》《今日中国女作家的地位》《一封公开信》。另外在诗歌《影响》《假如我是个作家》里，涉及到了创作对于读者的影响。

被邀请作过三次演讲①、发表了三篇比较集中系统的关于创作谈的文章：《由评阅蒋夫人文学奖金应征文卷谈到写作的练习》②、《写作经验》③、《写作漫谈》④。这三篇创作谈主要从写作条件、写作内容和写作技巧三个层面展开演讲，我们结合考查冰心 1940 年代写的《序》《自序》《后记》《自传》等文章中的创作谈，按照一定的逻辑顺序、整理呈现如下：

一、写作条件：多走多看、多听多练，选择环境、有利写作，养成人格、形成风格，制造环境、培养兴趣。

（一）建议作者要多走多看、多听多学。作者要利用"多旅行多看山水风物"，来"多搜集写作的丰富材料"；通过多看"中外书籍"，来"扩充情感上的经验"、"学习用字"和"学习用""譬喻"；争取多和"前辈作家"们谈话，学习他们"谈话有力""很美""有条理"的艺术；努力"多认识

---

① 事实上冰心 1940 年代在重庆时，至少被邀请作过四次关于创作谈的演讲。据"中华民国三十四年五月十七日　中央日报　星期四　第五版""集纳版"的"坝上花絮"，在"十三日寄"的"本报沙磁通信"中第二条报道："中大女同学会，于十一日晚请冰心女士讲《文艺的欣赏》，各校男同学前往旁听者极多"。因为这次讲座的具体内容没有记载，我们也尚未找到这次讲座内容的文字稿，所以我们目前只能确认冰心被邀请作过三次关于创作谈的演讲：1941 年 2 月 17 日演讲《由评阅蒋夫人文学奖金应征文卷谈到写作的练习》，1943 年在三民主义青年团中央团部演讲《写作经验》和在中华职业教育社演讲《写作漫谈》。

② 谢冰心讲，宋雯记：《由评阅蒋夫人文学奖金应征文卷谈到写作的练习》，发表于《妇女新运》1940 年第 2 卷第 9、10 期合刊"生活指导专号"，第 66—68 页。由于原刊未标注这期合刊的出版时间，学者们根据《妇女新运》月刊作出了不同的推测：解志熙认为是在"1940 年 12 月至 1941 年 1 月之间"（解志熙：《人与文的成熟——冰心四十年代佚文校读札记》，《鲁迅研究月刊》2010 年第 1 期），赵慧芳认为"可能在 1941 年 2、3 月间"（赵慧芳：《论冰心关于文学与写作之演讲》，《中国现代文学研究丛刊》2015 年第 5 期）。熊飞宇检索 1940 年代在重庆出版的《中央日报》时发现：该文又发表于《妇女新运》周刊第九十六号，"中华民国三十年三月十日　中央日报　星期一　第四版"；在标题之下，注明"（二月十七日冰心女士讲）（宋雯记）"。根据这条非常重要的信息可以确知：冰心讲演的具体时间是 1941 年 2 月 17 日。如果这篇讲演的发表，也是按照惯例：先登载于报纸，然后再在期刊上发表，那么《妇女新运》第 2 卷第 9、10 期合刊的出版时间，就应当在 3 月中下旬了。这篇演讲稿经过润色后还分别以《评阅述感》和《写作的练习》为题发表于《妇女新运》1941 年第 3 卷第 3 期"蒋夫人文学奖金应征文专号"，1941 年 9 月，第 210—211 页和收入中国青年写作协会编辑的《文艺写作经验谈：十大作家经验之谈》一书，重庆天地出版社 1943 年 9 月出版，第 83—88 页。

③ 谢冰心讲，沈琬纪录：《写作经验——在三民主义青年团中央团部演讲》，发表于《妇女新运》1943 年第 5 卷第 9 期，1943 年 11 月，第 5—7 页。

④ 谢冰心讲，尚丁纪录：《写作漫谈》，发表于《国讯》第 357 期（新 179 号），1944 年 1 月 5 日，第 5—6 页。

不同性不同行的人"，"听他们述说经验"① 和想法。

（二）强调作者要训练感觉的敏感性与表现性。作者要"细心观察"，深入分析"写作对象的"举动与言语；运用"练习观感"训练，能够将视觉、听觉、嗅觉、味觉、肤觉"描写出来"②。

（三）总结自己喜欢的写作环境与写作条件。冰心"要在很静的环境里才能写""喜欢在下雨下雪的时候写""在夜晚写"或者"在病中写"③；她在呈贡"再也提不起笔来"写作，"总写不出条理来"，是因为自己"觉得心乱"④。

（四）指出作家养成人格、形成风格的条件。认为"一个作家要养成他的风格，必须先养成冷静的头脑，严肃的生活和清高的人格"，因为"风格就是代表作家自己"，"就是文如其人"⑤；"作品是作家自己人格的反映"⑥。

（五）认为写作依靠制造写作环境和培养兴趣。指出"所谓天才""是一分灵感""九分出汗"⑦，"写文章，一分是靠天才，九分是靠压迫。要朋友逼才可以写得快"⑧；"天才不能决定一个人的写作前途，文学要有文学的环境"；"要制造写作空气，培养写作兴趣"⑨。

---

①　谢冰心：《由评阅蒋夫人文学奖金应征文卷谈到写作的练习》，熊飞宇编著：《重庆时期冰心的创作与活动研究》，广西师范大学出版社 2015 年 8 月版，第 258、257 页。

②　谢冰心：《由评阅蒋夫人文学奖金应征文卷谈到写作的练习》，熊飞宇编著：《重庆时期冰心的创作与活动研究》，广西师范大学出版社 2015 年 8 月版，第 258、259 页。

③　谢冰心：《写作经验》，熊飞宇编著：《重庆时期冰心的创作与活动研究》，广西师范大学出版社 2015 年 8 月版，第 273、274 页。

④　冰心：《默庐试笔·四》，卓如编：《冰心全集·第二册·文学作品（1923—1941）》，海峡出版发行集团、海峡文艺出版社，2012 年 5 月第 3 版，第 482 页。

⑤　谢冰心：《由评阅蒋夫人文学奖金应征文卷谈到写作的练习》，熊飞宇编著：《重庆时期冰心的创作与活动研究》，广西师范大学出版社 2015 年 8 月版，第 259 页。

⑥　冰心：《寿郭沫若先生》，卓如编：《冰心全集·第二册·文学作品（1923—1941）》，海峡出版发行集团、海峡文艺出版社，2012 年 5 月第 3 版，第 601 页。

⑦　谢冰心：《由评阅蒋夫人文学奖金应征文卷谈到写作的练习》，熊飞宇编著：《重庆时期冰心的创作与活动研究》，广西师范大学出版社 2015 年 8 月版，第 257 页。

⑧　谢冰心：《写作经验》，熊飞宇编著：《重庆时期冰心的创作与活动研究》，广西师范大学出版社 2015 年 8 月版，第 275 页。

⑨　谢冰心：《写作漫谈》，熊飞宇编著：《重庆时期冰心的创作与活动研究》，广西师范大学出版社 2015 年 8 月版，第 279 页。

二、写作内容：生活经历、观察体验，国民性格、时代特点，呈示问题、解剖社会，童年回忆、灵感抒写。

（一）认为好的写作内容来自于作者的生活经历与观察体验。好的写作内容是写作者"自己亲切的生活环境"与"本地风光"，看过的"各地的风俗，人情，习惯"；强调"一定要写""经验以内的事实"，如果"写经验以外的东西""便太冒险了"①。

（二）指出国民性格、时代特点制约写作内容。总结出因为"中国国民性""第一是爱好和平"，所以"夸奖武功的诗少"，"厌恶战争怨恨战争的诗很多"；第二"偏重伦理的思想"，所以"男女的情诗很少"，写"亲子之爱""朋友之爱""夫妇之爱"的诗很多；"第三，农业社会的影响"，使得每个时代的文学"都有厌倦政治，思归田野的情绪"②。认为"抗战的八年间"，中国作家的"流浪与转徙，痛苦和艰难的环境"，"长途跋涉"，"这些经历都给予他们很丰富的创作素材"③。

（三）强调"作家应当呈示问题，而不应当解决问题"。提醒"作家应当站在客观立场上来透视社会，解剖社会"，暴露"社会黑暗"；要描写主人公"心理的过程上"的矛盾与冲突，因为"矛盾冲突便是悲剧中的最重要的条件"④。

（四）总结自己1920年代的写作内容。冰心1920年代的写作内容是从写社会转向写自我，"最初所写的都是社会问题的小说，如关于男女不平等，女子受压迫一类的事情"；"后来便转到童年的回忆上面。最初写'繁星'的时候，只是随手拈来，抒写一点自己的灵感"；"从来不肯写自己没

---

① 谢冰心：《由评阅蒋夫人文学奖金应征文卷谈到写作的练习》，熊飞宇编著：《重庆时期冰心的创作与活动研究》，广西师范大学出版社2015年8月版，第256、258页。

② 冰心：《怎样欣赏中国文学》，卓如编：《冰心全集·第三册·文学作品（1942—1957）》，海峡出版发行集团、海峡文艺出版社，2012年5月第3版，第155、160、161、162、163页。

③ 冰心：《抗战八年间的中国文艺界》，卓如编：《冰心全集·第三册·文学作品（1942—1957）》，海峡出版发行集团、海峡文艺出版社，2012年5月第3版，第140页。

④ 谢冰心：《由评阅蒋夫人文学奖金应征文卷谈到写作的练习》，熊飞宇编著：《重庆时期冰心的创作与活动研究》，广西师范大学出版社2015年8月版，第259、256页。

有看见的东西"①。

三、写作技巧：顺应自然、不拘一格，客观冷静、忠实描写，修炼字句、声韵优美，精确明了、地方特色。

（一）提倡作者一有感触、马上就写的写作技巧。提醒作者要"兴到就写不拘体裁"，"留待以后再整理"②；写作"须其自来，不以力构"③。

（二）要求站在客观的立场、冷静地描写现象。作者"不要先有主义后写文章"，"最好先根据发生的现象，然后再写文章"；"不要受主观热情的驱使，而写宣传式的标语口号的文艺作品"④；"主观的情感奔放"，会造成"意识的不忠实"和"下意识的夸大"⑤；"最好把自己处在超然的地位，冷静的"，"理智的把他描写出来"⑥。

（三）强调选词造句的声韵优美、精确明了。要求"作者把适当的字眼用在适当的地方"⑦，"把字句修练好，写出来才会动人"⑧；"自己写出来，也应该多念几遍"，"要使文章，写得声韵很美"；"如果没有适当的字句，就不要随便用别的字来代替"⑨。"白话的白"，"就是能够表示得更精确而明了"；"作品里要注意'方言化'"，"方言，常能特别表现出地方的特性"⑩。

---

① 谢冰心：《写作经验》，熊飞宇编著：《重庆时期冰心的创作与活动研究》，广西师范大学出版社 2015 年 8 月版，第 273 页。

② 谢冰心：《由评阅蒋夫人文学奖金应征文卷谈到写作的练习》，熊飞宇编著：《重庆时期冰心的创作与活动研究》，广西师范大学出版社 2015 年 8 月版，第 258 页。

③ 冰心：《力构小窗随笔·力构小窗》，卓如编：《冰心全集·第三册·文学作品（1942—1957）》，海峡出版发行集团、海峡文艺出版社，2012 年 5 月第 3 版，第 39 页。

④ 谢冰心：《由评阅蒋夫人文学奖金应征文卷谈到写作的练习》，熊飞宇编著：《重庆时期冰心的创作与活动研究》，广西师范大学出版社 2015 年 8 月版，第 259 页。

⑤ 冰心：《关于自传》，卓如编：《冰心全集·第三册·文学作品（1942—1957）》，海峡出版发行集团、海峡文艺出版社，2012 年 5 月第 3 版，第 10 页。

⑥ 谢冰心：《写作经验》，熊飞宇编著：《重庆时期冰心的创作与活动研究》，广西师范大学出版社 2015 年 8 月版，第 274 页。

⑦ 谢冰心：《由评阅蒋夫人文学奖金应征文卷谈到写作的练习》，熊飞宇编著：《重庆时期冰心的创作与活动研究》，广西师范大学出版社 2015 年 8 月版，第 259 页。

⑧ 谢冰心：《写作经验》，熊飞宇编著：《重庆时期冰心的创作与活动研究》，广西师范大学出版社 2015 年 8 月版，第 274 页。

⑨ 谢冰心：《写作漫谈》，熊飞宇编著：《重庆时期冰心的创作与活动研究》，广西师范大学出版社 2015 年 8 月版，第 277、279 页。

⑩ 冰心：《怎样欣赏中国文学》，卓如编：《冰心全集·第三册·文学作品（1942—1957）》，海峡出版发行集团、海峡文艺出版社，2012 年 5 月第 3 版，第 182、186 页。

二

冰心 1940 年代的创作谈，之所以会产生上述新的特征，原因是多方面的。

首先，人到中年的冰心到了要总结自己的创作经验的最佳时期。1940年代，冰心已经经历如饥似渴地阅读了众多古今中外文学作品，到国外去留学与漫游、在国内旅游与漂泊，创作揭示旧社会与旧家庭悲惨的问题小说，抒写自我沉思顿悟、温婉美丽的小诗，表现博爱意在言外、清丽典雅的美文，成就斐然、汇集哲理诗情的文学翻译。

其次，冰心担任"新生活运动促进总会妇女指导委员会"（简称"新运妇指会"）文化事业组组长的角色要求她向文学青年传授创作经验谈。冰心从 1940 年冬开始担任"新运妇指会"文化事业组组长，"自 1941 年夏天，即未参与新运妇指会的具体工作，不过仍挂衔'文化事业组组长'"；"自1941 年秋，至少至 1942 年 3 月，冰心仍挂名文化事业组组长"①。"新运妇指会"曾于 1940 年 3 月至 8 月底举办"蒋夫人文学奖金征文"② 报名和投稿活动，"目的在借此鼓励女界青年热心于写作"③。文化事业组具体承担接受报名和收集来稿的工作，冰心担任文化事业组组长，与郭沫若、杨振声、朱光潜、苏雪林一道评阅了文艺卷征文。冰心在评阅文学征文稿件时，发现它们存在的两个优点与三大缺点：优点是"第一作者写她们自己亲切的生活环境。第二作者描写其本地风光"；缺点是"一、不会运用标点符号"，"二、别字太多"，"三、技术之劣""A 英雄主义"，"在心理的过程上没有矛盾没有冲突"；"B 作者只描写大时代中的大事"，"冒险描写非本身经验以内的事，完全凭一种想象"；"C 缺少剪裁"，"以致事实杂乱，人物太多，轻重倒置，无法收场"④。恰逢"新运妇指会"的总干事张蔼真邀请冰心给

---

① 熊飞宇：《试论冰心与新运妇指会的关系》，王炳根主编：《冰心论集（2012）》，上海交通大学出版社 2013 年 6 月版，第 515 页。

② 《蒋夫人文学奖金简则》，《妇女新运》第 2 卷第 2 期，1940 年 2 月。

③ 宋美龄：《告参与新运妇女指导委员会文艺竞赛诸君》，《妇女新运》1941 年第 3 卷第 3 期。

④ 谢冰心：《由评阅蒋夫人文学奖金应征文卷谈到写作的练习》，熊飞宇编著：《重庆时期冰心的创作与活动研究》，广西师范大学出版社 2015 年 8 月版，第 256 页。

女青年们讲话，冰心便给文学女青年们做了一次关于《由评阅蒋夫人文学奖金应征文卷谈到写作的练习》的演讲。由于"谢冰心先生的《由评阅蒋夫人文学奖金应征文卷谈到写作的练习》一文，不但详尽论到这次应征稿件的品质，并且发挥了许多文学理论珍贵的意见，是值得仔细阅读的"①；因此受到普遍欢迎，也就促使她进一步思考和总结自己的创作经验，迎来了后面几次关于创作谈的演讲和文章。

最后，冰心 1940 年代的创作谈，既是在阅读古今中外名著，总结自己创作经验和评价新人写作得失的基础上建构起来的，又反过来促进了她 1940 年代的创作。冰心 1940 年代的创作呈现出如下几个特色：体现出兴到就写、不拘体裁，把自己的感触马上写下来的特征；言说方式均属细心观察、善于剪裁地言说在当时或者曾经的生活环境与本地风光中自身经验以内的事实；言说风格呈现出多样化、复杂化的态势②。

综上所述，冰心 1940 年代的创作谈，虽然没有系统的理论体系、严密的逻辑推理，但是却具有鲜明个性、科学实用、可以操作，是一份值得研究和珍惜资源。

（江震龙　福建师范大学文学院教授；迟伟红　东北财经大学新闻传播学院副教授）

---

① 《编后拾零》，《妇女新运》第 2 卷第 9、10 期合刊，1941 年 3 月。
② 江震龙：《冰心重庆时期的创作》，江震龙著：《失败的文学疗救——从"福建"到"延安"》，上海三联书店 2016 年 4 月版，第 88—91 页。

论冰心作品中的外国女性形象

刘传霞　丁雪艳

作为女作家，冰心对女性的生存与命运更加关心，她的作品塑造了许多的女性形象，比如姊姊、少女、母亲、保姆、知识女性等。在知识女性群体中，《照片》《我的房东》中的女性形象独具特色，两位女性都具有异国身份，一个是来自美国的教会学校教师 R 小姐，一个是法国作家 R 小姐。相对于中国女性，外国女性就是一种他者。其实，每一种他者形象形成同时伴随着自我形象的形成。相对于中国知识女性形象，外国女性形象更加集中透射着现代国人重建自我主体的国族想象与性别想象。在她们身上，冰心既抒发了对现代女性命运的关心，也传达了对中西文化的认知。

一、独立与追求个人价值的个性

冰心笔下的外国女性都受过良好的教育，有拥着独立的个性，她们在面对爱情、婚姻、家庭和事业的抉择时，坚定地选择了自己热爱的事业。她们不同于传统的女性，她们努力的追求个人价值的实现，力图证明自己存在的意义与价值。在《我的房东》和《相片》中，冰心就塑造了两个独立的西方女性形象——房东 R 小姐和施女士。

《我的房东》中的 R 小姐是一个举止优雅、白发盈顶的法国人，她学识渊博，酷爱写作，但却一直独身。这并不是因为她排斥爱情，事实上她一直在寻找"心灵奇妙感应的吻合"，而在她的身边更是不乏追求者。但是她清楚的了解婚姻与家庭对女性来说意味着什么，在她看来，婚姻与家庭生活对女性，尤其是有着自己所热爱的事业的女性来说并不是一件好事。她认为"一个男人结了婚，他并不牺牲什么。一个不健康的女人结了婚，事业——假如她有事业，健康，家务，必须牺牲其一！我若是结了婚，第一牺牲的是事业，第二是健康，第三是家务……"① 确实，相对于男性来讲，女性在婚姻与家庭之中所要付出与牺牲的要更多，她们要承担繁重的家务，经历生育的痛苦，还要承受着抚育儿女的种种的艰辛。很多女性在迈入婚姻与家庭生活之后，不得不牺牲掉自己的事业和健康来顾全自己的家庭与婚姻。作为一个思想先进，一直追求与男性同等地位的知识女性来讲，个人价值的实现要比埋没在婚姻与家庭之中更重要，她无法放弃自己挚爱的写作，于是为了自己钟爱的文学与写作，她执着的选择一个人生活。

而《相片》中的施女士同 R 小姐一样，她将自己的精力花费在教会学校身上，自己却错过了最好的年华，终身未嫁。在 R 小姐与施女士身上，体现出了一种不同于传统女性的独立的意识。作为受过先进教育的知识女性，她们对爱情有着期待与幻想，但是她们更加追求独立平等与自由。然而现实生活中婚姻与家庭给女性带来的只有无穷的负担与压力，在婚姻与家庭中的女性只有放弃自己的事业与健康，将自己束缚在"牢笼"之中。于是，这些知识女性在婚姻与家庭面前毅然地选择了追求自己的事业，勇敢的实现自我的价值。女性应当走出婚姻与家庭的牢笼，找到属于自己的一片天地。在 R 小姐和施女士身上，女性的独立与自强得到了充分的体现。

二、爱与美的拥有者

冰心笔下的外国女性不仅具有独立的个性，注重个人价值的实现，而且她们都散发着爱与美的光辉。冰心作品在塑造 R 小姐和施女士这两个外国女性形象时，将爱与美赋予了这两个人物，使她们既有着先进的思想，厚重的学识，又散发着独特的女性美。

虽然 R 小姐与施女士这两个女性都是独身，但是冰心却赋予了她们母性的光辉。《相片》中的施女士在独身多年以后，收养了来自中国的孤女淑贞。她在淑贞身上倾注了许多的感情，她认真的教养着这个可怜的小女孩，为了使她能够开朗起来，重拾女孩应该有的活泼与自信，施女士更是特意

---

① 冰心：关于女人 [M]. 北京：开明出版社，1992，第 77、79、82 页。

总结

冰心在《关于女人》与《相片》中，塑造了 R 小姐与施女士这两个外国女性，她们独立，努力追求个人价值，同时又具有女性所特有的爱与美。然而，作为一个东方作家，冰心却并不赞同她们身上所表现出的个人为重的西方伦理观，她认为过分地追求事业对女性是不利的。与之相反，冰心对东方女性为兼顾家庭与事业所付出的努力是大加赞赏的。对冰心笔下的这两个外国女性形象进行分析，能够帮助我们更好地理解冰心的作品。

（刘传霞　济南大学文学院教授；丁雪艳　济南大学文学院硕士研究生）

寻找"理想的父亲"：冰心创作中的另一面

王兴霞

摘　要：文学史在提及冰心的创作时，强调的往往是柔情的"母爱"，而忽视了冰心作品中"寻父"情结，这些情结体现在对现实父亲、理想父亲、他者父亲这三种父亲形象的塑造与渴求上。一个人的成长过程是解构封建父权（"弑父"）、建构理想父子关系（"寻父"）、自我完善的过程。不管是激烈"弑父"的反面衬托，还是温情"寻父"的正面呼吁，都产生于一个共同的认知：即父子之间的不平等。冰心遵循"父性文化"的传统，通过"父子对构"的方式着力反映社会生活中种种父子之间的矛盾，对"父如何为父、子如何为子"提出建议，表现出深刻的现代意义与思考价值。

关键字：弑父　寻父　父子对构

一、冰心父爱书写：由"弑父"到"寻父"

"父亲"代表着传统与权威，是家庭或者社会中说一不二的核心。而在那个封建政治制度被推翻后的五四时期，在西方文化的启发下，反抗父权的"弑父"文化异军突起。"五四"先驱们敏锐地发现了封建父权对人性张扬的抑制，中国知识分子也开始审视凝固了几千年的父子关系及其所代表的权力秩序，不约而同地在文学中对封建父权进行了猛烈批判。父亲形象在"五四"文学中也更多地被赋予声色俱厉、扼杀新生的特色，女性与子辈在父亲面前诚惶诚恐、噤若寒蝉，鲜有精神向导般父亲的存在。随着

"五四"帷幕下落，在这"弑父"的情景背后，诸多温情父亲形象和对理想型父亲的呼吁在文学中也有了潜在的张扬，形成了"弑父"书写之后的另一诉求——寻找父亲。此时的父亲形象已经不是那个人间气息不足的严肃的家族统治者，而增加了更多的慈爱与对子辈的呵护，父爱情深甚至犹如慈母。很多"五四"文学中曾经缺席的"理想化父亲"逐渐呈现在作家们的文本中，例如，朱自清、石评梅、丁玲、冰心等纷纷从父亲的塑造与描写中寻找成长的动力与支撑。

冰心是被"五四惊雷震上文坛"的女作家，与"五四"先驱们一起否定父权权威、崇尚个性解放，共同举起"弑父"的大旗。"弑父"的意思是"怀着对父权的逆反心理，在作品中对其采取强制性手段，通过文学和语言暴力来解构父权制体系下的崇高的父亲形象，以获取自身价值的话语策略"①。也可以广义地理解为"对封建男权主义的消解与反叛"。这在冰心初登文坛时令她声名鹊起的"问题小说"中最为常见。如《斯人独憔悴》小说中严肃正统、不近情理的父亲汉卿，正是封建权威负面承载，他固守着旧社会的腐朽秩序，强迫干预颖铭、颖石两兄弟的爱国理想抱负，激烈的父子冲突凸显着他的顽固不化。还有《是谁断送了你》中愚昧的父亲为一封来自男校的交友信而无端葬送女儿的学业和性命。这些对封建父权的控诉与反叛确实影响了当时一大批处在破旧立新边缘的青年一代。然而，冰心"弑父"书写的不彻底性也是显而易见的，她仍旧未打破父权的阴影，"'弑父'激情表演之中，有着无法解脱的无奈与辛酸"②。

就像茅盾在《冰心论》里说的："她既已注视现实了，她既已提出问题了，她并且企图给个解答，然而由她生活所产生的她那不偏不激的中庸思想使她的解答等于不解答，末了，她只好从'问题'面前逃走了，'心中的风雨来了'时，她躲到'母亲的怀里'了，这一个'过程'，可说是'五四'时期许多具有正义感然而孱弱的好好人儿他们的共通经验，而冰心女士是其中'典型'的一个。"③茅盾对冰心"弑父"不彻底的解释为"不偏

① 秦香丽."寻父"与"弑父"——虹影小说的悖论式书写及其文化意蕴[D].暨南大学.2010.6.9

② 禹建湘.徘徊在边缘的女性主义叙事[M].北京：九州出版社，2004：104

③ 矛盾.冰心论[J].文学，1934，（3）

不倚的中庸思想"，这确是其一。另外，冰心开明和睦的家庭对她的一路呵护，这一成长体验再加上基督教博爱思想对她的熏陶，造就了"爱的哲学"的渐渐成熟，使得冰心的文章"既在现实的层面抚慰了大众消沉低迷的心灵，也在显意识的层面满足其对新道德的要求，更与人们潜意识中的传统道德观念有一种隐含着的妥协和契合"。① 就像《斯人独憔悴》中的颍铭兄妹、《秋雨秋风愁煞人》中的英云、《超人》中的何彬、《去国》中的英士等等失意烦闷的年轻人，都带着自身的软弱性走向对现实或者父辈的妥协。

所以，在冰心文本中，从一开始对父权"篡弑"的不彻底就隐含着对理想化父亲的寻求，借助对"旧式"父亲的抨击和怯懦知识分子的塑造，不仅是对封建现实中不良问题的揭露与鞭挞，更是真诚地呼吁人们关注家庭，关注社会，架构起理想的父子关系。另外，温暖平等的家庭秩序和一帆风顺的人生经历也是冰心由"弑父"到"寻父"主题改变的必然推动力。

二、冰心创作中的"寻父"情结

荣格说："情结"是一心理学术语，指的是一群重要的无意识组合，或是一种藏在一个人神秘的心理状态中，强烈而无意识的冲动。简而言之，深藏在心底的感情即"情结"。冰心在赞扬"贤妻良母"型的新时代女性的同时，以形形色色的男性为背景，张扬女性主义的同时也隐含着"寻父"情结。这一情愫通过冰心笔下"缺席"或者"在场"的父亲形象来揭示，而"缺席"与"在场"的父亲在文学上又通过现实父亲、理想父亲、他者父亲这三类父亲形象来具体区分。

1. 现实的父亲

"现实父亲"，可以是威力强大而暴虐的父亲，也可以是拥有邪恶力量的父亲，或平凡而坚韧的父亲。这类父亲在冰心初登文坛时创作的"问题小说"中比比皆是，与晚年创作的一些关注"社会问题"作品相呼应。"五四"是一个反抗父权的精神"弑父"时代，否定父权权威、崇尚个性解放，叛逆的新青年们将代表着威仪的"父权"抛下神坛，"重估一切价值"，质

---

① 周甜甜. 家庭伦理视野下的冰心小说创作 [D]. 南京师范大学. 2011.01.02

会和个体，父亲总是一种持续不断的、从未到达最终终点的努力"①，这种集体无意识的追寻是因为"父亲"这一身份特殊的文化意义。"父亲"是权威与力量的象征，是家庭结构与社会秩序的依托。不论是激烈地"弑父"还是温情地"寻父"，其背后都存在着这样一个认知：即父子之间存在着不平等的等级秩序。冰心通过"父子对构"的方式着力反映社会生活中种种父子之间的矛盾，对"父如何为父、子如何为子"提出建议，表现出深刻的现代意义与思考价值。

首先，"父子关系"作为家庭关系的轴心，是现当代文学中书写的基本母题之一。在中国，"传统伦理界定了父子关系的唯一模式，就是'父慈子孝'，而在这本应相互作用的两个方面当中，更侧重于强调'子孝'"②，子辈往往处在仰视、服从父亲的地位。"五四"时期，"子辈"觉醒，"父辈"成为封建伦理秩序的代表、旧文化的象征，"子辈"向以父亲为代表的旧式权威发起挑战，于是，就出现了"父子对构"这一书写模式。"父子对构"即：着重写"父与子"之间的矛盾，通过父子之间或平静，或隐忍、或爆发甚至决裂的矛盾冲突，来建构一种和谐融洽的理想的家庭伦理秩序。

冰心也沿用了"父子对构"的方式来展现"父与子"之间的矛盾冲突，如：《斯人独憔悴》《是谁断送了你》《秋雨秋风愁煞人》等小说中具有"新式"思想的青年一代对封建家长们的"篡弑"。子辈们在心底呼吁他们代表着"权威"的父亲能够给他们学习新思想、踏进新生活的支持，渴求父辈们拥有与时俱进的新思想，希望他们成为开明理性的父亲。

其次，不同的是，冰心在抨击完封建专制、愚昧落后的父亲形象，寻找到英勇伟岸、开明民主的"理想父亲"之后，也客观地审视子辈的思想状态，教育子辈也应该就"如何做子女"这一问题扪心自问。这不仅有利于构建和谐的伦理关系，而且对再审视文学中的父亲形象也有新的思路。

例如在《万般皆上品……》中，子辈们"读书无用论"与父亲恪守清规的比较，体现了经济迅速上升期年轻人在对物质的渴求之下，对父亲的

---

① （意）肇嘉（Zoja, L.）. 父性：历史、心理与文化的视野 [M]. 北京：中国社会科学出版社，2006：362.

② 单昕. 论中国当代成长小说中的父子关系模式 [D]. 广西师范大学，2006. 04.

不理解，"您不要再'清高'了，'清高'当不了饭吃，'清高'当不了衣穿，'清高'医不了母亲的病！"这些话让父亲心头"翻涌着异样的滋味"。《干涉》中女儿不惜牺牲父亲晚年的幸福以维护自己的既得利益，杨教授不忍伤害父女感情，只能克制自己的爱情，对柳教授叹息说："恐怕我们只能像铁路上的两条铁轨，尽管一路并肩前行，可能永远也不会在一起。"① 还有《空巢》、《小家庭制度下的牺牲》中描述的空巢老人，冰心通过写作这些文章，希望能引起社会对父辈的关注，也希望晓岚、毅甫等年轻人引以为戒，多多"自审"，关心老人，建构起和睦的家庭秩序。

总之，冰心由"弑父"到"寻父"主题的转换合乎个人品性，也反应出不同时代子辈的心路历程，冰心用明朗的艺术色调、含蓄的表现手法和清新俊丽的文学语言表达了对"理想型父亲"的找寻，以及对建构平等和睦的家庭伦理秩序的渴望。

（王兴霞 山东师范大学文学院硕士研究生）

---

① 冰心. 冰心选集［M］. 北京：人民文学出版社，2004.

阅读、揣摩他的字词句是如何组织的过程，思考、分析他的思想是如何借助词语进行表达的过程，研究、推测其风格如何形成的过程，其实就是一个切实的模仿过程，这个过程是技艺锤炼的过程，只有在各种技艺的相互捶打与撞击中，一个写作者或许快速地找到适合自己的技艺方法。

冰心女士在文字圆熟、心智成熟之后，所译的纪伯伦的《先知》《沙与沫》、泰戈尔的《吉檀迦利》成为译品中经典，冰心女士译作中至少具有如下创作实用性：一是诗意基调的确立；二是诗思的推进；三是形象的构建。遗憾的是，实际上她却并没有将译事活动中获得的宝贵经验加以转化并将之充分运用到自己的创作中去。诗人西渡在《翻译·创作·民族性》一文中以冰心、戴望舒、冯至、卞之琳、罗洛五位诗人为例，详尽地探讨了翻译在诗人创作活动中所扮演的角色。不同于戴冯卞三位诗人，冰心与罗洛在翻译上的取得的成绩并没有带来创作上的收获。[①] 相反，冰心写诗在先，翻译在后，其早期创作活动到是为翻译带来了很大助益，然而我们不能说冰心的才华长在语言天赋而短在神思妙想，所以她能用自己的语言才能再现泰戈尔或纪伯伦的深邃思想或奇妙哲思，正如我们不能说某作品语言粗糙不堪却思想意义非凡一般。文学作品生成过程首先是一个作家在创作活动中，在审美中，在处理与周遭世界关系时，诉诸文本建构的内在统一的自足的具有系统性的创造性活动。翻译也是一样。

面对文本，我们要考量作家，古人这一思维早已成熟也早已提出"知人论世"之说，我们要清楚并且对于构成文本的要素了然于心，主题、内容、语言、结构等等，翻译作品的过程是在向作家靠近、向文本靠近、向写作活动与经验靠近，最后我们知道作家如何在作品中处理他与他的世界之间的关系并搭建了一个独立的审美空间，我们身处其间乐此不疲，饶有兴味且急不可待地与作家"共情"，试图与创造此空间的作家融为一体，很难想象，当我们感悟到事物如其所是并是其所是，并且潜移默化地对自身不加限制地接受审美经验与创作经验时，却要告诉别人我一无所知也没有学到什么。我们就是在模仿，就是在思考，就是在感受美、接受美，最终我们也想要去创造美——创造美的内容与形式，阅读、观看、审视，就是

---

① 西渡：《翻译·创作·民族性》，《学术前沿》，2002（01）。

在这些基本活动中我们获得了自身。天才给了我们指引与示范，我们也尽心尽力地加以接受、学习，最终结果难道是我们依然站在原来的位置丝毫未动吗？我们听了塞壬的歌声必会遭其引诱，尤利西斯的出走就是为了返乡，面对一个当之无愧足以支撑赞誉的翻译作品背后，我们没有办法自圆其说来告诉自己：翻译家将文本翻译成功了，然而对于他自身而言还在原来的荒原上对于残忍的月份与迟钝的根芽无动于衷。

（李海英　云南大学文学院讲师）

浅谈冰心及其作品中的爱国主义情怀

邱伟坛

提　要：冰心是一位忠诚的爱国主义者，很小就受到中国传统文化的熏陶，积极投身爱国运动，终其一生都在以各种各样的方式在践行着爱国主义。而作为一位女作家，在她的诸多篇章中，字里行间或隐或现地显示出深沉的爱国主义情怀。冰心文学馆作为冰心爱国主义情怀的继承与延伸，将孜孜不倦地开展着爱国主义教育，弘扬爱国主义精神。

关键词：冰心　爱国主义情怀　文学创作　冰心文学馆

爱国主义（patriotism）是指个人或集体对"祖国"的一种积极和支持的态度。其内涵是爱国家、爱人民，包括对故国山河、田园风物的依依深情，对传统文化的痴恋，对真理的执着追求，对民族尊严的坚决维护，对祖国领土完整的誓死捍卫，对人民的热爱。它也包括那种为了国家民族的崛起而开眼看世界，勇于向一切人包括向自己的敌人学习的勇气。"天下兴亡，匹夫有责"。回顾中华文明的历史，爱国主义从来都是中华文化的主旋律，爱祖国、爱人民的民族英雄，历史名人从来都是中华民族的脊梁，他们的思想、行动、形象永远活在人民的心中。

冰心就是其中的代表。1900 年 10 月 5 日，冰心出生于福建福州，原籍长乐，她是二十世纪中国杰出的文学大师，忠诚的爱国主义者，著名的社会活动家，五四新文化运动以来历经沧桑的文坛常青树。她的一生创作了 400 多万字的作品，以礼赞母爱、称颂童心，讴歌自然美著称于世。然而，深深浸透在她作品中的是强烈的爱国主义情怀，热爱祖国、热爱民族和人民、关注祖国的前途和命运，是她作品的主要内容和鲜明主题。

一、忠诚的爱国主义者

冰心爱国主义情怀的形成绝非偶然。她出生的时候，中国正处在清朝廷的腐朽愚昧统治下，陷入了内外交困的境地。革命先行者孙中山先生联合许多有识之士，多方寻找救国救民的道路，建立了同盟会，并创办《民报》，印发《天讨》宣传小册子等等，宣传民主革命思想。冰心的几个舅舅都是同盟会会员，冰心的母亲扬福慈经常帮他们传递消息，收发信件。幼小的冰心耳濡目染，就懂得了救国救民的道理。她的父亲谢葆璋，则是个有才学有气节的海军将领。父亲和她谈到甲午海战时说："这仇不报是不行的！"谈到国外情况时，又说："你不到外国，不知道中国的可爱，离中国越远，就会对她越亲。但是我们中国多么可怜呵，不振兴起来，就会被人家瓜分了去。"从父亲那里，冰心知道了我们祖国有许多美丽的海港，但在帝国主义的瓜分下，"只有烟台是我们的"。[①] 如此种种，在她稚嫩的心灵留下很深的印象。直到晚年，她回忆起童年时父亲对她的教导，还深切地说："我的确有爱国思想，这是我的父亲培养的。"

此外，冰心很小就受到中国传统文化的熏陶。三四岁就借着对联认字，七岁便猜着字读《三国演义》《水浒传》等文学名著，还背诵了许多古诗词。此后，她更是自如地遨游在深广的学海之中。她所读的作品中，就有大量忧国忧民浩气长存的佳作，它们不仅哺育她成长为一个杰出的文学家，而且帮助她形成鲜明的爱憎和是非观，引导她始终如一地走爱国主义的道路。

1911 年 10 月，冰心跟随父母亲从烟台返回福州。他们在路经上海的时候，忽然传来了辛亥革命爆发的消息，听闻之后，全家都很振奋，大人们更是关注革命形势的发展。上海的群众在军政府和革命党人的倡导下，为支援革命军，掀起了大规模的参军和募饷热潮。冰心的母亲把自己的首饰换成洋钱捐献出来。冰心也学母亲的样子，把自己积存的十块压岁钱送到

---

① 冰心. 童年杂忆 [A]. 冰心全集⑦ [M]. 福州：海峡文艺出版社，1994. 227.

《申报》馆去捐献，还郑重地将收条同她心爱的东西一直珍藏起来。年少的冰心，已经懂得关心国家大事，懂得为祖国略尽绵力了！

1919 年，五四运动爆发。冰心积极投身这一爱国运动。她参加了北京女学界联合会的宣传股，和同学一道走出校门，沿街宣传，反对日本帝国主义侵略压迫，反对军阀政府的卖国行为。此外，她还参加提倡国货、抵制日货的活动。冰心，在革命的洪流中，接受着爱国主义思潮的影响，也看到了旧中国的种种问题。这些问题，触发了她心中的爱与恨，促使她握笔投入新文学运动，开始用白话文写着各种形式的反帝反封建的文章，在各种报刊上发表，努力为人生创作。从首次正式发表的《二十一日听审的感想》到《两个家庭》，再到《超人》《去国》，她用手中的笔一次次地在波澜壮阔的爱国运动扬帆起航，已把自己的命运和民族的命运联系在一起，为中华民族的崛起而呐喊。

1923 年 8 月冰心从燕京大学毕业，赴美国威尔斯利女子大学留学，三年之后，学成归国，先后在燕京大学、北平女子文理学院和清华大学国文系任教，并与吴文藻结婚、生子。正当她的生活逐渐安定的时候，1937 年"七·七"事变爆发，日本侵略者发动了侵华战争，北京被占领，许多大学相继撤到各地办学。她和吴文藻总觉得留在燕京大学，等待抗战的胜利，不是好对策，必须设法到后方去，为抗战做些事。燕京大学校长司徒雷登再三挽留，但冰心夫妇的决心没有改变。他们对司徒雷登校长说，作为中国人，不能上前线，就应该到后方去，为抗战尽一分力量。就这样，冰心和吴文藻告别了被日寇占领的北京，经香港转道抵达昆明，后到了重庆，她代理妇女指导委员会文化事业组组长，参加爱国抗日活动。历时八年的艰苦奋战，1945 年 8 月，中国人民取得抗战胜利，这其中也有她的一份辛劳。

1946 年，吴文藻先生作为中国驻日军事代表团政治组组长并兼任出席盟国对日委员会中国代表顾问，赴日本考察，冰心作为家眷也来到日本。日本的侵华战争，给中国人民靠造成巨大灾难，也使本国人民带来严重创伤。冰心在日本受到日本文化界和新闻界的不断访问，她以另外一种方式来表达着自己的爱国主义情怀，她用手中的笔，呼吁全人类的母亲，全世界的女性，应当以大无畏的精神，凛然告诉儿女们，战争是不道德的，仇恨是无终止的，暴力和侵略，终究是要失败的。民族与民族，国家与国家之间，只有爱，只有互助，才能达到永久的安乐与和平。冰心的对国家和民族，以及对人类的爱，深深地感动了日本的有识之士。日本女作家佐多稻子就曾对冰心表示："对于身在日本的我们来说，这次战争使我们感到非常羞愧。"①

新中国成立后，此时的冰心，身在日本，心却在祖国。当时，有许多朋友都劝她把孩子送到美国上大学。冰心却怀着爱国激情，义无反顾地坚持要把孩子送回中国，替祖国做点事情，她认为一个中国人应该把自己的心，把自己的智慧，把自己的一切献给自己的祖国。于是，为了避免让台湾特务的发现，他们借口儿子到香港上大学，秘密把儿子送回国内。与此同时，他们自己则在我党有关部门的帮助和安排下，吴文藻辞去中国代表团的职务，利用美国耶鲁大学的聘请机会，避开国民党特务的跟踪，假道香港秘密从深圳回到祖国。当她冲破重重艰险踏上祖国的土地，第一次看到祖国的五星红旗，冰心无比兴奋和激动，她说："这是我朝思暮想的第一面五星红旗！从黑暗走向光明，我感到眼花缭乱！"②

彼时的中国，政治清明，社会稳定，人民团结，但百废待兴。历经磨难的冰心看到新生的祖国值得歌颂的方面太多了，挥笔写下了《归来之后》《莫斯科的丁香和北京的菊花》等文章，用自己的语言歌颂着祖国的建设成就，抒发着自己的爱国热忱。即使在之后的几年，她的丈夫、弟弟和儿子三位亲人，被错误地打成右派，她仍宽慰他们，相信以后"重有报效祖国的机会"。在"文革"时期，她虽然两进"五七干校"，以羸弱的身躯默默地承受着那个扭曲时代所带来的折磨和苦难，但是，对祖国的爱对人民的爱支持着她顽强地走下去。

1971年，中国即将打开中美关系的大门，美国的尼克松总统即将访华，为了做好准备，中央决定翻译尼克松的《六次危机》，并翻译出版《世界史》和《世界史纲》这两部著作。于是，吴文藻、冰心、费孝通等这样

① 冰心. 对日本民众没有怨恨［A］. 我自己走过的路［M］. 北京：人民文学出版社，2007. 129—130.

② 卓如. 冰心全传（下）［M］. 石家庄：河北教育出版社，2007. 3.

一批学贯中西的大知识分子请回了北京，着手翻译。后来冰心回忆，"那几年我们的翻译工作，是十年动乱的岁月中，最宁静、最惬意的日子！"因为能在动乱的日子里，暂避风雨，为祖国做贡献，让"大家都感到安定而没有虚度了光阴！"①

进入改革开放的新时期，冰心更是"老当益壮"，她由衷地赞美祖国的雄伟壮丽的锦绣河山，彰扬源远流长、博大精深的传统思想文化，歌颂善良朴实、勤劳勇敢的劳动人民。她愤怒抨击帝国主义侵略者和反动统治者，揭露他们凶残暴虐的罪行；她谴责"四人帮"及其极"左"路线，导致祖国的经济文化临近崩溃和毁灭；她欢呼祖国建设的新成就，同时严正批判腐败风气，高声呼吁扭转教育危机，防止人才流失，时时表现出忧国爱民的忧患意识和期望祖国强盛的急切心情。冰心在八十年代，又进入一个创作高峰，虽年届晚年，但在文章里，同样激荡着一股浩然正气，一股为改革开放时代亿万人民迫切需要的浩然正气。冰心说："我热爱我们的社会主义祖国，我渴望她早日富强。"②

此时冰心的爱国主义情怀，还特别表现在热爱和关怀少年儿童，关注祖国的未来。叶圣陶说："爱护后代就是爱护祖国的未来。"所以，她呼吁全社会都来关注少年儿童的健康成长，"时刻想到我国未来的主人翁"。在写给少年儿童的作品里，她反复宣扬着爱国主义传统，号召少年儿童爱祖国，爱科学，德智体美，全面发展，"为祖国、为人民而激励奋发，努力生长为一棵成材的树、一朵丰满的花"。③

冰心的爱国主义情怀，还反映在日常生活和人际交往中。她谆谆教导自己的子女后代，都要做爱国者，为振兴祖国而努力奋斗。她叮嘱留学美国的外孙，学成尽早回国服务。她特别喜爱林则徐的爱国名言："苟利国家生死以，岂因祸福避趋之。"经常题词送给女儿、学生、年轻的作家和众多的后学，勉励他们热爱祖国，报效祖国。冰心说："我们都热爱我们可爱的

---

① 冰心. 我的老伴——吴文藻（之二）[A]. 冰心全集⑧ [M]. 福州：海峡文艺出版社，1994. 48.

② 冰心. 以有生之年努力奋斗——在首都文艺界学习、贯彻六中全会精神座谈会上的书面发言 [A]. 冰心全集⑦ [M]. 福州：海峡文艺出版社，1994. 244.

③ 冰心. "六一"寄语 [A]. 冰心全集⑦ [M]. 福州：海峡文艺出版社，1994. 278.

祖国，这是我们每一个中国人安身立命的第一件大事。"①

鲐背之年的冰心更是用简简单单的一句话来深深地表达了她的爱国主义情怀："我一生九十年来有多少风和丽日，又有多少狂飙暴雨，终于过到了很倦乏、很平静的老年，但我的一颗爱祖国、爱人民的心永远是坚如金石的。"②

二、作品中的爱国主义情怀

冰心在她长达一个世纪的生涯中，满腔真诚为祖国、为人民写了近八十年的，创作了400多万字的作品。萧乾说："'五四'以来老作家中，冰心大姐的后劲最是足壮。她好像越写越冲，不仅笔力冲，气势也冲。她不再歌唱繁星春水，她在正视着社会现实，关怀着祖国和人民。她不愧是我们大家的楷模。"③

冰心的早期作品以社会问题小说开始，之后集中地表现母爱、童心、大自然的三大基本主题上。其中，总是直接和间接地表达着她对祖国命运和现实人生的思考，也无处不显露出深沉的爱国主义情怀。

以《去国》为例，主人公英士，留美七年，归国之后力图振兴实业，然而军阀把持下的政府，使其空有一腔热血而闲等半年，最后被迫再次去国，行前他悲伤地哭诉："我的初志，绝不是如此的，祖国呵！不是我英士弃绝了你，乃是你弃绝了我英士啊！"这是主人公报国无门的不平之鸣，更是许多爱国青年的不平之鸣。爱国青年的悲剧，实质是时代的国家的悲剧。军阀官僚置国家、民族的命运于不顾，无休止混战，造成国运衰败，经济崩溃，人才外流的恶果，这样的政府是祖国强盛的最大障碍，作品表现了作者渴望改变这种现状的一片爱国心。

之后的小说《斯人独憔悴》则揭示了五四运动的实质和意义，把封建家长与爱国学生的父子之争，纳入反帝爱国的主题。作品通过描写父与子的矛盾冲突，反映了学生爱国运动的高涨，揭露了封建军阀镇压学生运动

---

①　冰心. 新春寄语 [A]. 冰心全集⑦ [M]. 福州：海峡文艺出版社，1994. 355.

②　冰心. 世纪印象 [A]. 冰心全集⑨ [M]. 福州：海峡文艺出版社，1994. 136.

③　引自傅光明. 冰清玉洁，真爱永存 [A]. 冰心. 我梦中的小翠鸟 [M]. 北京市：人民日报出版社，1995. 2.

的罪行，刻画了封建官僚奴颜婢膝的卖国言行和他们荒淫腐朽的生活。在反帝爱国的问题上，冰心也许比她的许多同龄人都看得深一点。当时，像这样直接反映五四运动，明确表示反帝观点的作品寥寥无几，《斯人独憔悴》比郭沫若以朝鲜为背景的反帝小说《牧羊哀歌》发表得要早，写得也更合国情。

此外，冰心还深切同情苦难的人民，极端憎恶残酷的吃人者，从多方面反映了社会的黑暗。例如她的《一个兵丁》《一个军官的笔记》《一个不重要的军人》《一篇小说的结局》《鱼儿》等多篇，描写了兵丁或家破人亡，或有家难回的悲惨遭遇。作为一名女作家，当时的冰心站在战争参与者的角度上，将目光放在无意被卷入战争的士兵、军官身上，也确是独树一帜。她把爱国主义情怀延伸到这种境地，也实在难能可贵。

与此同时，冰心因着爱国的情怀，把青年的问题同国家的前途紧密地联系在一起，写出了《一个奇异的梦》《一个忧郁的青年》《月光》《最后的使者》《烦闷》《问答词》等多篇作品。在这些作品中，她把原是热血青年的变态心理、变态行为，同社会现状、民族命运联系起来，比较客观地探讨了青年烦闷的原因，还提出自己对建立美好社会的见解，鼓励爱国青年只要推倒了忧伤，消除了卑怯，就能够重新振奋起生活的希望，鼓励人们努力寻找光明，创造美好的未来，不要被个人狭小的天地圈住。她这种哀而不悲，忧而不馁的豁达精神，给读者带来了多少光明和温暖！诚然，冰心主要不是社会的疗救者，而是问题的探索者，她追求以人类纯洁的爱维系的美好社会，其志在反对冷酷，丑恶的社会。这与她爱国爱民的基本点是一致的。

正如我们所熟知的，爱国主义是"千百年来巩固起来的对自己祖国的一种最深厚的感情"。（列宁语）冰心在 1923 年赴美留学期间写的《寄小读者》《往事》等，则是直接表达对祖国纯真的爱。

作为冰心的代表作，《寄小读者》作于她第一次离开祖国期间。离别祖国的特殊背景，使冰心的爱国思乡之情达到了难以言述的强烈程度。这种对祖国既强烈又细微的眷恋之情，不仅幻化为对母亲的前所未有的思念，对天真烂漫的孩子真挚的眷恋，也表现为对祖国山山水水的欲醉欲痴的迷恋之情。远行的列车驶过济南，"朝阳极光明地照临在无边的整齐青绿的田畦上，我……凭窗站了半点钟，在这庄严伟大的环境中，我只能默默低头，赞美万能智慧的造物者。""远望泰山，悠然神往，默诵'高山仰止，景行行之，虽不能走，尽向往之'四句，反复了好几遍。"① 祖国的山山水水在冰心心中是多么神圣、庄严，以至于在离开祖国的那一刹那，她的心理似乎要崩溃了，精神仿佛轰毁了。"眼泪直奔涌了出来，我好似要堕下深崖……"② 此时此刻，作家的爱国之心，明澈可鉴。在美国，她毫无矫饰地表明自己的观点："美国不是我的国，沙穰不是我的家。"③ "此间纵是地上的乐园，我却仍是'在客'。"④ 对祖国深挚的爱，使她视物质财富如草芥。她身居繁华的美国，心却紧系着满目疮痍的祖国。她说："北京只是尘土飞扬的街道，泥泞的小胡同，灰色的城墙，流汗的人力车夫的奔走，我的故乡，我的北京，是一无所有！……北京似乎是一无所有——北京纵是一无所有，然已有了我的爱，有了我的爱，便是有了一切！"⑤ 这些淡淡的话，厚爱中有忧愁，耐人寻味，感人肺腑。祖国即使是贫穷落后，但她依然是游子们的父母之邦，是属于每个中华儿女的家。

冰心爱祖国，也爱父母、儿童和大自然，这些爱互相错综，相得益彰，使她的爱国情感表现得更加具体细腻，而不是抽象、枯燥，因而同样具有感人的力量。她依恋祖国，也"舍不得母亲，舍不得一切亲爱的人"⑥；她爱父亲，也同样地爱祖国的大海；……她的爱，并不是狭隘的，最引起她关心的是可爱的孩子，她用喜悦的笔调描写聪慧、正直的孩子，充满着对民族的希望。她向孩子们描述祖国的河山，说着文明古国的历史和影响，帮助他们培养民族的自豪感。她还像儿时父亲教她那样去教导孩子："小朋

① 冰心. 寄小读者（通讯三）[A]. 冰心全集② [M]. 福州：海峡文艺出版社，1994. 65.

② 冰心. 寄小读者（通讯五）[A]. 冰心全集② [M]. 福州：海峡文艺出版社，1994. 68.

③ 冰心. 山中杂记——遥寄小朋友 [A]. 冰心全集② [M]. 福州：海峡文艺出版社，1994. 189.

④ 冰心. 寄小读者（通讯二十）[A]. 冰心全集② [M]. 福州：海峡文艺出版社，1994. 215—216.

⑤ 冰心. 寄小读者（通讯二十）[A]. 冰心全集② [M]. 福州：海峡文艺出版社，1994. 215—216.

⑥ 冰心. 寄小读者（通讯五）[A]. 冰心全集② [M]. 福州：海峡文艺出版社，1994. 68.

友！你若是不曾离开中国北方，不曾离开三年之久，你不会赞叹北方蔚蓝的天！"① 冰心愿小读者"努力做个好孩子"，首先就教了他们爱国。

因着爱国，冰心不仅懂得爱，也懂得恨。一次，她在横滨参观，看到博物馆里陈列的中日战胜纪念品和战争图画，十分愤慨。她这样描写当时的感受："我心中的军人之血，如泉怒沸。"② 炎黄子孙强烈的爱憎和高度的正义感，使她体味到一个民族的切肤之痛，面对国耻，她忘了自己是个弱女子，而怒沸起军人之血。这些充满中华民族浩然正气的字句，激励国人，感动世人，爱国主义情怀天地可鉴。无怪乎有学者说"冰心是一位伟大的爱国主义者和人道主义者"（阎纯德语）。

冰心作品创作的中期，仍旧保持了鲜明的爱国主义内容和主题，依旧透出她对社会、对人生、对国家前途的思考和探索。不同的是，在革命思潮影响激励下，她的思想和认识有了新的突破。这主要表现在作品的题材开始冲出原有的天地走向更为广阔的世界，更加贴近了人民的生活，自觉地把揭露控诉旧社会的罪恶和赞美低层劳动人民的美好心灵优秀品质结合起来。这些变化比较集中地体现在短篇小说集《关于女人》中。冰心把笔触伸向她熟悉的女性世界，借助于 14 位性格各异、命运不同的女性形象，赞颂了中华民族的高贵气节和传统美德，展现中国劳动妇女和人民群众坚强、智慧、勤劳的品质和不屈不挠的斗争精神，对人民的抗日救亡热情起到了极大的鼓舞和推动作用。诚然，冰心受到世界观的局限尚不可能对她笔下的人物和祖国的命运做出准确评价和审视，但体现在人物性格中的昂扬的精神风貌、坚强的斗争意志、乐观向上的人生态度，鲜明地表达了冰心对祖国和民族前途所具有的信心。同她早期作品中凝结着的忧郁、愤懑、沉闷的情绪，形成了显著的差异。这无疑说明冰心爱国主义思想和情感的飞跃与升华。

新中国成立以后，冰心作品中的爱国主义情怀有增无已。而且较前两个时期，其内容有了本质的变化，作品中的"热爱祖国"是以"热爱新社

---

① 冰心. 寄小读者（通讯二十九）［A］. 冰心全集②［M］. 福州：海峡文艺出版社，1994. 324.

② 冰心. 寄小读者（通讯十八）［A］. 冰心全集②［M］. 福州：海峡文艺出版社，1994. 203.

会、新时代"为基本内容的，把社会主义新中国作为自己讴歌的对象，对党的领导和人民群众从事的社会主义事业倾注了诚挚深厚的感情。"她的笔触由中期的侧重抨击旧制度，赞颂人民群众自我的抗争及其反侵略的爱国热情，转向了对党的事业、人民的崭新的精神面貌以及新中国新一代人的幸福成长的歌颂和描绘。"① 冰心自己也满怀深情地回忆说："这时我感到了从'五四'以来从来没有过的写作热情，和'五四'时代还没有感到的自由和幸福。我引吭高歌，歌颂伟大领袖毛主席和中国共产党，歌颂伟大祖国翻天覆地的变化，歌唱创造我们幸福生活的英雄人民。我描绘在社会主义制度下幸福地生活的新生一代……"② 除诗歌之外，她的炽烈的爱国主义情怀，着重体现在以《再寄小读者》为代表的散文作品中。她通过自己的亲身经历，抚今追昔，语重心长地告诉小读者和人民群众：祖国的巨变是人民群众奋发创造的结果，更是党的正确领导的结果。她的作品在小读者和广大群众中产生了巨大的反响，深深激励着孩子们和人民群众的爱国主义情感。

"文革"以后，身心备受摧残的冰心更加全身心地投入祖国和人民的事业中。把自己的命运和祖国的前途连在一起，自觉地分担党和国家的忧虑，自觉地为医治文革造成的创伤，为国家与民族的振兴奉献自己的力量。创作于七八十年代的《三寄小读者》，凝聚了她对国家未来的沉重的责任感和使命感。她深知："这些孩子是刚从'四人帮'一手造成的黑暗、邪恶、愚昧的监牢里释放出来……必须小心翼翼地来珍惜和培养这些蓓蕾，一面扫除余毒，一面加强滋养。"③ 拳拳报国之心，跃然纸上。

晚年的冰心，其作品中的爱国主义情怀，特别鲜明地展现在小说《空巢》中。《空巢》是冰心 80 高龄时的一篇爱国主义力作。写在"出国潮"到来之际，颇具匠心地塑造了老陈这样一位与祖国共命运的知识分子形象，另一位主人公则是客居美国的梁教授。相比起来，老陈不仅没有汽车、洋房，而且在 20 年的时间里受尽了极"左"路线的迫害和摧残，被错划为右

---

① 浦漫汀. 冰心文学创作综览 [J]. 杭州师范学院学报. 1994，(1)：31.
② 冰心. 从"五四"到"四五" [A]. 冰心全集⑦ [M]. 福州：海峡文艺出版社，1994. 39.
③ 冰心. 儿童文学工作者的任务与儿童文学的特点 [A]. 冰心全集⑦ [M]. 福州：海峡文艺出版社，1994. 79.

我身上。这样的知识奇妙，是我不能测的。至高，是我不能及的。"还有诗篇 121 篇："保护你的必不打盹。保护以色列的，也不打盹，也不睡觉。保护你的是耶和华。耶和华在你右边荫庇你。白日太阳必不伤你，夜间月亮必不害你。你出你入耶和华要保护你，从今时直到永远。"

两相对照，可以清晰地看出其中相似的元素。心的相连，魂的环绕，保护神般的荫庇，两两相对。冰心用母亲的话印证了圣经里上帝的心怀意念。母亲对她的爱，是她远行人生的安全感所系。而上帝的应许，则是她作为基督徒灵魂的安全感基石。

冰心的诗集繁星里有一首短诗："母亲啊！这零碎的篇儿，你能看一看么？这些字，在没有我以前，已隐藏在你的心怀里。"我读到这里，就会想起《圣经·诗篇》139 篇 13－16 节："我的肺腑是你所造的。我在母腹中，你已覆庇我。我要称谢你，因我受造，奇妙可畏。你的作为奇妙，这是我心深知道的。我未成形的体质，你的眼早已看见了。你所定的日子，我尚未度一日，你都写在你的册上了。"

这里，冰心对母女关系的描绘，早已超出肉体，超出了物质界，彰显了造物主上帝的奇妙。即：没有我以前，我的一切都写在上帝（母亲）的"册"上了。

冰心常称母亲的怀抱是她"灵魂的安顿。"在"通讯十"，冰心回忆母女的对话，冰心说，"我总是脸上堆着笑，眼里满了泪，听完了用她的衣袖来印我的眼角，静静地伏在她的膝上。这时宇宙已经没有了，只母亲和我，最后我也没有了，只有母亲；因为我本是她的一部分！"还有"繁星"八十，"母亲啊！我的头发，披在你的膝上，这就是你付与我的万缕柔丝。"《繁星》一百〇五，"造物者——倘若在永久的生命中，只容有一次极乐的应许。我要至诚地求着：'我在母亲的怀里，母亲在小舟里，小舟在月明的大海里。'"这种与母亲化为一体的奇妙感受，契合了《约翰福音》17：21－23 救主耶稣所说的境界："使他们都合而为一。正如你父在我里面，我在你里面，使他们也在我们里面。叫世人可以信你差了我来。你所赐给我的荣耀，我已赐给他们，使他们合而为一，像我们合而为一。我在他们里面，你在我里面，使他们完完全全的合而为一。叫世人知道你差了我来，也知道你爱他们如同爱我一样。"

在现当代文学史上，从没有一位作家像冰心描写母爱这样深刻，能够直达终极圣爱，并与之合一。这种合一，是灵、魂、体的合一，是与天地万有的合一。诚如《以弗所书》1：10说："要照所安排的，在日期满足的时候，使天上地上一切所有的，都在基督里面同归于一。"

"谈到我生平宗教的思想，完全从自然之美感中得来。"真的，冰心从里到外都是玲珑剔透的，仿佛大自然的女儿的化身。而大自然的美，又常常令她惊叹造物主的奇妙，引领她全人超脱出尘世，与其所信仰的上帝融合为一。

上帝赐给冰心酷爱自然的天性，她也时常去寻找自然，享受自然。她爱海的宽阔深邃，也爱蒲公英的绒花小伞。每当她在大自然里游泛并欢欣，即使是溶溶水月，远山云树，她也能够融入其中，并向上帝感恩道，"这也是无限之生中的一刹那！然而无限之生中，哪里容易得这样的一刹那！"是的，这一刹那，已达到了天人合一，进入了无限和永恒。

在冰心的词典里，"早晨的深谷"是个特定的词汇，是指与自然对语的佳境。

她在"山中杂感"里说道，"只有早晨的深谷中，可以和自然对语。计划定了，岩石点头，草花欢笑。造物者呵！我们星驰的前途，路站上，请你再遥遥地安置下几个早晨的深谷！"这是她的愿望，更是她的祈祷。

两年后，上帝的应允临到了，在美国留学期间，她曾因病来到沙穰——一处风光旖旎的疗养院。冰心感恩道，"原来，造物者为我安置下的几个早晨的深谷，却在离北京数万里外的沙穰。我何其'无心'，造物者何其'有意'？"

《寄小读者》通讯十四里记载了那些"早晨的深谷"：

"过的是花的生活，生长于光天化日之下，微风细雨之中；过的是鸟的生活，游息于山巅水涯，寄身于上下左右空气围围的巢床里；过的是水的生活，自在的潺潺流走；过的是云的生活，随意的袅袅卷舒。"那时，她已深入自然的天地，化身为花，为鸟，为水，为云，栩栩然，翩翩然，肉身似已不复存在，一片诗情，超然空灵……

当她尽情享受着与上帝创造的大自然对话的喜悦时，她自己也得到了宇宙的爱化，更新了，悟透了。上帝借大自然的温情抚慰了她柔软的心，拓宽了她作家和诗人的襟怀，且将她手中的笔尖，浸在了自然之神的海波里。

冰心在圣诗《夜半》中写道："上帝啊！你安排了这严寂无声的世界。从星光里，树叶的声音里，我听见了你的言辞。"透过大自然，冰心看到了背后的上帝，得到了神赐的力量和启迪。即使天空云翳多多，冰心以为，那也是造物主赐给我们的美丽的"黄昏画卷"。一旦舒展开来，你会惊讶它的璀璨神奇，恰如江流入海，叶落归根的妙境。

冰心的《再寄小读者》之通讯十里有这样一段话："宇宙是一个大生命，我们是宇宙大气中之一息。江流入海，叶落归根，我们是大生命中之一叶，大生命中之一滴。"她将浩渺无垠、运转有序而又生生不息的宇宙定义为一个大生命，造物主上帝就是这大生命中的灵魂。他创造万有，超然于万有，又托住万有，充满在其间。诚如圣经诗篇 19 篇所言："诸天述说神的荣耀，穹苍传扬他的手段。这日到那日发出言语。这夜到那夜传出知识。无言无语，也无声音可听。他的量带通遍天下，他的言语传到地极。"

可贵的是，冰心没有停留在认知的层面，而是意识到自己也有异象，有托付，有使命！"在宇宙的大生命中，我们是多么卑微，多么渺小，而一滴一叶，也有它自己的使命！"无论是宏观的大宇宙，还是近旁的大自然，都在向我们这一滴一叶证明和诉说，证明它们背后那至高无上的绝对精神。我们呢？纵然我们卑微而渺小，也应当有情有义地回应和赞美"大生命"背后的那位主宰！

怎样回应呢？《约翰一书》4：16 节更进一步说："神爱我们的心，我们也知道也信。神就是爱。住在爱里面的，就是住在神里面，神也住在他里面。"冰心从大自然里得出了与圣经相同的结论："上帝是爱的上帝，宇宙是爱的宇宙。人呢（夜半）？"她思索着，并得出了结论。冰心做到了既深入进去，又超脱出来，在感受自然之美所传递的信息时，在自己与大自然的微妙对话里，她听出了信仰的至高天籁："有了爱便有了一切"！她一生实践这美好的信念，其一息一叶一滴都融入了至爱的理想追求，无愧是上帝忠实的女儿。

《繁星·十四》的意境不凡，"我们都是自然的婴儿，卧在宇宙的摇篮里。"寻根就要寻到摇篮里，寻到"宇宙之始"，寻到人类被造的伊甸园里，

冰心论集 2016

下册

刘东方 主编

海峡出版发行集团｜海峡文艺出版社

图书在版编目(CIP)数据

冰心论集.2016/刘东方主编.－福州:海峡文艺出
版社,2017.10
ISBN 978-7-5550-1266-5

Ⅰ.①冰… Ⅱ.①刘… Ⅲ.①冰心(1900－1999)－
作家评论－文集 Ⅳ.①I206.7－53

中国版本图书馆 CIP 数据核字(2017)第 207728 号

冰心论集 2016

刘东方　主编

责任编辑　莫　茜　刘徐霖
出版发行　海峡出版发行集团
　　　　　　海峡文艺出版社
经　　销　福建新华发行(集团)有限责任公司
社　　址　福州市东水路 76 号 14 层　　　**邮编**　350001
发 行 部　0591－87536797
印　　刷　福建东南彩色印刷有限公司　　　**邮编**　350008
厂　　址　福州市金山浦上工业区冠浦路 144 号
开　　本　787 毫米×1092 毫米　1/16
字　　数　650 千字
印　　张　36
版　　次　2017 年 10 月第 1 版
印　　次　2017 年 10 月第 1 次印刷
书　　号　ISBN 978-7-5550-1266-5
定　　价　150.00 元(上、下册)

如发现印装质量问题,请寄承印厂调换

目　录

第三辑　非文本研究

第四辑　翻译与传播

第五辑　冰心研究之研究

第六辑　社会学研究

综述（代跋）

第三辑

非文本研究

巴金根本不接老大姐的这个岔，"大煞风景"地谈起他心中的忧虑：

> 我天天做梦，而且多做怪梦。可是从未见到"宝库"，对宝石更无兴趣。只有几次同您出国访问，至今不忘，仿佛一场醒不了的好梦。我们不能见面，有话也无法畅谈，幸而我们能做梦，您还可以制造"宝库"，我也能等待您给我的高脚绿玉盘。我已在医院住了五个月，不会太久了。过了八月，总可以回家休息。我还想，能做梦就能写书，要是您我各写一本小书，那有多好！（巴金 1989 年 7 月 27 日致冰心）

大姐知道这位老弟的性格，甚至说过"你在忧郁的时候，实在是你最舒适的时候"（冰心 1992 年 4 月 15 日致巴金），所以也不恼，反而来开导他：

> 我觉得你的悲观心理，和你从小长大的封建家庭有关，你已经闯出来了，为什么还总是忧郁？我想这也与萧珊早逝有关，人最怕的是孤独。我以为你应该多接近年轻人。我和你的身世不同，从小就在融乐的家庭空气之中，就学时也一帆风顺，老了仍有许多年轻朋友，他（她）也发牢骚，但是这牢骚是向前看的。就年纪而论，老的也熬不过小的。我对国家的将来一点都不悲观。就像北京连日下雪，又总是春阴，我总认为不久太阳出来，就是百花齐放了，这是酿花天气。我记得小时，十二三岁吧，曾做过一首七绝，是老师出的题目，大概是"春晴"吧，我写了"酿花天气雨新晴，蛱蝶翻飞鸟弄声，且喜春池高一尺，晓来荡桨觉船轻"，我劝你还是多往轻快处想。（冰心 1990 年 3 月 2 日致巴金）

巴金也坦诚地说："我还在想悲观的问题。我感谢您的好意，但是我以为您对我的'悲观'有误解。我悲观，因为我有病不能工作，写字动不了笔，写字不像字。我悲观，因为我计划做的事大半成为空话，想写的文章写不出来，……我最大的痛苦就是言行不一致，我想向托尔斯泰学习，可是只能做到：通过受苦净化自己。"（巴金 1990 年 3 月 31 日致冰心）"我身体不好，生活杂乱，总是无法摆脱一些无聊事情，想做的事做不了，却有